Vater hat nie geschossen

Michel Hülskemper

Vater hat nie geschossen

Die Scham ist das Aschenputtel unter den Gefühlen.

Leon Wurmser

Hans im Glück

Hans ist praktisch ausgestorben. Kommt so gut wie gar nicht mehr vor. Ich meine jetzt: der Vorname. Jetzt nennen sie ihre Kinder: Jonas und Emma. Oder Ben und Mia. Oder Noah und Lena. Darüber bringen die Zeitungen jedes Jahr Statistiken. Ist noch nicht lange her, da hießen die Spitzenreiter: Chantale und Kevin.

Hans kennt man nur noch aus Filmen. Hans Albers zum Beispiel. Oder aus Märchen. Der Eiserne Hans, Hänsel und Gretel, der gescheite Hans. Oder eben Hans im Glück.

Hans hatte sieben Jahre bei seinem Herrn gedient, da sprach er zu ihm: „Herr, meine Zeit ist herum, nun wollte ich gern wieder heim zu meiner Mutter, gebt mir meinen Lohn". Der Herr antwortete: „Du hast mir treu und ehrlich gedient, wie der Dienst war, so soll der Lohn sein", und gab ihm ein Stück Gold, das so groß als Hansens Kopf war.

Ich hatte mal einen Onkel Hans. Aber ich kannte ihn kaum. Unsere Familien besuchten sich selten gegenseitig. Und wenn es in der Verwandtschaft etwas Besonderes zu feiern gab, blieb er meistens weg. Für mich war er ein alter Onkel, ganz am Rande der Bildfläche.

Der neue Trend ist übrigens, einen möglichst ausgefallenen Namen für seinen Sprössling zu finden. Also eben nicht einen aktuellen Modenamen, sondern einen, der möglichst einmalig ist. Xantippe, Sequoia, Godsgift gibt es schon und das Standesamt hat auch schon Schnuckelpupine zugelassen. Obwohl die Behörden doch eigentlich streng sind mit so etwas. Schnuckel kommt nicht in Frage, hatte ein Gericht entschieden, aber Pupina steht in einem internationalen Namensverzeichnis und deshalb kamen die Eltern dann doch mit dem Doppelvornamen durch. Cheyenne gibt's ja schon länger.

Von Onkel Hans sind noch ein paar Fotos da. Und ein Brief. Auf den meisten Schwarz-Weiß-Bildern, die ich habe, trägt er eine Uniform.

Getauft war er übrigens auf Johannes. Wie vielleicht die meisten Jungen und Männer damals, die Hans hießen. Johannes, das hatte auch den Vorteil, dass die Eltern den zuständigen Patron quasi aussuchen konnten. Und damit den Namenstag für ihr Kind: Johann Nepomuk am 16. Mai, Johannes Savio am 7. September, Johannes vom Kreuz am 14. Dezember und so weiter. Der Namenstag war ja wichtiger als der Geburtstag. Ich hätte Johannes den Täufer gewählt, denn das ist am 24. Juni, also im Sommer. Aber der Namenstag spielt jetzt eh keine Rolle mehr.

Der häufigste Jungenname bei Neugeborenen war aber Mohammed. Ich meine jetzt, im vergangenen Jahr. Jedenfalls in Großbritannien. Interessant.

Onkel Hans hieß überall Hans. Und nie Johannes.

Irgendwann kam ich auf die Idee, die Fotos umzudrehen. Und da stellte ich fest, dass er hinten etwas drauf geschrieben hatte. Nicht auf alle, aber auf fast alle. Gute Handschrift. Immer noch hundertprozentig lesbar.

Johanna gabs früher auch viel. Tante Johanna: Wenn man das heute hört, weiß man gleich, dass das nur eine alte Tante sein kann. Eine ganz alte. Aber das ändert sich auch vielleicht wieder. Hannah ist ja heutzutage keineswegs selten und von der wäre es bis Johanna nicht mehr weit.

Ich hab die Fotos also alle umgedreht. Und dann in die richtige Reihenfolge gelegt. Das war kein Problem, weil Onkel Hans immer eine Jahreszahl dazugeschrieben hat. 1943 oder so. Die Ortsnamen sagten mir gar nichts.

Man kann ja mal fragen.

Ich hab seinen Sohn gefragt, ob er was darüber weiß. „Nö", sagte er, „nichts". Über den Krieg hätte sein Vater nie mit ihm gesprochen, niemals. Bloß eines: dass er irgendwo im Baltikum war. Mehr nicht.

Ist ja auch schon lange her. Muss auch nicht mehr sein, finde ich. Geht mich ja außerdem nichts an. Es waren schließlich auch nur ein paar Fotos.

Ich habs dann doch mal gegoogelt. Ich meine die Ortsnamen. Liegen alle in Russland. Aber nicht verstreut, sondern alle in der Nähe von St. Petersburg. Ich kenne mich dort nicht aus. Ich war noch nie in Russland.

Das mit den Vornamen ist so ein kleines Hobby von mir. Die Profis haben sogar ein extra Wort dafür: Onomastik. Klingt einfach besser als Namenskunde. Die erforschen alles, was mit Vornamen zusammenhängt. Es ist ein interessantes Gebiet. Okay, zugegeben, kein besonders angesagtes Hobby. Aber wenn man sechzig plus ist, steht man nicht mehr so auf diesen Racing Games mit Fußpedal und Lenkrad. Man macht ja auch kein Snow Boarding. Eher Minigolf. Es ist einfach so: Wenn ich den ganzen Tag lang nur Zahlen vor mir habe, wenn ich sonst nur kalkuliere und disponiere und fakturiere, damit unsere LKWs irgendwelche Sachen einigermaßen pünktlich durch Europa kutschieren, dann – ja, dann können Namen und ihr Drumherum schon mal 'ne ganz nette Abwechslung sein. Find ich jedenfalls.

In Leipzig gibt es an der Uni eine Namensberatungsstelle. Man glaubt es kaum, aber die haben 41 514 Vornamen registriert.

Das mit Onkel Hans hat mich dann doch interessiert. Dubowik, Pogodje, Wolchow: Die Namen habe ich auf der Landkarte gefunden. Und den Ladogasee und den Ilmensee. Die kann man wahrscheinlich aus einem Raumschiff mit bloßem Auge erkennen, so groß sind sie. Östlich von der Ostsee. Also rechts davon, falls das hilft. In der Nähe von St. Petersburg.

Übrigens: Johannesburg gibt es auch. Aber in Südafrika. Ganz unten auf dem Globus. Wo war ich stehen geblieben? Ja, St. Petersburg: Es hieß damals: Leningrad. Und jetzt müsste ich vielleicht doch den Brief erwähnen. Den hat Onkel Hans an seinen Vater geschrieben. Ein Familienerbstück. Lag lange tief in einem Schrank versteckt.

Unsere Winterausrüstung haben wir bereits bekommen, sie ist ganz phantastisch! Angefangen von den Filzstiefeln bis zur gefütterten Kopfhaube, Bauchwärmer, Knieschützer, eine wunderbare Pelzweste mit langen Ärmeln usw. usw. Du siehst, es ist alles da u. für uns wird wirklich alles getan! Übrigens liege ich immer noch am selben Platz! Ich gedenke auch den kommenden Winter hier zuzubringen, der hier oben zwischen Ladoga- und Ilmensee nicht sehr zart ist. Na – wir sind ja eingedeckt mit warmen Sachen u. können es schon aushalten.

Echt – so hat der sich ausgedrückt! „Ich gedenke, auch den kommenden Winter hier zuzubringen": Das klingt schon ein bisschen wie Goethe und Schiller. Aber was mich dann doch ein bisschen gewundert hat: Woher konnte er wissen, dass er auch im nächsten Winter an der gleichen Stelle bleiben würde? Mitten im Zweiten Weltkrieg? Mitten in Russland? Komisch. Das passte nicht zu dem bisschen, was wirklich jeder weiß, der schon mal mit der Fernbedienung herumgezappt hat. War es nicht so: Erst der Überfall auf die Sowjetunion und dann änderte sich alles in Stalingrad. Und dann die ewigen Rückzugsgefechte in diesem wirklich großen Land. Jahrelang. Bis die letzten Überreste der Wehrmacht wieder da waren, wo sie angefangen hatten. Zurück in Deutschland.

Ich hatte übrigens noch einen anderen Onkel Hans. Aber das ist noch länger her und den habe ich kein bisschen kennen gelernt. Dieser Onkel war auch Soldat, aber er brauchte keinen Winterpelz.

Dieser Onkel Hans war auch auf Johannes getauft. Übrigens in Schalke. Aber er hieß auch nur Hans. Jedenfalls in Deutschland.

Dann passierte etwas, wovon keiner genau weiß, was eigentlich. Er war beim Militär, noch unter Kaiser Wilhelm, und hat sich mit seinem Vorgesetzten angelegt. Hat ihm eine gescheuert und das vor versammelter Mannschaft. So wurde es jedenfalls in der Familie erzählt, hinter vorgehaltener Hand. Zuerst wurde er eingebuchtet und dann verschwand er von der Bildfläche. Für viele Jahre.

Onkel Hans kam bei der Fremdenlegion unter. Die brauchte dringend Leute. Frankreich war nämlich dabei, Marokko zu erobern und das stellte sich als schwieriger heraus als gedacht. Überall gab es Aufstände. Und Onkel Hans war mittenmang dabei.

Vielleicht nannten sie ihn dort Jean? Keiner weiß es.

Hinterher hat er nicht viel darüber gesprochen. Es war ja auch nicht alles schön, was da ablief. Die Fremdenlegion war noch nie zimperlich. Und die Berber wollten einfach nicht zu Frankreich gehören. Welches Land wird schon gerne eine Kolonie von einem anderem?

Warum erzähle ich das alles? Interessanter ist vielleicht, dass Hans so etwas wie Iwan war. Ja, ich meine jetzt Iwan, den russischen Vornamen. Den haben anscheinend unheimlich viele Russen. Und vielleicht deshalb haben die deutschen Soldaten einfach gesagt: der Iwan. Und damit meinten sie dann die russischen Soldaten und alles, was dazu gehörte. Auch noch nach dem Krieg. Der Iwan machte einen Angriff auf unsere Stellung. Der Iwan lauerte im Wald überall. Der Iwan kam immer näher heran. Der Iwan will die Weltherrschaft. Und so weiter.

Und was für die Deutschen der Iwan war, das war für die Russen und auch für die Engländer der Hans. Vermutlich stellten sie sich dabei eine Masse von großen Soldaten vor, mit blauen Augen und blonden Haaren und diesen Stahlhelmen. Der Hans bombardiert London, der Hans hat alle Juden abgeholt und so weiter. Das hat sich aber nicht überall durchgesetzt. Jedenfalls nicht bei den Engländern. Die sagen bis heute für die Deutschen lieber: die Krauts.

Jedenfalls, die Spanier bekamen das Rif-Gebirge und ein Stück von der Sahara, die Franzosen den größeren Rest. Die Spanier verteilten auf ihrem Gebiet Senfgas, flächendeckend, bis Ruhe herrschte. Die Franzosen kamen auf ihrem Terrain mit Panzern und Kanonen. Als sie damit fertig waren, hatte Onkel Hans seine Dienstzeit laut Vertrag beendet. Auftrag erfüllt, sozusagen.

Das mit dem Kolonialkrieg weiß ich nur zufällig, weil ich mal zu Besuch in Marokko war. Man sieht aber nichts mehr davon. Zum Beispiel, dass Chefchaouan, die wunderbare blaue Stadt, aus der Luft beschossen wurde: Schnee von gestern, so wie der Schnee auf den Bergen ringsum.

Vielleicht brauchte Onkel Hans doch eine Winterausrüstung? Man kann ja in Marokko sogar Ski fahren. Keine Ahnung.

Jedenfalls, er bekam ein schönes Entlassungsgeld und kehrte in die Heimat zurück. Der Kaiser war längst weg. Adolf war gerade an der Macht und auch sonst schwer im Kommen. Es gab sogar Leute, die ihrer Tochter den Namen Adolfine gaben. Kommt sogar heute noch vor. Jedes Jahr werden rund 20 Kinder wie dieser Verbrecher genannt. Man will es kaum glauben.

Mein Onkel Hans eröffnete einen Laden in Essen an der Ruhr, direkt an der Rüttenscheider Straße. Eine Drogerie, denn das hatte er gelernt. Das klappte aber erst nicht. Dann lernte er seine Mimi kennen und mit der machte er in Recklinghausen ein Feinkost- und Delikatessengeschäft auf. Und das lief wohl richtig gut.

Hans im Glück, könnte man sagen.

Sein kompletter Vorname war übrigens Johannes Carl Maria. Carl mit C.

Wie seine Frau richtig hieß, weiß keiner. Sie hieß immer nur: Tante Mimi. Den Namen find ich witzig. Sie soll übrigens eine ganz Nette gewesen sein, wie Onkel Hans. Der hatte noch ein paar spezielle Erinnerungsstücke aus seiner Zeit bei der Fremdenlegion. Über dem Ehebett, wo normale Familien ein Kreuz oder eine Muttergottes oder eine kitschiges Bild hatten, hingen irgendwelche militärischen Abzeichen. Und eine Kompaniefahne und ein arabischer Krummsäbel.

Aber zurück zu dem anderen Onkel Hans. Okay, der hatte kein Delikatessengeschäft, aber Essen und Trinken spielten in Russland natürlich auch eine Rolle. Auf einem Foto sieht man ihn mit einigen Kollegen. Alle Offiziere. Einer hat seine weiße Ausgehjacke offenstehen, ganz lässig. Sie sitzen um einen Tisch und auf dem stehen unzählige Flaschen. Anscheinend eine mittelgroße Feier. Denen scheint's ja gut zu gehen!

Mutter's Apfelpaket ist tadellos angekommen, nicht ein einziger war verdorben, sondern alle prima. Herzl. Dank. Mir selbst geht es immer noch sehr gut. Die Verpflegung ist ausgezeichnet bei uns. Manchmal haben wir sogar „Hen-

nessy" oder „Martell"! Auch in dieser Hinsicht können wir also nicht klagen!

Ich hab mich dann doch mal erkundigt. Wie man das halt so macht, mit Wikipedia und so. Ich meine jetzt, das mit St. Petersburg. Beziehungsweise Leningrad.

Kurz gesagt war es so: Die Deutschen veranstalteten einen Blitzkrieg und eroberten, zackzack, halb Russland. Marschierten bei schönem Sommerwetter von Polen aus los, bis kurz vor Moskau. Und am Liebsten bis an die Wolga. Alle Welt wunderte sich, wie schnell das ablief.

In Leningrad erzählt man sich die Geschichte von der Straßenbahnfahrerin. An einem ruhigen Sonntagmorgen steuerte sie ihre Bimmelbahn wie immer bis zur Endstation in einem Außenbezirk von Leningrad. Dort stieg sie aus, um die Weiche von Hand umzulegen, damit sie wieder in die Stadt zurückfahren konnte.

Sie bückt sich und im Aufstehen sieht sie einen Panzer an der nächsten Straßenecke stehen. Aber es ist kein russischer Panzer. Und überhaupt, warum sollte hier einer stehen? Sie erkennt das Zeichen der deutschen Wehrmacht unter der Kanone und glaubt, dass das alles eine Fata Morgana ist. Nichts passiert. Sie steigt wieder ein, fährt zurück und wundert sich immer noch.

Vielleicht hieß sie Olga. Oder Tatjana. Oder Vera. Mit russischen Vornamen kenne ich mich nicht aus. Obwohl es die jetzt viel gibt in Deutschland. Auch Wladimir, Juri und so weiter.

Also, die deutsche Wehrmacht kesselte Leningrad einfach ein. Sie blockierte alle Zufahrtsstraßen und den Hafen natürlich auch.

Es war, so gesehen, eine Belagerung wie zu Barbarossas Zeiten. Man ließ einfach keinen rein und keinen raus und spielte auf Zeit. Die Eingeschlossenen würden schon irgendwann aufgeben.

Von da an war Schmalhans Küchenmeister. Das ist

jetzt nicht von mir, sondern ein alter Ausdruck aus Grimms Märchen.

Nach und nach baute die deutsche Artillerie ihre Sachen auf. Immer schön außenherum und nicht zu nahe dran. Auf der Landkarte muss das so eine Art Kreis gewesen sein. Leichte, mittlere und schwere Artillerie. Kanonen, Haubitzen, Mörser, Flak. Das ganze Sortiment. Ab und zu schossen sie auf die Stadt. Mal mehr, mal weniger. Mal bei Tag, mal bei Nacht. Immer schön unregelmäßig. Zwischendurch flogen die deutschen Kampfbomber ihre Angriffe. Vor allem schossen sie auf Gebäude, von denen sie wussten, dass dort Lebensmittel gelagert waren.

Außerdem passte die Artillerie auf, wenn mal ein russisches Flugzeug angeflogen kam und sie dabei stören wollte, auf die Stadt zu schießen. Das holten sie dann vom Himmel, wenn es ging.

Ich hab vergessen zu erzählen, dass Onkel Hans bei der Artillerie war.

Das war eigentlich nicht das, was er ursprünglich gewollt hatte. Er ist einfach für sein Leben gern geritten. Schon als Junge. Deshalb hatte er sich zur Kavallerie gemeldet. Da konnte er sozusagen von Berufs wegen jeden Tag auf einem Gaul sitzen. Nach der Schule hatte er sich zur Reichswehr gemeldet. Freiwillig. Dafür musste er sich für zwölf Jahre Dienstzeit verpflichten; drunter ging's nicht. Also packte er als junger Mann in Essen seine Sachen und zog in die Kaserne nach Münster. Dort soll ja die ganze Gegend nach Pferd riechen.

Es kam aber ein bisschen anders. Das hing damit zusammen, dass er schon bald einen neuen Chef kriegte: Hitler. Der fand die Kavallerie altmodisch und schaffte sie kurzerhand ab. Na, und so kam Onkel Hans zur Artillerie. Und nach Leningrad.

Ich nehme an, dass er vorher noch nie in Russland war.

Ich will jetzt keine Verwirrung stiften, aber ich hatte noch einen dritten Onkel Hans. Der war auch in Russland. Aber nicht in Leningrad, sondern irgendwo anders in diesem riesigen Land.

Von ihm ist auch noch ein Brief da. Aber nicht an seinen Vater, sondern an seine Mutter.

Noch so ein Familienerbstück.

Wo dieser Onkel Hans gerade war, als er seinen Brief schrieb, weiß ich nicht, denn Ortsnamen durften keine genannt werden. Das war ja geheim. Und viel Platz hatte er auch nicht. Feldpostbriefpapiere waren nicht groß, aber dafür praktisch. Man schrieb auf die eine Seite. Dann falten, einklappen, ablecken, zukleben und zum Schluss noch die Adresse auf die Außenseite. So sparte man sich den Umschlag.

Meine geliebte Mutter! Auch heute kann ich Dir sagen, daß es mir noch recht gut geht. Ich habe über nichts zu klagen. Leider habe ich nicht viel Gelegenheit zum Schreiben.

Es stimmt wirklich, dass ich drei verschiedene Onkel Hans hatte. Ehrlich. Na gut, der in Marokko und der irgendwo in Russland, die zwei waren Großonkel, also Brüder von meinen beiden Omas. Aber eben doch Onkel, oder nicht?

Man darf nicht vergessen: Hans war der häufigste Jungenname überhaupt. Jahrzehnte lang. Hans und Johannes jetzt mal zusammen genommen.

Also ist es kein Wunder, dass der Name auch in unserer Familie eine gewisse Tradition hat.

Während der eine Onkel Hans Leningrad belagerte, war der andere unterwegs, um den Rest von Russland zu erobern. Der dritte Onkel Hans verkaufte vermutlich weiter seine Delikatessen in Recklinghausen, denn für diesen Krieg war er zu alt.

Im Internet kann man alles Mögliche finden. Ich bin

dort natürlich ab und zu unterwegs. Wegen meinem Hobby. Da gibt es eine Seite, wo man nach dem Image von Namen gefragt wird: Wie empfinden Sie Träger dieser Vornamen? Und dann kommt eine lange Liste und man kann ankreuzen. Also praktisch so eine Art Meinungsabstimmung. Folgendes kann man zum Vornamen Hans zusammenfassen: bekannt, gewöhnlich, nicht wohlklingend, alt, sehr männlich. Ist aber nicht repräsentativ.

Leningrad sollte mürbe werden. Wie im Mittelalter.

Aber diese Belagerung war doch speziell. Leningrad war nämlich keine Kleinstadt. Es gab zwei Millionen Einwohner. Oder vielleicht sogar drei. Und außerdem hatte die deutsche Wehrmacht gar nicht vor, die Stadt zu erobern. Sie sollte einfach nur ausgehungert werden. Und das klappte auch halbwegs. Sogar wortwörtlich.

Im Buchladen bin ich auf Lenas Tagebuch gestoßen. Na ja, wenn man mit einem Thema mal angefangen hat, dann fällt einem ständig etwas auf, was man sonst nicht beachten würde, egal wo man ist. Ich sah also dieses Buch auf dem Stapel, las den Klappentext und dann hab ich's mir gleich gekauft und gelesen.

Lena lebte zu der Zeit in Leningrad, als mein Onkel Hans auch dort war. Sie erlebte alles mit.

Die Lage in der Stadt bleibt sehr angespannt. Wir werden aus Flugzeugen bombardiert, aus Geschützen beschossen, aber das ist noch gar nichts, wir haben uns so sehr daran gewöhnt, dass wir uns selbst darüber wundern. Aber dass unsere Verpflegungssituation sich jeden Tag verschlechtert, das ist furchtbar ... Ich habe schrecklichen Hunger, fühle eine furchtbare Leere im Magen. Ich sehne mich nach Brot.

Das Mädchen tat mir echt leid. Sie war ja erst sechzehn. Im Mai fing sie ihr Tagebuch an, weil sie so furchtbar von einem Jungen schwärmte, Wowka hieß er, aber er beachtete sie kaum. Also schrieb sie seitenweise über ihre Gefühlswallungen, über den Tratsch mit ihren Schulfreundinnen und über ihre Zukunftsträume. Ziemlich kitschig, ehrlich gesagt. Aber dann griffen die Deutschen Russland an, es war plötzlich Krieg und Leningrad war im Nu eingekreist. So ernst wie die Lage war, genauso ernst schrieb Lena von da an.

Jetzt ist es zwölf Uhr nachts. Heute gab es neun Fliegeralarme ... O Gott, wie sehr einen diese häufigen Fliegeralarme zermürben ... Der letzte, neunte Fliegeralarm war furchtbar. Immer wieder bebte die Erde von den Explosionen der Sprengbomben. Und währenddessen hörte man pausenlos Flugzeuglärm, obwohl unsere Flak aus allen Rohren feuerte. Bomben explodierten, wie es schien, ganz in der Nähe. Und jedes Mal rollten wir uns instinktiv zusammen, wir hatten das Gefühl, eine Bombe werde jetzt gleich unser Haus treffen. Aber wir hatten Glück ...

Auf den Straßen ein Durcheinander, ein Wirrwarr. Die Menschen rennen wie von Sinnen ... Meiner Meinung nach wird es in dieser Stadt, wenn es zehn Tage lang jeden Tag neunmal hintereinander Fliegeralarm gibt, mehr Geistesgestörte geben als geistig gesunde Menschen.

So ging es immer weiter. Dann kam der Winter. Die Lebensmittelvorräte waren so gut wie aufgebraucht. Brennholz und Kohle gab es auch bald nicht mehr. Im Oktober fiel der erste Schnee. Lena schrieb auf, wie klein und immer kleiner die Rationen wurden, wie kalt die Wohnungen. Und die Leute immer schwächer und apathischer.

Ich weiß nicht, wie Onkel Hans dazu stand. Ob er stolz war auf diesen Krieg. Und darauf, dass er dabei mitmachte. Oder geknickt. Ob es ihm peinlich war, was mit den Leuten in der eingeschlossenen Stadt passierte. Oder egal? Keine Ahnung.

Ich weiß auch nicht, ob er gern Soldat war. Ob er Hitler gut fand. Ob er ein netter Kerl war oder ein grausamer Typ. Die russische Propaganda behauptete, alle deutschen Soldaten wären gewissenlose Kinderfresser.

Ob Onkel Hans Glücksgefühle hatte, wenn er seine Befehle gab, wenn er die Kanonen abfeuern ließ, wenn sie trafen? Ich kann es mir schlecht vorstellen.

Lena und er kannten sich jedenfalls nicht. Logisch.

Lena schrieb, sooft sie Zeit hatte.

Im Radio wird von nichts anderem geredet, dass wir den Feind bald von Leningrad vertreiben werden, dass es nun nicht mehr lange dauert. Und sobald der Feind vertrieben ist, werden sich Ströme von Lebensmitteln nach Leningrad ergießen. Aber so lange müssen wir durchhalten. Wir halten ja auch durch, aber das ist so schwer. Manchmal verzweifelt man auch, manchmal denkt man, nein, wir werden alle wie die Fliegen verrecken, wir werden den hellen Tag des Sieges nicht mehr erleben.

Als der Winter zu Ende war, hatten die Leningrader alles nur Denkbare aufgegessen. Auch ihre Hunde und ihre Katzen und ihre Kanarienvögel. In der ganzen Stadt gab es keine Spatzen und keine Krähen mehr. Angeblich auch keine einzige Ratte. Die Menschen aßen Gelee aus Tischlerleim und gekochtes Schuhleder und Schmierfett und Tapetenkleister. Wenn sie etwas davon hatten. Und die süße Erde von der zerschossenen Zuckerfabrik, in der nach einem Bombenangriff alles geschmolzen und irgendwohin geflossen war.

Schrecklich.

Aber am Schlimmsten war für Lena, dass sie nach kurzer Zeit ganz allein war. Von fremden Menschen umgeben, denen sie egal ist, schrieb sie. Der Vater war schon seit vielen Jahren tot. Aber in diesem Belagerungsjahr starb ihre Mutter. Und dann ihre Ziehmutter, Tante Lena. Und auch noch Aka, die alte Tante, die mit ihnen in der Wohnung lebte. Lena musste die gefrorenen Leichen auf einem Kinderschlitten zum Friedhof ziehen. Dort wurden sie mit anderen zusammen aufgestapelt. Es waren sehr, sehr viele. Im Frühjahr sollten sie alle in Massengräbern beerdigt werden.

Lena hieß übrigens mit vollem Vornamen Jelena Wladimirowna. Wla-di-mi-rowna. Russische Vornamen sind für uns manchmal schwer auszusprechen. Wladimir wäre schon leichter. Lena wurde nur Lena gerufen. Und sie nannte sich auch selbst so. Irgendwann fing sie sogar an, in der dritten Person von sich selbst zu sprechen, ich meine, zu schreiben.

Ich wollte aber doch eigentlich nicht über die Leute von Leningrad reden, sondern über Onkel Hans. Es soll nicht hinterher heißen: Thema verfehlt.

Von Onkel Hans gibt es, wie gesagt, ein paar Fotos aus der fraglichen Zeit. Manchmal ist er selbst gar nicht drauf zu sehen, sondern nur andere Soldaten, die in einer Kolonne marschieren. Oder locker zusammenstehen, Zigaretten in der Hand, und freundlich in die Kamera lächeln. Ich kenne mich mit Rangabzeichen nicht so gut aus, aber meistens sind es Höhergestellte. Jedenfalls die vorn im Bild. Er war ja selbst einer. Leutnant.

Auf etlichen Fotos geht es um eine solide kleine Blockhütte, so richtig aus Holzstämmen gezimmert. Sieht aus wie ein romantisches Wochenendhäuschen. Von so etwas habe ich geträumt, als ich noch ein Junge war und so sein wollte wie Tom Sawyer und Huckleberry Finn.

Das Dach mit Tannengrün abgedeckt, wahrscheinlich zur Tarnung. Im Giebel ein großer geschnitzter Adler mit Hakenkreuz. Onkel Hans auf der Terasse vor der Tür. Mal im Sitzen, mal im Stehen. Mal mit einem Fliegenschutznetz an seiner Mütze, das er kurz zur Seite schiebt, wenn er geknipst wird. Auf der Rückseite hat er notiert: *Schreibstube 11. Batterie 3. Artillerieregiment 12 (L). Sommer 1943.*

Onkel Hans hieß übrigens komplett: Johannes Karl Maria. Karl mit K.

Dass früher viele Jungs den zweiten Namen Maria bekamen, find ich doch komisch. Oder kennt jemand ein Mädchen, das mit dem zweiten Vornamen Josef heißt? Zum Beispiel: Sophia Charlotte Josef? Kein Mensch käme auf diese Idee. Vielleicht waren alle Eltern, die ihren Sohn damit kennzeichneten, tief gläubige Verehrer der Muttergottes. Oder sie dachten sich einfach nichts dabei. Aber das kann ich mir auch nicht vorstellen.

Aber man kann sich die Sache ja mal weiter ausmalen. Zum Beispiel: Rainer Maria Rilke gegen Rosamunde Josef Pilcher. Dann wäre der Vater von Jesus doch emanzipiert, oder?

Ich muss zwischendurch wieder an Lena denken. Ihr Tagebuch hörte Ende Mai plötzlich auf.

Später hat man herausgefunden, dass sie nicht mehr in Leningrad war, als Onkel Hans sich vor seiner Jägerhütte fotografieren ließ. Sie hatte Glück gehabt. Sie gehörte zu denen, die in eine andere Stadt evakuiert werden konnten. Es gab zu der Zeit nämlich noch einen einzigen Ausweg, eine gefährliche Straße, über die etwas Nahrung herein- und Bewohner herausgeschafft werden konnten.

Der Belagerung ging weiter. Auf einigen Fotos ist Onkel Hans mit Stiefeln im Schnee und im Matsch zu sehen, auf anderen wieder mit Fliegennetz am Kopf. Die Stechmücken waren im Sommer bestimmt eine Plage.

Die Russen wollten natürlich ihre Stadt von den Deutschen befreien und sie versuchten es immer wieder, von vorn und von hinten. Regelrechte Schlachten fanden statt, genau in dem Gebiet, in dem Onkel Hans stationiert war. Die wurden sogar durchnummeriert. Erste Ladoga-Schlacht, zweite und so weiter.

Bestimmt gab es auch in seiner Einheit Tote und Verletzte.

Vielleicht hatte er auch Angst, dass ihm etwas zustoßen könnte. Dass er von einer Kugel erwischt würde. Dass ihm eine Granate auf den Kopf fallen könnte. Oder etwas Ähnliches.

Auf einigen Bildern sieht er sehr ernst aus.

Wie auch immer: Onkel Hans hielt die Stellung.

Übrigens liege ich immer noch am selben Platz! Ich gedenke auch den kommenden Winter hier zuzubringen, der hier oben zwischen Ladoga- und Ilmensee nicht sehr zart ist.

Das war nun schon der dritte Herbst der Belagerung von Leningrad. Und Onkel Hans befördert zum Oberleutnant.

Durch den Oberleutnant, besser gesagt durch seinen Brief habe ich eine neue Abkürzung gelernt: HKL. Bedeutet: Hauptkampflinie. Das ist da, wo am meisten geschossen wird. Also die Front an sich.

Du rätst mir nun, mich einmal mit einem Feldgeistlichen auszusprechen, ja, Vater, hier vorn zu uns kommt keiner! Und nach hinten komme ich so selten, dass ich dort nur zufällig einen treffen könnte. „Hinten" heißt bei uns auch nur ca. 8 km hinter der HKL, weiter komme ich nämlich nicht zurück und dann auch nur, wenn ich meinen Papierkrieg erledigen muß.

Man könnte jetzt sagen: Die Belagerung war immer noch erfolgreich. Auch im nächsten Winter wurden in Leningrad wieder die Verhungerten und die Erfrorenen in rauen Mengen gestapelt. Aber das konnte Onkel Hans vielleicht nicht wissen.

Vielleicht wusste er auch nicht, dass Hitler persönlich den Befehl gegeben hatte: Belagern und abwarten, bis da drinnen alle verreckt sind! Die oberste Heeresleitung hatte allerdings nicht damit gerechnet, dass alles so lange dauern würde.

Ich weiß, es ist kein Kunststück, mit dem Wissen von heute anzukommen und einen auf schlau zu machen. Besserwisserei ist die Krankheit der später Geborenen. Aber es war so. Die Heeresgruppe Nord hatte klare Anweisung aus Berlin:

Sich aus der Lage in der Stadt ergebende Bitten um Übergabe werden abgeschlagen werden, da das Problem des Verbleibens und der Ernährung der Bevölkerung von uns nicht gelöst werden kann und soll. Ein Interesse an der Erhaltung auch nur eines Teils dieser großstädtischen Bevölkerung besteht in diesem Existenzkrieg unsererseits nicht.

Jetzt muss ich zur Abwechslung doch einmal etwas anderes ansprechen. Wie schon eingangs erwähnt, machen sich junge Mütter und junge Väter viel Kopfzerbrechen darüber, welchen Namen sie ihrem Kind geben sollen. Die Zeitschrift ELTERN hat ein Internetforum und dort habe ich diesen besorgten Artikel gefunden:

Vorname Hans – geht das? hallo. im januar wird unser sohn zur welt kommen! wir sind schon total aufgeregt und freuen uns sehr auf den kleinen. es gibt nur noch ein kleines bzw. großes problem ... der vorname! seit beginn meiner schwangerschaft haben wir unseren kleinen „hans" genannt – dieser name stößt allerdings bei den meisten auf ablehnung. für uns ist er mittlerweile sehr vertraut und wohlklingend, allerdings weiß ich nicht, ob ich meinem kind damit einen gefallen tun werde. ich bin mittlerweile total verunsichert und hoffe deshalb gaaanz fest auf eure mithilfe und viele antworten, was meint ihr dazu?! ist dieser name soo schrecklich?

Der Mutter wurde geholfen – mit diversen Ratschlägen. Macht das ruhig, so waren einige Einträge, denn alte

Namen sind wieder im Kommen. Oder als Alternative einen Doppelname mit Hans aussuchen, wie zum Beispiel Hans-Peter. Den sauren Namen wie einen Saft verdünnen, sozusagen.

Ok, ich könnte wieder auf meinen anderen Onkel Hans zu sprechen kommen. Der war immer noch in Russland unterwegs. Im Mittelabschnitt der Ostfront, so hieß es. Die Wehrmacht hatte ja immer noch den Befehl, den Lebensraum im Osten zu erobern, wegen Hitlers Traum vom neuen Großdeutschland. Wenn der Krieg erfolgreich zu Ende wäre, so der Plan, sollten Deutsche angesiedelt werden. Die würden Russland germanisieren, überall schöne Bauernhöfe gründen und alles in blühende Landschaften verwandeln, bis zum Ural.

Das klappte aber nicht. Die Wehrmacht kam nicht mehr voran. Im Gegenteil.

Wenn ich nicht völlig falsch informiert bin, waren die Deutschen längst auf dem Rückzug, als Onkel Hans den Brief an seine Mutter schrieb. Aber er drückte es anders aus:

Wie du aus den Wehrmachtsberichten gehört hast, sind wir nun wieder ein Stück näher an Deutschland gekommen. Das ist bestimmt nicht gut, jedoch ist das noch lange kein Grund zum Verzweifeln.

Onkel Hans war schon tot, als ich zur Welt kam. Ich weiß kaum etwas über ihn. Dass er in Köln studiert hatte. Dass er Handelslehrer war, verheiratet, keine Kinder. Dass er einen Deutschen Schäferhund hatte. Dass er gern Motorrad fuhr.

Ein paar Fotos sind auch noch da. Nicht viele. Auf einem ist er in vollem Wichs. Ein echt schräger Ausdruck. So nannten die das, wenn man zu einer Studentenverbindung gehörte. Da sitzt er mit seiner bestickten Jacke, der komischen Mütze, den übergroßen Lederhandschuhen und dem Säbel in der Hand. Ob er sich damit eine Narbe ins Gesicht schlagen ließ, weiß ich nicht.

Keine Ahnung, was in ihm vorging. Ich weiß nicht, wie er so war, als Mensch, meine ich jetzt. Ob er den Plan vom Lebensraum im Osten gut fand. Kann ja sein, dass er von einer Zukunft als Rektor einer Handelsschule träumte. In einer hübschen, neuen, deutschen Stadt an der Wolga. Oder auf der Krim.

Vielleicht dachte er, dass dieser Russlandkrieg einfach glatter Wahnsinn war, aber er konnte es niemandem sagen.

Vielleicht war er einfach übermüdet, ständig unter Stress. Vielleicht hatte er auch mal Heimweh.

Er hat bestimmt viel Feuer gesehen. Vielleicht auch gelegt, wer weiß.

Taktik der verbrannten Erde: Das war der Rückzugsbefehl für die Soldaten der Heeresgruppe Mitte. Die Kornfelder hatten sie sowieso schon angezündet, weil sich Russen darin verstecken könnten. Aber jetzt, als alles nur noch im Rückwärtsgang lief, steckten sie alles in Brand. Häuser, Dörfer, Kirchen, Scheunen. Bahnhöfe und Schulen und Molkereien und Krankenhäuser und die kleinsten Holzhütten. Einfach alles.

Die Russen hatten ja fast alles aus Holz gebaut. Nur die Schornsteine nicht, die waren gemauert, was denn sonst. Und jetzt gab es also Dörfer und Städte, in denen nichts mehr stand außer Schornsteinen. Ein lockerer Wald aus Schornsteinen. Gespenstisch sah das aus. Ich kenne den Anblick zum Glück nur von Fotos.

Ich weiß nicht, ob Onkel Hans dabei mitgemacht hat. Ich weiß nur, dass er Unteroffizier war. In einem Grenadier-Regiment. Das waren die Leute, die mit Lastwagen oder Panzern an die HKL gefahren wurden und dann zu Fuß weitermachten.

Es wäre so schön, jetzt über etwas anderes zu reden. Hab ich schon gesagt, dass man mit Namen Geld verdienen kann? Das Zauberwort heißt: Adressenhandel. Und das kommt davon, dass Vornamen auch so etwas wie Modeartikel sind. Das heißt, sie kommen und gehen. Und wenn man dann rückwärts schaut und einen Namen hört oder liest, dann kann man daraus schließen, wann die Person geboren ist und wie alt sie gerade ist. Wenn man sich damit auskennt.

Und daraus machen bestimmte Firmen ein Geschäft. Also, sie haben zuerst Statistiken erstellt, wann in den letzten hundert Jahren welche Namen besonders häufig vorkamen. Und dann durchleuchten sie Telefonbücher und andere Namenslisten, legal oder illegal, egal, nach ihren Suchkriterien. Per Computer, versteht sich.

So. Und wenn ich jetzt, sagen wir mal, gerne Werbung machen würde für ein bestimmtes Produkt bei alten Damen zwischen 60 und 80 in einer bestimmten Stadt, dann kann ich entsprechende Adressen kaufen und den Damen meine Werbebroschüren zusenden. Das passt einigermaßen, nach den Gesetzen der statistischen Wahrscheinlichkeit. Ungenauigkeiten und Streuverluste muss man in Kauf nehmen.

Streuverluste hatte auch Onkel Hans in Leningrad, denn nicht jede Kanonenkugel traf ihr Ziel. Aber ich will jetzt nicht ironisch werden. Auch Onkel Hans in Leningrad machte sich über den Kriegsverlauf seine Gedanken. In dem Brief an seinen Vater schrieb er:

Die Ereignisse an der Ostfront sind zwar ernst, aber für uns liegt nicht im Geringsten Veranlassung vor, an unserer Lage zu verzweifeln. Wir hatten wirklich einmalige Erfolge, die immer zwar freudig begrüßt, aber immer auch als selbstverständlich hingenommen wurden. Wenn wir nun unsere vordere Linie an der Ostfront zurücknehmen, dann in der

Hauptsache, um unsere Nachschubwege zu verkürzen, und damit dem Bandenwesen in den weiträumigen rückwärtigen Gebieten durch dichtere Truppenbelegung energisch u. rücksichtslos entgegenzutreten. Aber das ist kein Grund, um schwarz zu sehen. Laß die Burschen von der anderen Seite doch frohlocken über Erfolge, die gar keine sind, sondern nur eine geplante und exakt durchgeführte Maßnahme unserer Führung. Was gewinnt denn z.B. der Russe? Gebiete, die ihm im Augenblick aber auch garnichts bringen! Zerstörte Straßen, Eisenbahnen, Fabriken usw., für deren Wiederherstellung er lange Zeit brauchen wird.

Onkel Hans war zum Batteriechef ernannt worden. Das heißt, für Laien: Er hatte eine ganze Menge Kanonen unter sich und 'ne Masse Soldaten dazu.

Bitter ist es augenblicklich noch für Euch und alle in der Heimat, die unter den gemeinen Bombenangriffen zu leiden haben. Dieser Krieg fordert nun einmal von jedem Opfer, gleich ob er an der Front steht oder in der Heimat arbeitet. Aber eines Tages wird es soweit sein, dann wird abgerechnet! Dann wird jeder deutsche Landser, der jetzt irgendwo an der Front steht und seinen Groll über die satanischen Bombardierungen deutscher Frauen und Kinder still in sich hineinfrißt, nicht mit Seidenhandschuhen arbeiten! Und wenn dann endlich einmal wieder Frieden ist und ich sollte das erleben – Vater, ich werde dann dem lieben Gott von ganzem Herzen danken u. wissen, was ich dann zu tun habe. Solange aber dürfen wir nicht schwach werden und nachgeben, wenn's auch manchmal noch so schwer fällt. Vergessen wir nicht die vielen Toten, die dieser Krieg bisher gekostet hat, deren Opfer aber sinnlos wäre, wenn wir schlapp machen. Wie mit Miesmachern u. solchen Leuten, die die öffentliche Ruhe, das Vertrauen zur Front zu untergraben versuchen, verfahren wird, darüber besteht ja nach der letzten Führerrede auch kein Zweifel.

Ich würde mich jetzt wirklich lieber mit etwas anderem beschäftigen. Mit Blumennamen zum Beispiel. Ich habe eben zwischendurch im Garten eine Marbel eingepflanzt. Eine Wald-Marbel. Und dabei ist mir eingefallen, dass es viele Pflanzennamen gibt, die auch Mädchennamen sind. Zum Beispiel Iris. Oder: Erika, Rose. Viola. Jasmin. Hortensia. Ist das nicht schön?

Ich kenne aber keine Blume, die einen Jungennamen trägt. Peterblume? Hansblume? Nicht, dass ich wüsste. Mir fällt nur Männertreu ein und das blüht bekanntlich nicht besonders lange.

Und Knabenkraut. Ist sogar eine Orchidee. Ausdauernd, krautig, laut Wikipedia. Die Blüten so gut wie duftlos. Blütenökologisch eine Täuschblume. Lockt Bestäuber an, gibt aber keinen Nektar ab. Interessant.

Ach ja, und Johanniskraut. Das passt doch wieder zum Thema, oder? Es blüht im Sommer. Sein Öl kann im Winter die Schwermut vertreiben, heißt es.

Eines Tages war es dann doch soweit. Die deutsche Wehrmacht musste ihren Belagerungsring rund um Leningrad aufgeben. Nach drei Sommern und drei Wintern, nach fast neunhundert Tagen, war Schluss mit der Blokada, wie die Russen es nannten. Das Wort versteht man doch sofort, oder?

Eine Million Leningrader waren tot.

Die meisten von ihnen verhungert oder erfroren.

Blumen und Mädchennamen fallen mir noch mehr ein. Rosemarie, Annerose, Flora, Margarita, Veronica. Dann auch noch Mädesüß und Lippenmäulchen. Gerlinde und Mimose. Mauerblümchen. Ok, gilt nicht. Aber die Schwarzäugige Susanne, die gibt es wirklich.

Na gut, lassen wir das.

Marbel als Mädchennamen schreibt man außerdem

ohne r, also Mabel. Von Amabella. Und das kommt von dem lateinischen amabilis. Liebenswürdig.

Ich hab das alles nicht gewusst. Das mit Leningrad. Einverstanden, ich hab im Geschichtsunterricht auch nicht immer aufgepasst. Aber ich könnte schwören, dass wir das nicht durchgenommen haben. Und nach der Schule habe ich auch noch nie davon gehört. Bis vor kurzem. Seitdem ich mich mit Onkel Hans und dem Ganzen beschäftige.

Ich hab nicht gewusst, dass dort Menschen in den Hungertod getrieben worden sind, im ganz großen Stil, kann man sagen. Dass es Grausamkeiten gab auf beiden Seiten, furchtbare Grausamkeiten, ist allgemein bekannt. Aber dieses systematische Aushungern einer Millionenstadt?

In Russland kennt anscheinend jedes Kind die Geschichte der Blokada. Jedes Jahr wird daran erinnert. Für die Russen war es eines der größten Ereignisse des Krieges. Ein nationales Drama.

Ich hab natürlich auch nicht gewusst, dass Onkel Hans dabei mitgemacht hat. Woher denn auch.

Aber wundern tut es mich, ehrlich gesagt, nicht.

Ich meine jetzt gar nicht speziell Onkel Hans. Aber all diese deutschen Soldaten, die in Russland waren, die haben dort doch nicht nur Bier und Cognac getrunken und Karten gespielt. Die haben doch einen Krieg geführt. Das geht mir nicht aus dem Kopf. Was haben die dort gemacht?

Vielleicht will ich es auch gar nicht wissen.

Es gibt ja außerdem kaum noch welche, die man fragen kann. Die meisten sind schon tot.

Onkel Hans bekam eine Schussverletzung an der linken Hand. Das war sein Glück. Sein Heimatschuss. Er wurde nach Deutschland versetzt, in die Heimat, und zwar buchstäblich.

In Essen-Kray kommandierte er eine Flak-Batterie, die die feindlichen Bomber abschießen sollte. Sie lag nur ein paar Kilometer von seinem Zuhause in Essen-Holsterhausen entfernt.

Aber nicht mehr lange. Sein Elternhaus war bald nur noch Schutt und Asche.

Britische Fliegerbomben.

Mir fallen noch ein paar Blumennamen ein. Frauenschuh. Die Jungfer im Grünen. Nessi Tausendschön, aber das ist eine Sängerin, das gilt nicht.

Onkel Hans Leningrad und Onkel Hans Irgendwoinrussland kannten sich nicht. Aber ein bisschen Ähnlichkeit hatten sie vielleicht doch, ich meine, in ihren Ansichten.

Onkel Hans Irgendwoinrussland schrieb seinen Brief, als Stalingrad und Leningrad schon verloren waren. Oder befreit, je nachdem, wie man es betrachtet.

Der Führer ist beim letzten Attentat auf solch wunderbare Weise errettet worden, dass man es wie einen Wink des Schicksals auffassen kann. Der Himmel hat ihn uns erhalten und er wird sein Volk auch aus allen Nöten herausführen. Das ist unser fester Glaube.

So schrieb er Ende Juli 1944 an seine Mutter.

Ich kann das jetzt nicht gut aushalten. Ich muss zwischendurch mal an etwas anderes denken. Zum Beispiel an Hans im Glück und all die schönen Märchen der Gebrüder Grimm, die ich so gern lese. Hans hatte ja diesen Goldklumpen bekommen. Und dann eingetauscht gegen ein Pferd, eine Kuh, ein Schwein, eine Gans und am Ende gegen einen einfachen Feldstein. Eine verrückte Geschichte.

Man muss es jetzt einfach mal sagen: Die Geschichten meiner drei Onkel Hans sind keine lustigen Geschichten. Keine Anekdoten, die man immer wieder gern bei Familienfeiern erzählt. Weißt du noch, wie ... ? Erzähl nochmal die Story mit dem ... Was haben wir gelacht!

Kriegsgeschichten taugen nicht dafür. Oder manche vielleicht doch? Als ich noch Kind war, kam es vor, dass lustige Geschichten aus Kriegszeiten erzählt wurden, von Nachbarn, von Onkeln, von meinem Vater, also von Leuten, die selbst dabei waren. Als ich größer wurde, beschlich mich eine leise Ahnung, dass das nicht alles gewesen sein kann. Über die schlimmen Sachen wurde nicht geredet.

Ich möchte jetzt doch die Geschichte zu Ende erzählen. Es führt ja kein Weg daran vorbei.

Also, Onkel Hans, der andere, nicht der in Leningrad, sondern derjenige, der immer noch irgendwo mitten in Russland war: Der hatte kein Glück. Man weiß nicht, wo es passiert ist, nur: wann. *Er starb den Heldentod, im Mittelabschnitt der Ostfront.* So stand es in der Mitteilung an die Familie. *Gefallen für Führer, Volk und Vaterland.*

Am Sonntag, dem 25. Juli, fünf Tage nach dem Attentat auf Hitler, hatte er den letzten Brief an seine Mutter geschrieben.

Am Montag starb er.

Am Dienstag wurde der Brief von der Feldpost abgestempelt und in die Saargegend verschickt.

Als die Mutter den Brief öffnete, war ihr Sohn nicht mehr am Leben.

In der Sterbeannonce, die die Familie aufgab, steht unter seinem Namen, dass er Unteroffizier war. Und was er alles bekommen hat: das Eiserne Kreuz, das Infanterie-Sturmabzeichen und die Ostmedaille.

Sein Taufname war: Johann Nikolaus.

Er war das vierte und jüngste Kind.

Meine Mutter hat seitdem keinen Patenonkel mehr.

Wo sein Grab ist, wissen wir nicht. Wenn es eines gibt, muss es irgendwo in Russland sein.

Und der andere? Der Artillerieoffizier in Leningrad und in Essen-Kray?

Der überlebte den Krieg. Hatte Glück. Kam in englische Kriegsgefangenschaft. Aber nicht besonders lange. Danach kriegte er schnell eine Anstellung in der öffentlichen Verwaltung. Zuerst bei der Besatzungsmacht, dann im Wirtschaftsministerium.

Klavierspielen konnte er auch wieder. Der kleine Finger an der linken Hand machte nicht mehr richtig mit, aber er konnte bei diversen Festlichkeiten ordentlich in die Tasten hauen, wenn er dazu in Stimmung war. Das erzählten mir seine Geschwister.

Er konnte auch dichten. Zu jedem runden Geburtstag trug er etwas Selbstgereimtes vor, seitenlang und witzig. Und in seinem Karnevalsverein war er beliebt wegen seiner Büttenreden.

Und der dritte? Onkel Hans in Recklinghausen?

Der blieb Kaufmann bis an sein Lebensende, mit den Delikatessen unten im Laden und den Trophäen aus Marokko oben im Schlafzimmer.

Und Lena Muchina? Sie wurde zuerst nach Nischni-Nowgorod zu Verwandten in Sicherheit gebracht. Später, als Erwachsene, lebte sie nur ein paar Jahre wieder in ihrer Heimatstadt. Und dann in Sibirien und in Moskau.

Sie wurde nie Schriftstellerin. Sie war alles andere als berühmt. Sie arbeitete in einer Großmühle, in einer Spiegelfabrik und auf einer Großbaustelle. Sie war viel krank und starb mit 66 Jahren, als Michail Gorbatschow Staatsoberhaupt der Sowjetunion war.

Ihr Tagebuch wanderte aus irgendwelchen Gründen in ein staatliches Archiv und lag dort nur herum. Bis es quasi entdeckt wurde. Das ist noch nicht lange her.

Hans ist neuerdings ein Markenname. Genauer gesagt: Hans im Glück. So heißt eine deutsche Restaurantkette. Onkel Hans beobachtet das bestimmt mit Interesse von seiner Wolke aus. Logisch, welchen Onkel ich jetzt meine. Vielleicht würde er heutzutage, wenn er könnte, auch so einen Laden aufmachen, so einen Edel-Schnellimbiss mit Take-Away-Menüs für Hipster. Vielleicht dreht er sich auch nur im Grabe herum wegen dem modernen Fast Food und dem ganzen Gesülze im Internet-Deutsch. Klingt es nicht furchtbar, was die auf ihrer Website schreiben? Ich bin dafür jedenfalls schon zu alt.

Schon beim Betreten eines Hans im Glück spürt man die einzigartige Leichtigkeit der Einrichtung und taucht ein in völlige Entspannung vom Alltagsstress ... Wir möchten Dir mit unseren Burgern einen besonderen Moment des Glücks schenken. Jeder unserer Burger wird mit frischem Salat, Zwiebeln, sonnengereiften Tomaten und Hans im Glück-Soße zubereitet ... Abgerundet wird die Speisekarte durch eine attraktive Preisgestaltung. Alle Elemente zusammen ergeben den einzigartigen Wohlfühl-Charakter der Hans im Glück-Burgergrills und eine stimmige Atmosphäre rund um den glücklichsten Burger der Stadt.

Wer hätte das gedacht? Der Name Hans ist also doch nicht altmodisch, sondern die Überschrift für ein modernes Geschäftskonzept. Ob die Gebrüder Grimm gefragt worden sind, wegen der Namensrechte, weiß ich nicht. Eher nicht.

Ich weiß auch nicht, wie ich das überhaupt finden soll. Hans im Glück, der große Philosoph und Lebenskünstler, als Namenspatron für ein Brötchen mit Frikadelle?

Hans stirbt jedenfalls doch nicht aus.

Vielleicht werden noch ganz andere Sachen unter seinem Namen erfunden. Zum Beispiel Selbsterfahrungskurse mit Meditation und Lebensbewältigungscoaching, nach der Lehre des großen Gurus Hans im Glück? Er wäre doch ein Vorbild für alle Sinnsuchenden. Denn als der Erleuchtete seinen letzten Besitz, den stinknormalen Feldstein, aus purer Ungeschicklichkeit in den Brunnen plumpsen ließ, *sprang er vor Freuden auf, kniete dann nieder und dankte Gott mit Tränen in den Augen dass er ihm auch diese Gnade noch erwiesen und ihn auf so eine gute Art und ohne dass er sich einen Vorwurf zu machen brauchte, von den schweren Steinen befreit hätte, die ihm allein noch hinderlich gewesen wären. „So glücklich wie ich", rief er aus, „gibt es keinen Menschen unter der Sonne." Mit leichtem Herzen und frei von aller Last sprang er nun fort, bis er daheim bei seiner Mutter war.*

Das siebente Kind

Es waren einmal ein Vater und eine Mutter, die hatten zehn Kinder und sie hatten eins um das andere lieb.

Der Erstgeborene war mutig und stark. Er tollte mit seinesgleichen in den Gärten und im Walde herum, kletterte hoch in die Bäume und ihm war vor kaum etwas bang.

Der Zweite saß gern über den Büchern und erstaunte alle Welt damit, was er in jungen Jahren schon alles wusste, so belesen wie er war.

Das dritte Kind war ein sonniges Kerlchen. Doch verbrühte es sich bei einem schrecklichen Unfall zu Hause in der Stube und starb, bevor es drei Jahre alt war.

Das vierte Kind, ein Mädchen, war geschickt und anstellig bei allem, was seine Mutter ihm wies. Alles ging ihm bald leicht von der Hand, nähen und sticken, kochen und backen und mancherlei Hausarbeit mehr.

Das fünfte Kind hatte den schwärzesten Haarschopf von allen. Der Knabe war flink mit den Beinen und auch mit seinem Mundwerk, fürwahr ein lustiger Gesell.

Das sechste Kind lag schon einen Tag nach seiner Geburt tot in seinem Bettchen, da war das Weihnachtsfest gerade vorüber.

Das siebente Kind, ein Knabe, war weder besonders mutig noch besonders stark noch besonders geschickt oder wenigstens schön und auch nicht besonders lustig. Es war einfach das siebente Kind.

Das achte war ein hübsches Mädchen mit schönen dunklen Augen und einer hellen, klaren Stimme, weshalb es schon von Kindsbeinen an bei Festlichkeiten vorsingen durfte.

Das neunte Kind, wieder ein Mädchen, wurde schwer krank und wäre fast im Fieber gestorben, wenn nicht Vater und Mutter sich seiner so innig angenommen hätten. Des Nachts wachten sie bei dem Kleinen, bis es endlich genas.

Das zehnte Kind war das Allerkleinste. Wenn am Abend der Vater von seinen Geschäften nach Hause kam und es hörte, wie sich der Schlüssel im Schloss drehte, fing es an zu schreien, seine Brüder hätten ihm ein Leid angetan. Alsbald packte sich der Vater seine Söhne und scholt sie gar sehr und verteilte ihnen Backpfeifen. „Ich werde euch helfen, den Allerkleinsten zu piesacken!", rief er zornig, ohne die Großen angehört zu haben.

So wohnten sie alle zusammen in einem Haus. „Es passen der geduldigen Schafe viele in einen Stall", sagte die Mutter, denn sie war sanftmütig und gottergeben. Die Eltern umsorgten ihre Kinder, damit sie gedeihen konnten. Sie hielten sie an zum Gebet und zu den zehn Geboten. Des Sonntags, nach der Kirche, nahm der Vater seine drei Kleinsten an die Hand und ging mit ihnen die Rehlein füttern, die waren halbzahm in einem Gehege und knabberten das Brot, das ihnen hingehalten ward.

Es geschah aber, dass die Geschäfte des Vaters nicht mehr so viel einbrachten, als dass er seine Familie gut versorgen könnte. War es nun ein Schuldner, der es ihm nicht zurückzahlte oder hatte er auf den falschen Handel gesetzt, allein, das Glück verließ den Kaufmann und er verdiente kaum noch einen Heller. Schließlich musste er sein Haus, worinnen doch alle glücklich gewohnt hatten, zurücklassen und mit Frau und Kindern in eine enge Wohnung ziehen.

Dort wuchsen die acht Kinder weiter heran, ein jedes nach seiner Besonderheit. Wenn die Rede aber auf die beiden verstorbenen Kinder kam, dann flossen den Eltern ein jedes Mal die Tränen.

Der Älteste ging zum Unterricht in die berühmteste Schule der Stadt, aber vom Lernen hielt er nicht allzu viel. Wann immer es ging, saß er lieber auf einem Pferd, um hoch zu Ross einherzureiten.

Der Zweitälteste ging zur Klosterschule und lernte dort fleißig Latein und Griechisch. „Wenn's so weitergeht, wird noch ein Studiosus aus ihm", sagten sich die Eltern. Sie hofften sogar darauf, eines Tages mit ihm einen Pfarrer in der Familie zu haben.

Die älteste Tochter war tüchtig im Haushalten und ging ihrer Mutter zu Hand bei allem, was zu verrichten war. Des Abends spielte sie Gitarre und Akkordeon und sang dazu allerhand Lieder, fromme und lustige.

Der Schwarzlockige war bei Jung und Alt beliebt, nicht nur wegen seiner Scherze, sondern auch, weil er so kunstvoll mit dem Ball zu spielen wusste.

Das siebente Kind sollte das Geigenspiel lernen, aber schon bald war kein Geld mehr da, um den Lehrer zu bezahlen. Das siebente Kind wusste sonst nichts, was ihm Besonderes zu Eigen sein könnte. Da sprach es zu sich, dass es so bleiben wolle wie es war. Es wollte sich mit nichts hervortun, niemandem Umstände machen, brav seine Pflichten erfüllen und den Eltern keinen Kummer bereiten. So fiel es in der großen Kinderschar keinem auf, weder im Guten noch im Schlechten.

Die mittlere Tochter war von hübschem Antlitz, je mehr sie heranwuchs. Sie solle aber in allen Dingen ein braves Mädchen bleiben, so wurde sie von der Mutter ermahnt.

Die kleinste Tochter hörte schlecht, denn von der bösen Krankheit in frühen Kindertagen war sie auf einem

Ohr mit Taubheit geschlagen. Sie blieb am liebsten am Rockzipfel ihrer Mutter, denn da fühlte sie sich sicher.

Das Nesthäkchen wuchs nur wenig, doch obschon es für immer der Kleinste blieb, wusste es doch, sich zu behaupten. Es plärrte am lautesten, wenn der Älteste wieder einmal eine Zuckerstange fand, die eines der Geschwister für sich versteckt hatte, um die Köstlichkeit in einem stillen Augenblick für sich allein zu haben. Aber in welche Ritze auch immer sie ihren Schatz vergruben, ob im Uhrenkasten oder hoch oben auf dem Küchenschrank, der Älteste fand doch alles, was süß schmeckte. Er schnappte sich alle Leckereien, deren er habhaft werden konnte und aß sie auf, denn er hatte von allen den süßesten Zahn.

Wie sie nun nach und nach aus den Kinderschuhen herauswuchsen, sollte ein jedes einen anständigen Beruf erlernen.

Der Älteste ging von der Schule, bevor er dort alle Examina gemeistert hätte, sei es, weil er den Lehrern freche Widerworte gegeben hatte oder wegen Faulheit oder was sonst auch immer der Grund war. Da wurde er mit seines Vaters Erlaubnis Soldat. Er zog er die Uniform der Kavallerie an und tummelte sich von nun auf dem Reitplatz oder auf dem Exerzierplatz.

Der Zweite erhielt zum Lohn für seinen Fleiß ein gutes Schulzeugnis, legte sodann aber keinen Priesterkragen an, sondern Ärmelschoner, denn er lernte den Kaufmannsberuf in einem großen Kontor.

Die älteste Tochter fand eine Anstellung bei feinen Leuten, denen sie die Küche besorgte und alles reinlich und ordentlich hielt.

Auch der Schwarzlockige lernte alles, was ein Kaufmann muss rechnen können und war darin, wie auch im Schreiben, einer der schnellsten weit und breit.

Sein nächster Bruder, das siebente Kind, versuchte, es ihm gleich zu tun.

Da wollte auch die nächste Tochter etwas lernen, bis dass ein Mann sie zur Frau nehmen würde. Auch für sie fand der Vater ein Kontor, in dem ihr beigebracht ward, einem Kaufmann die Bücher zu führen.

Zur jüngsten Tochter sprach der Vater: „Du bleibst am besten bei uns zu Hause. Da hast du es gut und wenn wir eines Tages alt sind, kannst du für uns sorgen."

Der Allerkleinste vertrieb sich derweil noch die Zeit mit Kinderspiel.

Es dauerte nicht lange, da fing der Herrscher des Landes einen garstigen Krieg an. Er war ein gefürchteter Tyrann, der seine Heerscharen in die Nachbarländer befehligte und danach immer weiter in alle Himmelsrichtungen, denn in seinem Reich sollte die Sonne nie untergehen. Und so kam es, dass seine Soldaten voranstürmten und brandschatzten, raubten und mordeten und der Schrecken in den unterworfenen Ländern kein Ende nehmen wollte.

Ein jeder junge Mann des Reiches musste Soldat werden, ob er wollte oder nicht. Vielen Burschen stand erst ein Flaum im Gesicht, aber sie sollten von nun an ein Schießgewehr führen und lautstark dem Herrscher ewige Treue bis in den Tod schwören. Und täten sie's nicht, drohte ihnen alles Unheil.

Der Älteste musste vom Pferd absteigen und lernen, geschwind die Kanonen zu bedienen und die Mannschaften zu befehligen. Alsbald fiel er mit ihnen in ein fernes, kaltes Land im Osten ein.

Der Zweitälteste erstürmte mit seinen Kompanien die heißen Wüsten tief im Süden, jenseits des Meeres.

Die älteste Tochter verheiratete sich mit einem, der sich auf die Kunst des Kanonengießens verstand. Seine Geschütze waren die größten und besten und gefürchtet im ganzen Erdkreis. Sie zerschossen so manche Festung und versenkten so manches Schiff auf den Meeren.

Der Schwarzlockige rückte mit seinen Kameraden in die finsteren Schluchten eines großen Gebirges ein, um die Berge, Täler und Flüsse dahinter zu erobern. Er selbst, weil er schreiben konnte so schnell wie ein Vogel fliegt, schickte Berichte über alle Ereignisse hin und her, damit seine Generäle immerzu wussten, welche Befehle sie zu geben hätten.

Der Jüngste musste mitsamt seiner ganzen Schulklasse antreten und Pulver und Kugeln heranschleppen, damit die Kanonen zur Verteidigung seiner Heimatstadt etwas zu schießen hatten.

Die beiden Töchter bleiben zu Hause bei Mutter und Vater. Die Familie lebte mehr schlecht als recht, denn der Krieg machte allen im Lande schwer zu schaffen. Die Eltern wie die Töchter waren in Angst und Sorge, nicht nur um die Söhne und Brüder, sondern auch um das eigene Leben, war doch der große Krieg mit Brand und Zerstörung längst im eigenen Land angekommen. Der Gevatter Tod ging an kaum einer Tür vorüber.

Was aber geschah mit dem siebenten Kind?

Der Knabe wusste, dass auch er eines baldigen Tages Soldat werden müsste. Da sagte er sich: „Wohlan, wenn es denn sein muss, dann versuche ich es auf meine Art." Er hatte sich nämlich in einer besonderen Kunst geübt. Er vermochte unsichtbare, geheime Zeichen durch die Luft zu senden, die außer seinesgleichen niemand hören oder gar verstehen konnte. Über weite Entfernungen hinweg konnte er Nachrichten und Befehle bekommen und verschicken, viel schneller und viel mehr, als die schnellste und ausdauerndste Brieftaube es je vermocht hätte. Das hatte der Knabe fleißig geübt, bei Tag und bei Nacht, und darin sein Talent gefunden.

Als die Zeit gekommen war und er Soldat werden

sollte, zeigte er stolz, was er gelernt hatte. Da bekam er einen Wunsch frei, was er im Krieg zu tun hätte. Er aber wünschte sich zu fliegen, denn danach hatte er sich schon immer gesehnt. So kam es, dass er in einen großen Eisenvogel stieg und mit ihm hoch durch die Lüfte flog, hoch über dem entsetzlichen Kampfgetümmel, das auf dem Erdboden entbrannt war. Es waren aber auch andere große Eisenvögel in der Luft und alle beschossen sich gegenseitig mit ihren Kanonen, so dass viele, sehr viele in Brand gerieten und abstürzten. Inmitten von alledem machte er sich nützlich, indem er seine Signale schickte oder die Signale, die ihm gesendet wurden, an seine Kameraden weitersagte. Das gefiel ihm. Er wurde allseits geachtet und gelobt, weil er besonders geschickt in seiner Kunstfertigkeit war und sogar einen Wettbewerb der Schnellsten seiner Art gewinnen konnte. So hatte er nun etwas gefunden, worin ihm nicht jeder andere gleich war, etwas, womit er sich hervortun konnte, ohne dass es Prahlerei gewesen wäre.

Jedoch wendete sich das Kriegsglück. Die angegriffenen Heere wichen nicht mehr zurück, sondern griffen ihrerseits an und gewannen schließlich die Oberhand. Mit all ihren Waffen schlugen sie zurück. Bald half nichts mehr gegen ihre Übermacht. Auch die Eisenvögel des Tyrannen, alle Kanonen und alle Signalkunst des siebenten Kindes vermochten es nicht, die feindlichen Truppen aufzuhalten, die nun in das Reich einströmten, um dem kriegslüsternen Herrscher seine Macht zu entreißen und um Rache zu nehmen für das Unrecht, das ihren Ländern angetan worden war.

Die Heimat geriet in Brand. Schießpulver und Feuer regneten wie im Sturm auf die Städte herab, bis schließlich die Wohnung der Eltern einstürzte und Vater, Mutter und Schwestern beinahe elendig zu Tode gekommen wären.

Als der Krieg endlich ein für alle Mal ein Ende nahm, glich es einem Wunder, dass nicht nur die Töchter, sondern auch die Söhne, wiewohl allesamt Soldaten, die endlosen Schlachten überlebten und zu Vater und Mutter heimkehren konnten; die hatten in der Verwandtschaft ein Obdach gefunden. Diesmal war das siebente Kind allen voraus, denn es war das erste, das zurückkam. Und wie es in der Tür stand und Vater und Mutter in die Arme schließen konnte, da liefen ihnen die Tränen über das Gesicht vor lauter Glückseligkeit.

Mit der Signalkunst war es nun aus und vorbei. Das siebente Kind, über den Krieg zum Mann herangewachsen, zog nie wieder eine Uniform an. Es besann sich darauf, was es sich selbst einst vorgenommen hatte, ging seinen Pflichten nach und blieb genügsam und bescheiden. Über den verlorenen Krieg sprach es, seinen Geschwistern gleich, am liebsten nimmermehr. Alle bis auf eines gelangten, wie auch ihre Eltern, in ein gesegnetes Alter. Und wenn sie nicht gestorben sind, dann leben sie noch heute.

Man schwebte über allem

Wenn die Kiste vom Rutschen ins Gleiten kam und dann wirklich für ein paar Meter abhob oder vielleicht sogar fünfzig, sechzig Meter richtig flog – das Gefühl ist einfach kaum zu beschreiben. Man war im siebten Himmel. Ich muss dazu sagen: Wir hatten die Dinger sogar selbst gebaut, unter Anleitung, natürlich. Jahrein, jahraus fuhren wir als Halbwüchsige in jeder freien Minute zum Platz. Wenn wir nicht in der Werkstatt am Bauen waren, lungerten wir draußen herum.

Die Segelflugzeuge bestanden im Prinzip nur aus Holz, Leinwand und Draht. Unten war so eine Art Kiel, wie bei einem Boot, ein abgerundetes, schmal gesägtes Kantholz. Das mussten wir so glatt wie möglich schleifen. Ein Bugrad gabs nämlich nicht und der Flugapparat musste folglich auf diesem Kiel über die Wiese rutschen, beim Start wie bei der Landung. Also vergleichbar mit einer Schlittenkufe. Darauf war dann der Rest aufgebaut, alles aus dünnen Latten und Tuch. Die Flügel wurden durch gespannte Drahtseile stabilisiert. Wenn ich heute Bilder davon sehe, denke ich: Kinder, Kinder! Die Dinger sahen doch sehr zerbrechlich aus.

.

Wie gestartet wurde? Sie können sich das so vorstellen: Der Flieger sitzt auf einem Stuhl, wie der Affe auf dem Schleifstein. Zwischen den Knien den Steuerknüppel.

Und drumherum nichts außer der frischen Luft. Zwei Helfer halten das Flugzeug gerade, einer rechts, einer links, jeder an den Außenenden der Tragflächen. Dann wird vorn am Bug das Startseil eingehängt. Und jetzt kommt's: Der Apparat wird nicht von einem anderen Flugzeug hochgeschleppt wie heutzutage, oder mit einer Winde hochgezogen, sondern wie mit einer Zwille weggeschleudert, also von einer Gummischnur, bloß, dass die etliche Meter lang ist. Fünf, sechs Jungs packen davon die linke Hälfte, genauso viele die rechte Hälfte. Alle ziehen stramm, laufen etwas schräg nach vorn außen los, spannen dadurch das Gummiseil und dann, im richtigen Moment, tritt der Flieger auf ein Fußpedal, klinkt den Apparat dadurch aus und flitscht los.

Das Ganze fand an einem Abhang statt, gegen den Wind. Tja, und wenn man alles richtig gemacht hatte und auch noch ein bisschen Glück dazu kam, dann flog man. Und das mit vierzehn, fünfzehn Jahren! Man war unglaublich stolz, wenn man das geschafft hatte.

.

Fluglehrer? Sicher gab's Fluglehrer. Aber nicht an Bord. Die standen unten und gaben das Kommando. „Haltemannschaft? – Fertig! – Startmannschaft? – Fertig! – Ausziehen! Laufen! Los!" Beim Fliegen war jeder Flugschüler auf sich allein gestellt. Das war nichts für schwache Nerven. Aber wir wollten ja unbedingt.

Natürlich gab's auch Bruchlandungen. Dann haben wir die Dinger eben wieder repariert, wenn es irgendwie ging. Ja gut, man hat sich vielleicht mal die Nase poliert oder einen Arm gebrochen, aber an wirklich schwere Verletzungen kann ich mich nicht erinnern.

Wir hatten ja die Werkstatt direkt am Platz. Da waren immer Leute vom NSFK, ich meine, vom Nationalsozialistischen Fliegerkorps, die hatten auch die Baupläne und Ahnung von allem, die sorgten für Werkzeug und Material und so weiter. Das war alles da. Der Krieg hatte ja gerade erst angefangen, wenn überhaupt.

Aber eines muss ich noch dazu sagen. Eine Sache war doch echt lästig. Das war das Raufschleppen. Man landete ja in jedem Fall auf der gleichen Wiese, weiter unten, mal etwas weiter weg, mal nur ein paar Meter. Aber jedes Mal mussten wir die Flugzeuge wieder nach oben tragen, jawoll, mit vereinten Kräften. Das war eine ganz schöne Schlepperei, das kann ich Ihnen sagen. Die Dinger waren zwar möglichst leicht gebaut, aber trotzdem. Wenn man an einem Tag bei x Starts und Landungen mitgeholfen hatte, dann wusste man abends, was man getan hatte.

.

Auch wenn Sie's nicht glauben: Das war alles freiwillig! Es war ja keiner gezwungen, bei der Flieger-HJ mitzumachen. Im Gegenteil. Wenn wir unseren Schulkameraden von unseren Flugübungen erzählten, Mensch, das war schon was. Da waren einige doch neidisch. Die Flieger-HJ war eine Sonderabteilung der Hitler-Jugend, so wie die Reiter-HJ und die Nachrichten-HJ.

Die Heimabende der normalen HJ waren oft stinklangweilig. Jeden Mittwoch oder jeden zweiten, ich weiß es nicht mehr genau, und dann waren das meistens die politischen Schulungen. Da mussten wir die Daten aus Führers Lebenslauf auswendig lernen, Jahreszahlen der Bewegung und so'n Quatsch. Das interessierte uns doch gar nicht. Richtige Jugendheime waren das meistens auch nicht. Die Gefolgschaft am Wasserturm hatte zum Beispiel auch keine vernünftigen Räumlichkeiten, sondern bloß Klassenzimmer in der Schule. Das machte natürlich keinen Spaß. Genauso wenig wie das Antreten samstags. Da sollten wir schon mal Aufstellung üben und kriegten dann irgendwelche Aufgaben. Oder es mussten Geländespiele gemacht werden. Wenn man Glück hatte und einen Jungscharleiter hatte, mit dem man gut klar kam, dann war das eigentlich ganz schön. Vor allem die Zeltlager. Aber manche Gruppenführer waren einfach nur doof. Oder schlichtweg überfordert, denn die waren ja auch nur wenige Jahre älter als wir.

Jedenfalls, wenn man zur Flieger-HJ gehörte, dann konnte man sich um die Heimabende oft herumdrücken, weil man ja andere Aufgaben hatte.

.

Da muss ich Ihnen jetzt doch Recht geben. Ganz so einfach war es doch wieder nicht. Also es wurde schon erwartet, dass man bei der HJ mitmachte. Über die lief ja alles. Sogar die Sportvereine waren gleichgeschaltet und gehörten dazu. Irgendwie musste man mitmachen. Und wenn man das nicht tat, dann wurde man von denen angesprochen. Auf dem Schulhof, im Betrieb oder vom Blockwart. Manchmal waren die Eltern dagegen. Rudis Vater zum Beispiel wollte auch nicht, dass seine Kinder zum Heimabend gingen. Oder sonntagmorgens, da machte die HJ extra Veranstaltungen, um die Leute von der Kirche abzuhalten. Du gehst auf jeden Fall zur Messe, sagte sein Vater. Und das galt für alle in der Familie, auch für die Mädels, die waren ja beim BDM. In Rüttenscheid kannte ich auch einen, dessen Vater dagegen war. Da kam dann an einem Mittwochabend eine komplette Gefolgschaft und baute sich auf der Straße vor dem Haus auf und sang gewisse Lieder, bis der Junge rauskam und mitging.

Aber es ist ein Märchen, dass wir alle in diesen HJ-Uniformen herumgelaufen wären. Erstens wollten wir die gar nicht und zweitens konnten sich das die meisten Eltern gar nicht leisten. Gut, es gab ein paar ganz Stramme, die kriegten zu Weihnachten die komplette Uniform mitsamt Schulterriemen geschenkt. Aber die meisten von uns hatten nur ein Teil, vielleicht das braune Hemd, aber manche auch nur das Halstuch. Und bei bestimmten Anlässen oder Aufmärschen trug man dann eben das, was man hatte. Kurze Hosen waren sowieso normal.

.

Ja, es stimmt, es gab auch welche, die nicht mitmachen wollten. Die Stenze zum Beispiel. So nannten die sich. Die trafen sich auf dem Kirmesplatz in der Nähe vom Hauptbahnhof. Die schwänzten regelmäßig die Heimabende und kloppten sich gern mit dem Streifendienst der HJ. Die trugen karierte Hemden und Lederhosen. Das war natürlich eine Provokation. Zu diesen Leuten gehörten wir nicht. Man wurde aber auch schon angeschnauzt, wenn man die langen Socken nicht ordentlich trug, also glatt hochgezogen bis unters Knie, sondern nach unten zusammengeschoben. Es gab bestimmte Leute, die machten das extra. Stummer Protest. Das konnte einen Gruppenführer schon in Rage bringen.

Aber uns ging es ja nicht um die HJ, sondern ums Fliegen.

Hinterher, als alles vorbei war, kamen die Schlaumeier und meinten, das wäre doch alles nur eine vormilitärische Ausbildung gewesen, um uns auf den Kriegseinsatz vorzubereiten. Und wieso wir das denn damals nicht gleich durchschaut hätten. So ein Quatsch! Wir waren doch Kinder!

.

Mit Modellbau fing es an. Wir sollten Flugzeuge basteln, ziemlich große sogar, und ließen sie fliegen. Das waren richtige kleine Wettbewerbe. Dann hatten wir auch bald Schulungen in Flugphysik, Werkstoffkunde und Geschichte der Luftfahrt, also Theorie. Das war schon interessant. Unsere Helden und Vorbilder, das waren Manfred von Richthofen, Ernst Udet, meinetwegen auch Hermann Göring. Alle Kampfflieger aus dem Ersten Weltkrieg. Tollkühne Ritter der Lüfte. Über Otto Lilienthal haben wir eher Witze gemacht. Charles Lindbergh wurde uns nicht so nahe gebracht, denn der war ja Amerikaner. Aber die Segelflug-Asse, die in der Rhön ihre Meisterschaften austrugen, die kannten wir alle mit Namen. Deutschland war damals schon in der Weltspitze der Segelfliegerei und ist es, glaube ich, auch heute noch.

.

Kennen Sie „Quax, der Bruchpilot"? Ja? Vermutlich kennen Sie ihn als Film mit Heinz Rühmann. Der kam damals in die Kinos. Jeder, der etwas Kleingeld hatte, ging hin und war begeistert. Ein toller Streifen! Erst die Wochenschau, klar, wie immer, dann diese wunderbare Geschichte von dem verrückten Flieger und seinen Kapriolen. Was die meisten Leute bis heute nicht wissen: Rühmann flog tatsächlich selbst. Er war Hobbyflieger und saß bei allen Szenen selbst am Steuer, sogar bei den Kunststücken.

Aber wir kannten Quax schon vorher. Es kam ja zuerst als Jugendbuch heraus und wir rissen es uns gegenseitig aus den Händen. Zugegeben: Die Geschichte von Hermann Grote über den verrückten Quax, Fluglehrer Hansen und die schöne, junge Tochter vom Rittergut – die war, aus heutiger Sicht, kitschig. Aber wir haben sie geliebt, auch wegen der lustigen Zeichnungen.

Und gab es noch den „Adler", diese Zeitschrift. Kennen Sie wahrscheinlich nicht? Die war auch bei uns sehr beliebt. Auf dem Segelfluggelände lagen immer ein paar Ausgaben aus und die waren heiß begehrt. Drinnen standen vor allem spannend geschriebene Berichte von Aufklärungsflügen und Kampfeinsätzen. Außerdem Beschreibungen von neuen Flugzeugtypen und irgendwelche Reportagen rund um die Luftwaffe. Es gab aber auch Kreuzworträtsel und harmlose Werbung für Haarwasser und Waschpulver. Oder auch große Anzeigen von Messerschmidt, Junkers, Heinkel und wie sie alle hießen, die Flugzeughersteller. Und das alle vierzehn Tage. Heute würde man sagen: Alles Propaganda. Aber wir waren damals begeistert.

.

Lieder? Ob wir auch Lieder gesungen haben? Aber selbstverständlich. Am meisten das Fliegerlied aus diesem Hans-Albers-Film. Das hörte man ständig. Gesungen, gesummt und gepfiffen, auf dem Platz, auf der Straße und auf dem Schulhof.

.

Ja, kann ich noch:
Flieger, grüß mir die Sonne,
grüß mir die Sterne und grüß mir den Mond.
Dein Leben, das ist ein Schweben
durch die Ferne, die keiner bewohnt!
Schneller und immer schneller
rast der Propeller, wie dir's grad gefällt!
Piloten ist nichts verboten,
drum gib Vollgas
und flieg um die Welt!

Das Lied von den Fliegern der Legion Condor:
Wir flogen jenseits der Grenzen ...
Aber das krieg ich nicht mehr hin.

.

Man muss sich heute eines klarmachen: Die Flieger-HJ machte nicht nur Spaß, sondern war auch eine Chance, um weiterzukommen. Wenn man kleine Rutscher und Sprünge geschafft hatte, konnte man die Gleitfliegerprüfung A ansteuern. Und das mit 15! Dafür brauchte man eine bestimmte Zahl von gelungenen Geradeausflügen. Und natürlich die Theoriestunden. Dann die B-Prüfung mit Kurven und Ziellandung. Und dann, für die Fortgeschrittenen, die C-Prüfung. Das waren echte Anreize. Und die Besten von uns konnten weitermachen mit der Schulung zum Motorflugzeugführerschein. Dafür musste man nicht Alfred Krupp oder Graf Koks zum Vater haben. Das konnten auch Leute aus einfachen Verhältnissen schaffen.

Dieses Weiterkommen hatten wir natürlich immer vor Augen, bei der ganzen Plackerei, wenn wir die Dinger wieder den Hang raufschleppen mussten. Bis man endlich wieder an der Reihe war, selbst am Knüppel zu sitzen – mein Gott, das dauerte! Wir waren ja etliche und so viele Flieger hatten wir nun mal nicht. Oder wenn wir auf besseres Wetter warten mussten. Überhaupt warten: Das gehörte immer dazu.

.

Irgendwann wurde gefragt, wer Morsen lernen will. Da hab ich mich gemeldet, genauso wie Rudi. Aber damals kannten wir uns nur ganz entfernt.

„Die Hauptbetriebsart des Funkverkehrs zwischen Flugzeug und Erde ist der Tastbetrieb." Diesen Satz aus einer Luftwaffenvorschrift vergesse ich nie. Dafür haben wir geübt, geübt, geübt. Natürlich in der Freizeit, wir waren ja noch in der Lehre, Rudi in der Verwaltung beim Bergbauverein und ich bei Krupp.

Gelernt haben wir also abends und am Wochenende. Ein ganzes Jahr lang. Das hatte den Vorteil, dass wir von den HJ-Abenden und vom Antreten befreit waren. Der ganze Kram hatte mir sowieso nie richtig gefallen.

Pimpfenprobe, Fahnenweihe, Leistungsmärsche mit schwerem Gepäck und so weiter und so weiter: Damit hatte ich nichts im Sinn. Rudi übrigens genauso wenig. Zumal der auch noch Maläsen mit seinem Bein hatte, nach einem Sturz als Kind oder dergleichen; diese ganze Marschieren war nichts für ihn. Jedenfalls hat uns die Bordfunkerlaufbahn –

.

Sie kennen sich mit Morsen nicht aus? Der ganze Zauber besteht im Wesentlichen aus zwei Signalen: kurz oder lang, und außerdem den Pausen dazwischen. Für das lange Signal schreibt man einen Gedankenstrich, für das kurze einen Punkt. Für das lange sagt man „dah", für das kurze „dit". Und aus diesen beiden Zeichen gibt es für jeden Buchstaben eine Signalkombination. Zum Beispiel: „Didah" ist der Buchstabe a. „Dadididt" ist der Buchstabe b und so weiter. Damit können Sie komplette Nachrichten verschicken, als Funkimpuls, als Tonzeichen oder meinetwegen auch als Lichtzeichen.

Die Ausrüstung bestand aus Kopfhörern und einem kleinen, einfachen Tastenapparat. Je nachdem, ob man die Taste ganz kurz oder etwas länger drückte, gab man ein „dit" oder ein „dah". Auf diese Art könnte man ganze Romane schreiben. Wir mussten erst mal viel büffeln, um die Zeichen sicher zu beherrschen. Außerdem kam noch Theorie hinzu. Und vor allem ging es darum, möglichst viele Wörter pro Minute fehlerfrei geben und hören zu können, also senden und empfangen zu können.

Die Schulung fing an, als ich sechzehn war. Mit siebzehn hatte ich die Prüfung, am selben Tag wie Rudi. Es war der 13. Januar 1942. Den Funkschein habe ich bis heute aufbewahrt. Alle späteren Papiere hat man ja lieber schnell verbrannt, 45, als alles vorbei war.

Das Funkerzeugnis zeige ich allerdings so gut wie nie

jemand anderem, weil man mich schnell falsch verstehen könnte. Oben drauf steht nämlich „Nationalsozialistisches Fliegerkorps", weiter unten: „hat das Ziel der vormilitärischen Ausbildung erreicht" und unterschrieben hat es ein NSFK-Sturmbannführer. Das sieht heutzutage nicht so appetitlich aus. Aber das war nun mal die Organisation, die das Ganze veranstaltete. Wir waren aber keine Nazis. Wir brannten nur darauf, zu fliegen.

.

Ich weiß genau, worauf Sie mit Ihrer Frage hinauswollen. Ja, freiwillig. Ich hab mich freiwillig zur Luftwaffe gemeldet. Das können Sie als junger Mensch heute bestimmt nicht verstehen; ich sehe es Ihrem Gesicht an. Aber glauben Sie mir, wir hatten unsere Gründe. Wir wären nämlich sowieso bald eingezogen worden. Deutschland war ja längst im Krieg. Und mit achtzehn war man wehrpflichtig. Es war aber so: Wenn man sich für eine bestimmte Truppengattung im Voraus freiwillig meldete, dann war die Wahrscheinlichkeit sehr hoch, dass man tatsächlich dorthin kam. Und unseren Funkschein hatten wir schon in der Tasche. Wir wollten Bordfunker werden. Flugzeugführer – das lag uns nicht so.

Rudi hat mir später, das war in Toulouse, erzählt, dass er damals richtig dicke Luft mit seinem alten Herrn hatte. Der war nämlich dagegen, dass sein Sohn sich freiwillig meldete. Obwohl er doch selbst im Ersten Weltkrieg gedient hatte, sogar als Feldwebel. Er wollte nicht unterschreiben. Rudi musste mit Engelszungen auf ihn einreden. Zwei Jahre dauert die Bordfunkerausbildung, das war sein Argument, solange würde er an keine Front kommen. Also, was sollte ihm da schon passieren? Und bis er so weit sein würde, wäre der Krieg bestimmt längst vorbei. Schließlich gab der Alte nach und unterschrieb.

Das war auch nötig, denn Rudi war ja erst siebzehn, genauso wie ich.

Und noch etwas: Wenn man es so machte wie wir, also rechtzeitig freiwillig melden, dann ersparte man sich den Reichsarbeitsdienst. Und darauf haben wir herzlich gern verzichtet.

Die Wehrmachtsberichte, die jeden Mittag im Radio kamen, brachten zu dieser Zeit praktisch nur Siegesmeldungen. Eine nach der anderen. Die Wehrmacht stand ja schon in Polen, in Russland, in Dänemark und Norwegen, Holland, in Frankreich, in Nordafrika. Ein Land nach dem anderen wurde erobert und man musste fast glauben, dass die Wehrmacht unbesiegbar –

.

Na gut, die Luftschlacht um England war kein Erfolg, da muss ich Ihnen zustimmen. Das konnte man sich schon zusammenreimen, nach dem ganzen Getöse, das zuerst darum gemacht wurde und wegen der Funkstille, die dann zu diesem Thema folgte, auch in der Wochenschau. Dass damals Hunderte von unseren Flugzeugen abgeschossen wurden, über England oder über dem Kanal, diese Wahrheit haben wir erst nach dem Krieg so richtig erfasst. Jedenfalls, die Luftwaffe machte richtig Werbung, um neue Besatzungen ausbilden zu können. Und da hab ich mich auch gemeldet.

.

Jetzt ging es erst richtig los mit dem Aussieben. Die nächste Hürde hieß: Fliegertauglichkeitsprüfung. Ich bekam einen Brief vom Wehrbezirkskommando Essen und sollte mich demnach am 26. März 1942 in der Flakkaserne Essen-Kray einfinden. Mitzubringen war, ich weiß es noch bis heute, ein Bleistift, Sportzeug, Tagesverpflegung und der Ariernachweis. Wenn ich mal ehrlich sein soll: Ich war ganz schön nervös, denn alles Weitere hin ja nun von dieser Tauglichkeitsprüfung ab. Topp oder Flop! 83 Jungen waren da und die wollten alle zur Fliegertruppe. Es ging los mit einer schriftlichen Prüfung, Aufsatz und Rechenaufgaben, dann Hindernislauf und schließlich alle möglichen ärztlichen Untersuchungen: Augen, Blut, Lunge, Herz und so weiter. Schließlich die erlösende Mitteilung: flugtauglich! Menschenskind, was war ich froh!

.

Am 19. April wurde ich zur Wehrmacht eingezogen, also direkt nach dem Abschluss meiner Kaufmännischen Lehre. In Posen im heutigen Polen bekamen wir die militärische Grundausbildung. Die war aber nur ein paar Wochen lang. Exerzieren, marschieren, schießen und natürlich politisch-weltanschaulicher Unterricht. Diese Zeit ging aber Gott sei Dank schnell herum. Die hatten ja etwas anderes mit uns vor und wollten keine unnötige Zeit verschwenden.

Es dauerte vielleicht nur zwei, drei Tage, bis mir Rudi über den Weg lief. Menschenskind, was machst du denn hier, so weit weg von Essen? Wir kannten uns bis dahin nur vom Sehen. Aber hier, in Posen, begann unsere Freundschaft. Und die hielt ein ganzes Leben lang.

Ob es Zufall war oder Fügung: Wir hatten in all den Jahren bei der Luftwaffe immer dieselben Standorte, trotz all den Verlegungen und Versetzungen. Wir waren aber nie in der gleichen Einheit.

.

Nö, vom Krieg sahen wir dort kaum etwas. Polen war ja schon fast drei Jahre lang besetzt. Da war alles ruhig. Die Front war längst irgendwo tief in Russland. Und Posen hatte ja früher zum deutschen Kaiserreich gehört. Und noch früher zur Hanse. Ganz nette Stadt übrigens, mit prächtigen alten Gebäuden.

Dann gings also weiter nach Halle an der Saale zur Bordfunkerschule. Wie Sie es sich denken können, war Morsen das Hauptfach, aber auch Navigation, Wetterkunde, Sternenkunde, Physik und Funktechnik allgemein. Das haben wir alles aufgesogen wie ein Schwamm. Wir saßen also die meiste Zeit im Unterrichtsraum.

Und irgendwann kamen dann die ersten Flüge in den Schulungsmaschinen. Das waren dann die nächsten Prüfungen. Die Flugzeugführer legten es richtig drauf an und veranstalteten regelrechte Achterbahnfahrten mit uns, um festzustellen, ob wir das aushielten. Wenn einer kotzen musste, wurde das notiert, und zwar auf einer großen Tafel, die hing weithin sichtbar im Schulungsraum. Man bekam also vom Ausbildungsleiter mit Kreide ein Kreuzchen hinter seinem Namen und wenn man drei hatte, war's vorbei mit der Laufbahn beim fliegenden Personal. Dann blieb man zwar bei der Luftwaffe, aber man wurde zur Bodentruppe versetzt. Also versuchte man, alles drin zu behalten. Aber ich glaube, jeder hat mindestens einmal in die Tüte gespuckt.

Dann kam die Lehruntersuchung auf Höhentauglichkeit, so nannte sich das. Es gab ja noch keinen Druckausgleich in der Kabine. Während das Flugzeug immer höher stieg, bei zunehmender Sauerstoffknappheit, kriegte jeder einen Zettel. Darauf sollte man die Zahlenreihe rückwärts aufschreiben: 1000, 999, 998, 997 und so weiter. Einfach nur aufschreiben. Und in der Spalte rechts daneben notieren, welche Körperempfindungen man hatte. Und zwischendurch diktierte man uns außerdem von Zeit zu Zeit das Wort „Höhentauglichkeitsprüfung". Das sollten wir jedes Mal sofort aufschreiben. Bei mir war es zuerst ein warmes Kribbeln, später ein dumpfes Gefühl im Kopf, aber das konnte ich schon nicht mehr zu

Ende schreiben. Den Zettel habe ich heute noch. Kurios ist, dass nicht nur die Schrift immer krakeliger wurde, sondern immer mehr Zählfehler aufgetreten sind. Alles schwarz auf weiß nachzulesen. Den Zettel hab ich noch.

Jedenfalls bestand ich den Test. Von da an konzentrierte sich alles darauf, die Geschwindigkeit beim Hören wie auch beim Geben, ich meine jetzt: Morsen, zu erhöhen. Und da stellte sich Rudis große Stärke heraus. So schnell wie er war keiner in unserem Jahrgang. Er blühte richtig auf. Einmal bekam er sogar Sonderurlaub, weil er eine bestimmte Anzahl von Zeichen pro Minute als Erster schaffte.

Rudi war kein Angeber, eher ein Stiller. Er war nicht besonders groß, ziemlich schmal. Ein unauffälliger, trotzdem netter Typ, fleißig, eher zurückhaltend. Die lauten und die dreckigen Witze rissen andere.

Ein bisschen Pech hatte auch er mal. Typischer Anfängerfehler. Er hatte bei einem Flug seinen Füllfederhalter mitgenommen. Der lief dann einfach aus, denn, wie gesagt, die Kabinen hatten noch keinen Druckausgleich. Wie der Tintenfleck auf seiner Uniformjacke aussah, das können Sie sich ja vorstellen.

.

Die Uniform? Die war graublau. Die anderen Wehrmachtsteile trugen grau. Somit war man als Angehöriger der Luftwaffe sofort zu erkennen. Außerdem hatten wir den Kragenspiegel in Gelb und die Schwingen als Dienstgradabzeichen. Und am linken Unterärmel den Aufnäher des fliegenden Personals. Nach solchen Uniformen drehten sich die Mädels lieber um als nach den grauen von irgendwelchen Landstreitkräften. Was waren wir stolz! Und das mit siebzehn Jahren!

.

Von Halle ging es nach Kopenhagen zur Blindflugschule. Dänemark war ja unter deutscher Besatzung. Der Flugplatz Kastrup war damals natürlich noch nicht so groß wie heute. Da standen die Kühe noch auf der Wiese neben der Rollbahn. Wir kriegten übrigens immer frische Milch, jeden Morgen. Und Sonderzuteilungen für das fliegende Personal, also bessere Verpflegung als bei der Truppe üblich. Dafür hatte Göring gesorgt. Wir bräuchten Vitamin D für die Augen, hieß es, also gab's Butter und Möhren. Und so weiter.

Ich kann mich noch erinnern, dass 1943 ein schöner Sommer war. In Dänemark kannte man keine bewaffnete Résistance wie in Frankreich und wir konnten ungehindert in die Stadt gehen, wenn wir Ausgang hatten. Da gab es ganz nette Cafés, schöne Promenaden und natürlich den Tivoli. Das war schon eine ganz andere Stadt als unser verrußtes Essen, das ja praktisch nur aus Schwerindustrie bestand.

In der Luft war auch nicht viel los. Die Engländer flogen ihre Bombenangriffe auf Hamburg und andere deutsche Städte über andere Routen weiter südlich über die Nordsee. So konnten wir also in aller Ruhe unsere Übungsflüge absolvieren – immer auf Junkers-Maschinen.

Äußerst bekannt war damals die Ju 52, in Fliegerkreisen „Tante Ju" genannt. Die mit der silberfarbenen Wellblechverkleidung. Es war ein gutmütiges Fracht- und Passagierflugzeug, das Standardgerät der Lufthansa und in der Wehrmacht die wichtigste Transportmaschine. Die galt als unverwüstlich. Ein paar letzte Exemplare gibt es heute noch, sogar flugbereit. Hier in Essen ist so ein Oldtimer stationiert; damit finden Rundflüge statt. Die Maschine erkenne ich am Geräusch, ohne hinzusehen.

Berühmt war auch die Ju 87, der Sturzkampfbomber. Wie der Name sagt, flogen die ihre Angriffe im Sturzflug, feuerten nach vorn aus ihren Kanonen und fingen ihre Maschinen erst im letzten Moment wieder ab. Die waren zu Recht beim Feind gefürchtet. Um den Schrecken noch zu vergrößern, bekam der Stuka noch eine Sirene eingebaut, die sich beim Sturzflug einschaltete und zusätzlich zum Motorlärm dieses gnadenlose Geräusch machte. Die Menschen liefen in Panik davon, wenn sie konnten.

Wir dagegen flogen immer auf der Ju 88. Uns gefiel sie. Sie galt seinerzeit als das modernste Flugzeug der Luftwaffe. Sie konnte als Aufklärer, Kampfbomber oder Jäger eingesetzt werden, je nach Ausstattung. Die Besatzung bestand aus vier Mann: Flugzeugführer, Beobachter, Schütze und Funker. Die Kabine hatte ordentliche Fenster, war einigermaßen beheizt und das Dach konnte im Notfall abgesprengt werden, worauf wir aber zum Glück nie angewiesen waren. Die Konstruktion bestand aus Aluminium in Schalenbauweise. Die beiden Junkers-Motoren waren als Ausbau in den Tragflächen integriert, das Fahrwerk wurde hydraulisch voll eingefahren und die Bombenschächte konnten –

.

Es war mir klar, dass Sie mir diese Frage früher oder später stellen würden. Also, es war nicht so, dass wir Spaß am Töten gehabt hätten. Wir waren einfach nur froh, in der Luft –

.

Jetzt lassen Sie mich doch mal ausreden. Sie sind noch jung und Sie können das vielleicht nie wirklich verstehen, auch, wenn Sie noch so viel gelesen haben und Filme gesehen haben.

Man muss doch eines ganz klar feststellen: Was die Bri-

ten mit unseren Großstädten machten, das war doch –
Die Luftangriffe auf die Städte Hamburg, Köln, Berlin
und auf zahllose andere, weit weg von jeder Front – das
war keine militärische Kriegsführung. Das war doch reinster Terror gegen die Bevölkerung, die darunter furchtbar leiden musste! Auch in Essen. Im Sommer 1943 war
die Innenstadt schon völlig zerstört, der Burgplatz, das
Münster und alles drumherum waren kaputt. Und das
war ja erst der Anfang.

.

Ja, stimmt, Hitler hatte England angegriffen, schon 1940,
wollte die ganze Insel erobern, aber das klappte ja nicht.

.

Ja, ich weiß, Bomben wurden auch geworfen, aber nur
auf Ziele von militärischer Bedeutung. Hafenanlagen,
Werften, Kasernen und so etwas.

.

Ja, London auch, ich weiß, aber das wurde in den Wehrmachtsberichten im Radio so nicht gesagt. Dass es in
London Tote in der Zivilbevölkerung gab, das haben wir
ja erst viel später erfahren.

.

Ja, stimmt, das mit Coventry, das war eine hässliche Sache. Eine ganze Stadt zu zerbomben, systematisch, und
dann auch noch darauf stolz zu sein: Das war schlimm.
Und dass ein paar Nazi-Generäle großmäulig tönten, sie
würden jetzt auch andere Städte auf der Insel coventrieren, das war ja intern. Davon haben wir ebenfalls erst
später erfahren.

So war es auch mit Guernica. Was die Legion Condor
im Spanischen Bürgerkrieg genau gemacht hatte und

dass unsere Luftwaffe dort quasi geheim unter echten Bedingungen schon für den Zweiten Weltkrieg geübt hatte – das wussten wir damals nicht. Uns wurde das in der Propaganda als Hilfsaktion an einem Brudervolk verkauft, das sich gegen die Roten wehren musste, genauso wie wir.

.

Ja, aber ich sagte doch schon –

.

Nein, das können Sie heute leicht sagen –

.

Wollen wir uns vielleicht darauf einigen, dass wir das jetzt mal lassen? Ich würde dann einfach weitererzählen.

Also gut.

Wo waren wir stehen geblieben?

Im Herbst 1943 wurden wir von Kopenhagen nach Toulouse, Südfrankreich, verlegt.

Es herrschte seit vier Jahren Krieg. Das Blatt hatte sich längst gewendet. Von Eroberungen war keine Rede mehr. Die Wehrmacht war auf dem Rückzug, vor allem in Russland. Die Kampfgeschwader unserer Luftwaffe sollten versuchen, alle möglichen Fronten zu halten. Und die Heimat zu verteidigen. In vielen deutschen Großstädten sah es schon böse aus.

In Toulouse drohte uns keine große Gefahr. Frankreich war ja von uns besetzt und Spanien unter General Franco war mit Deutschland befreundet. Die Résistance spielte in unserer Gegend keine große Rolle. Die betätigten sich mehr in Paris und in Nordfrankreich, also weit weg von uns.

Wir konnten also in Ruhe weiter üben. Die Luftwaffenführung legte großen Wert auf eine gründliche

Ausbildung des fliegenden Personals. Damals jedenfalls noch. Später wurde das anders. Da wurden Schulungen abgekürzt und Besatzungen, die eigentlich noch nicht fertig waren, in Kampfeinsätzen regelrecht verheizt.

In Toulouse ging es darum, die Morsegeschwindigkeit weiter zu erhöhen, beim Geben und beim Hören, denn das war nun mal das A und O für alles andere. Dann kam vor allem Navigationsunterricht in Theorie und Praxis dazu. Also Positionsbestimmung, Peilung, herangeführt werden an den Feind und so weiter, bei Tag, bei Nacht und bei schlechtem Wetter. Wir standen ja jederzeit über Funk im Kontakt mit der Leitstelle und mit Peilsendern, die überall verteilt waren.

Dann standen natürlich auch Kampfübungen auf dem Programm, also Angriffsflüge in Formation und solo, Bombenabwürfe, Zielschießen mit MG und Bordkanonen und dergleichen. So flogen wir also über Biarritz oder Bordeaux raus auf den Atlantik, das war ja nicht weit. Die Biskaya ist eine echte Wetterküche und dort sind wir vorsichtig bis an die technischen Grenzen herangeführt worden. Bei schönem Wetter waren das Sonntagsausflüge. Genauso flogen wir über die Pyrenäen. Es war fantastisch: Die Aussicht auf die großen Landschaften, die verschneiten Berggipfel, die Täler, die nach Norden hin grün und nach Süden hin bräunlich waren, die tausend Seen in den Zentralpyrenäen –

.

Na, dann kennen Sie das ja, wenn Sie schon mal dort waren. Traumhaft schön, nicht?

Mein Sohn fährt Motorrad. Wenn er mir von seinen Touren erzählt, wie er sich in die Kurven legt, den Wind spürt, dann dieses Gefühl von Geschwindigkeit, fast eine Ahnung von Schwerelosigkeit, dann hört man seine Begeisterung heraus. Dieses Gefühl von Freiheit, Vater, das ist einmalig, sagt er. Und dann denke ich mir, dass es damals für uns ähnlich war. Wenn wir hoch über den Wolken unterwegs waren, dann war alles andere unvorstellbar weit weg. Man schwebte irgendwie über allem.

Die Marathonläufer sagen, dass sie irgendwann bei einem Lauf in einen Zustand von Glücksgefühlen kommen. Das soll mit irgendwelchen Hormonen zu tun haben, die dann fließen. Vielleicht war das bei uns auch so. Aber Sie sollen nicht denken, dass wir nur einen lauen Lenz geschoben hätten. Die Ausbildung ging ja weiter und wir hatten volles Programm. Wir bekamen zum Beispiel die Q-Gruppen eingetrichtert, in Theorie und Praxis, bis wir sie im Schlaf beherrschten. Das sind diese Abkürzungen, mit denen man schnell Kommandos oder andere Nachrichten geben oder empfangen kann. Zum Beispiel QAK: Zusammenstoßgefahr. Oder QGX: Darf ich nach dem ZZ-Verfahren landen, wenn eine Wolkendecke die Sicht auf den Boden versperrt. Man wurde dann über Funkpeilung zum Fliegerhorst geleitet, bekam QFG, also die Mitteilung, wenn man genau über dem Platz war, dann flog man eine ganz bestimmte Schleife, bekam stetig QDM zur Kurkorrektur und landete, wenn ZZ gegeben wurde. Das war vielleicht spannend! Und wenn es dann immer besser klappte, war das ein echtes Hochgefühl.

Die Signale wurden ständig vom Funker an den Flugzeugführer weitergegeben und umgekehrt. Also lief über den Bordfunker nahezu alles.

.

Ich hatte Glück mit meiner Besatzung. Wir waren ein gutes Team, wie man heute sagt. Die Hierarchie spielte an Bord sowieso nicht so eine große Rolle. Klar, der Pilot war der Chef in der Kanzel, aber die meisten ließen das nicht so raushängen, die waren ja selbst in unserem Alter oder nur kaum darüber. Jeder von uns vieren musste sich voll auf den anderen verlassen können. Wenn man als Bordfunker seine Sache ordentlich machte, dann war man voll anerkannt.

Die Besatzungen hingen auch in der Freizeit viel zusammen herum. Oft sind richtige Freundschaften entstanden, von denen manche auch nach dem Krieg noch lange gehalten haben.

.

Ja, das kann man so sagen: Wir hatten es gut. Im Gegensatz zu vielen Schulkameraden, die irgendwo an der Front kämpfen mussten. Die meisten waren ja bei der Infanterie. Am schlimmsten hat es diejenigen getroffen, die als Landser in Russland waren. Dass Stalingrad eine Riesenkatastrophe war, das wusste jeder, aber es ging in Russland ja weiter mit dem ganzen Schlamassel. Etliche aus unserem Bekanntenkreis in Essen waren schon gefallen. Jeder, der vom Heimaturlaub nach Toulouse zurückkam, brachte solche Nachrichten mit. Man hatte den Eindruck, dass die Lage insgesamt immer brenzliger wurde.

Nur nicht für uns. Während sich andere Kameraden auf den nächsten Winter in irgendwelchen russischen Bodenstellungen oder an einem kalten Fjord vorbereiten mussten, genossen wir das milde Klima in Südfrankreich.

Und, ich sag's nicht gern, wir hatten außerdem noch diese Überführungsflüge. Das waren echte Sahnehäubchen. Dabei ging es einfach nur darum, ein Flugzeug von A nach B zu bringen. Weil es eine große Wartung brauchte, weil es einer anderen Einheit überstellt werden sollte oder was weiß ich. Einen Grund gab es immer wieder mal. Jedenfalls hatte das mit Kampfeinsätzen nichts zu tun. Diese Flüge waren das komplette Gegenteil. Und heiß begehrt, weil man aus dem täglichen Einerlei mal raus kam und was anderes sah.

Meine Besatzung musste zum Beispiel mal eine Maschine nach Deutschland bringen. Wir hatten keine engen zeitlichen Vorschriften. Abends waren wir in der Nähe von Straßburg. Wir übernachten hier, entschied unser Flugzeugführer. Gesagt, getan. Wir erhielten Landeerlaubnis. Ich habe aber keine Unterkunft für Sie, sagte uns der Kommandeur des Flugplatzes. Also wurden wir in die Stadt gefahren und zu einem Hotel gebracht. Das war üblich. Göring, der Luftwaffenchef, hatte dafür gesorgt. Fliegendes Personal übernachtete in fremden Städten oft im Hotel. Na, da hatten wir dann einen netten Abend in Straßburg, bevor wir am nächsten Tag weiterflogen.

Rudi hatte noch größeres Glück. Er bekam mehrere Überführungsflüge, einmal sogar bis nach Italien. In Venedig fand eine geplante Zwischenlandung statt. Der Flugzeugführer war eine ganz heiße Socke. Rudi, jetzt dreh mal schön an deinem Ding, sagte er. Rudi verstand erst nicht richtig. Er sollte sein Funkgerät manipulieren. Das tat er dann auch, denn er hatte ja Anweisung. Er hat das Gerät also so bearbeitet, dass er keinen Empfang mehr hatte. Dann sind die Jungs in die Stadt gegangen, Gondel gefahren, auf dem Markusplatz gebummelt, im Hotel geschlafen, natürlich auf Kosten der Wehrmacht, mehrere Tage lang, bis sie genug davon hatten. Schließlich haben sie das Gerät wieder funktionstüchtig gemacht, dann der Leitstelle von der erfolgreichen Behebung einer technischen Störung berichtet und weiter ging die Flugreise.

.

Von Toulouse wurden wir verlegt nach Linz in Oberösterreich. Wir lagen auf dem Fliegerhorst Hörsching. Jetzt war uns der Krieg auf einmal viel näher gerückt, denn der Flugplatz hatte nicht nur Ausbildungsbetrieb, sondern war auch von einem Kampfgeschwader belegt. Wir hatten also viel Kontakt zu den Besatzungen, die Feindeinsätze flogen. Jagdeinsätze. Und das war ja auch unsere Verwendung, für die wir ausgebildet worden waren.

Vielleicht hab ich das noch nicht richtig erklärt. Also, es gab im Kern zwei Aufgaben für die Flugzeuge der Luftwaffe und dem entsprechend waren sie bewaffnet: entweder sollten sie Ziele auf der Erde angreifen oder meinetwegen auch Schiffe, in erster Linie mit Bomben, oder aber sie sollten Ziele in der Luft angreifen, also gegnerische Flugzeuge abschießen. Letzteres war unser Auftrag. Wir waren also Jäger. Abfangjäger, würde man heute sagen.

.

Na ja, da gab es solche und solche. Draufgänger und Großsprecher, die mit ihren Abschüssen prahlten und sich für jeden neuen Lufterfolg einen Strich aufs Heckleitwerk ihres Vogels pinseln ließen. Die ganz aufgekratzt waren und in allen Einzelheiten erzählen mussten, mit welchen Kurven und Tricks sie sich an den Gegner herangepirscht hätten, wieviele Feuerstöße sie mit ihren Bordkanonen gegeben haben und so weiter und so weiter. Es gab andere, die waren eher still und sagten nicht viel. Man konnte aber auf jeden Fall merken, dass alle nach den Feindflügen enorm erschöpft waren.

.

Ja, tatsächlich, es herrschte überwiegend eine ganz gute Kameradschaft, vor allem unter den Besatzungen. Korrektes Grüßen, Strammstehen und dieses ganze Gehabe spielte kaum eine Rolle, war sogar weithin eher unerwünscht. Stattdessen herrschte eine gewisse Lässigkeit. Am Boden wie in der Luft. Dienstgradunterschiede waren nicht so wichtig. Der Umgangston war insgesamt viel lockerer als in den meisten anderen Truppenteilen der Wehrmacht.

.

Zu diesem Zeitpunkt machten uns die Amis schon schwer zu schaffen. Sie waren dabei, Italien von unten nach oben aufzurollen. Sie kamen mit ihren Maschinen in immer größeren Schwärmen, wie die Mücken.

Wir wurden jetzt auf Nachtjagd geschult. Dafür gab es verschiedene Verfahren. Bei der hellen Nachtjagd wurde der Himmel durch unsere Flakscheinwerfer und Leuchtmunition beleuchtet. Die Scheinwerfer, riesige Dinger waren das mit enormer Leistung, suchten vom Boden aus den Himmel ab. Wenn sie ein feindliches Flugzeug erwischten, ließen sie es nicht mehr aus ihren Lichtstrahlen, so dass unsere Jäger das angestrahlte Ziel erkennen und den Kampf aufnehmen konnten.

Bei der dunklen Nachtjagd spielte Radar die entscheidende Rolle. Deutschland war ja führend auf diesem Gebiet und hatte im Geheimen ganz neuartige Geräte entwickelt. Der Flugzeugführer hatte so eine Art Röhrenbildschirm vor sich, ein kleiner Steinzeit-Monitor, wenn Sie so wollen. Darauf konnte ein gegnerisches Ziel erfasst werden, ganz grob zunächst nur und auch nicht mit großer Reichweite, aber immerhin. Die Briten hatten so etwas nicht, bis ihnen eine unserer Maschine in die Hände fiel, mit so einem Lichtenstein-Gerät an Bord. Das nahmen die Tommies natürlich auseinander und mit diesen Einblicken konnten sie dann neue Abwehrmaßnahmen entwickeln.

Die Radartechnik entwickelte sich in kürzester Zeit rasant weiter und wir kriegten immer wieder neue Geräte eingebaut. Das war schon interessant. Diese Geräte funktionierten in ganz anderen Frequenzbereichen als das Morsen, über das weiterhin Befehle und Nachrichten gesendet wurden.

Die Briten kriegten also spitz, wie unsere Funkgeräte funktionierten, und überlegten sich etwas Neues. Bei einem großen Angriff auf Hamburg warfen sie Aluminiumstreifen ab. Diese Düppel, wie sie hießen, legten unsere Radargeräte lahm, bis unsere Ingenieure nach einiger Zeit unsere Geräte so weiterentwickelt hatten, dass ihnen diese Störmanöver nichts mehr ausmachten. Radar sagte man damals nicht, denn das ist ja eine englische Abkürzung und englisch war verpönt. Die Engländer nannten die Düppel, von denen ich eben sprach, übrigens Windows. Komisch, nicht? So wie heute dieses Computerprogramm.

Die Engländer hatten eine Zeit lang ein Rückwarnsystem eingebaut. Es gab dem britischen Flugzeugführer ein Signal, wenn sich von hinten eine andere Maschine näherte. Unseren Ingenieuren gelang es, den Spieß umzudrehen: Sie nutzen den Radarstrahl, den der Engländer nach hinten abgab, und ließen sich davon heranführen. Die Tommies machten sich also unfreiwillig sichtbar und unsere Flieger konnten ihre Maschinen aufspüren und abschießen. Bis die andere Seite dahinterkam und sich was Neues einfallen ließ.

.

Nein, ist klar. Vieles, was ich Ihnen heute sagen kann, wussten wir zum damaligen Zeitpunkt nicht. Alle Informationen waren ja gefiltert, vieles war geheim und kam auch bei uns nicht an. Und der offiziellen Propaganda konnte man sowieso nicht glauben. Wenn es nach der ging, flog unsere Flotte permanent nur von cinem Sieg zum nächsten.

.

Stimmt: In Wahrheit ging es längst bergab. Auch mit der Luftwaffe. Das lag auch daran, dass die hohen Herrschaften in Berlin sich nicht einig waren. Hinter den Kulissen spuckten sich alle gegenseitig in die Suppe: das Reichsluftfahrtministerium, der Oberbefehlshaber der Wehrmacht und die führenden Generäle der Luftwaffe, Milch, Kammhuber, Jeschonneck, Galant und wie sie alle hießen. Sie bestellten neue Flugzeugtypen und änderten dauernd die gestellten Anforderungen. Sie stoppten die Entwicklung des einen und wollten plötzlich ein ganz anderes haben. Sie waren begeistert, als Messerschmidt und seine Leute das erste Düsenflugzeug entwickelten. Und dann war Hitler skeptisch und bremste das Projekt. Bei unserer Ju 88 hatten sie sich von Anfang an nicht festlegen können, ob sie in ihrem Wesen ein Bomber oder ein Jäger sein sollte. So war sie von allem etwas, aber als Jäger bald zu langsam und als Bomber nicht für wirklich große Strecken geeignet. Uns schwante jedenfalls nichts Gutes, wenn aus Berlin wieder irgendetwas angekündigt wurde. Auch nicht, als sich das Gerücht von einer neuen Wunderwaffe verbreitete.

Den Göring, unser altes Idol, nahm jetzt keiner mehr ernst. Der berühmte Jagdflieger aus dem Ersten Weltkrieg war nur noch eine Witzfigur, mit seiner lamettabehängten Operettenuniform, seiner unglaublichen Wampe und seiner Wirkungslosigkeit. Drogensüchtig war er außerdem noch, das wussten wir allerdings damals noch nicht. Aber er schmückte sich mit dem Titel Generalfeldmarschall. In jeder deutschen Stadt gab es eine Straße, die seinen Namen trug. In Essen war es die Rüttenscheider, die nach ihm umbenannt worden war.

Ich bin von Ihnen tief enttäuscht, sagte Hitler jetzt zu ihm. Damit meinte er, Göring und seine gesamte Luftwaffe wären schuld daran, dass immer mehr deutsche Städte in Schutt und Asche lagen. Jedenfalls, Görings

Stern war tief gesunken, das konnte man schon merken.

Von Anfang an hatten in Berlin anscheinend Leute das Sagen, die sich mit der Materie nicht wirklich auskannten. Göring selbst hatte viel zu lange etwas gegen die modernen Funk- und Funkmessgeräte, also gegen Radar. Und damit stand er nicht alleine da. Es gab eine ganze Reihe von Fliegern, vor allem mit adeliger Herkunft, die glaubten, der Luftkrieg sei immer noch so etwas wie Anno dunnemals, als die Ritter der Lüfte als Einzelkämpfer zum Duell gegeneinander antraten. Diese Leute lehnten den technischen Fortschritt ab, so lange es ihnen möglich war. Es gab sogar Piloten, die in den ersten Kriegsjahren ihre Antennen eigenhändig absägten. Dieser neumodische Kram sei unfein und unsportlich, meinten die. Unfassbar!

Später habe ich von einem talentierten Leutnant gehört, der aufgeschlossen war und sich für Erprobungsflüge gemeldet hatte. Seine Maschine bekam als eine der ersten eine neuartige Außenantenne und in der Kanzel eine Anzeigebildröhre eingebaut. Bei drei Einsätzen in Folge gelangen ihm fünf Abschüsse. Daraufhin bekam er Startverbot. Warum? Weil er auf dem besten Weg war, als Erster in seiner Einheit das Eiserne Kreuz zu bekommen, wenn er so weiter gemacht hätte. Vor den anderen, die neidisch auf ihn waren und meinten, sie wären zuerst an der Reihe.

Was soll man sagen zu so viel Dummheit?

Die meisten Ju 88 waren zu unserer Zeit in Linz schon mit dem Hirschgeweih ausgerüstet. So nannten wir die auffällige Antennenanlage, die vorn an der Bugspitze angeschraubt war. Sie übertrug direkt auf das Zielsuchgerät FuG 220 Lichtenstein vorn in der Kanzel. Es war seinerzeit die modernste Anlage mit einer Reichweite von –

.

Ja, Verzeihung, ich will Sie nicht mit technischen Details langweilen. Nein, von Oberösterreich haben wir nicht viel gesehen. Wir hatten lange Dienstzeiten und wurden auch zum Wacheschieben eingeteilt. Von Rudi weiß ich, dass er sich ein Fahrrad besorgt hatte und manchmal ein bisschen in der Gegend herumfuhr. Er hat mal etwas von einem Kloster in der Nähe erzählt, wo er öfters war. Mit dem Bibliothekar hat er sich ganz gut unterhalten, aber mehr kann ich dazu nicht sagen.

.

Ja, dann war unsere Ausbildung abgeschlossen. Zwei Jahre waren um. Wir kamen zu einer Nachtjagdgruppe in Ingolstadt an der Donau.

Was ich fast vergessen hätte zu erwähnen: Rudis Eltern in Essen waren kurz vorher, im März 1944, ausgebombt worden. Totalschaden. Ich war nie dort, aber er hat natürlich mit mir darüber gesprochen. Das vierstöckige Haus in der Gemarkenstraße war völlig zerstört. Alles kaputt, so wie fast ganz Holsterhausen. Na gut, seine Eltern wohnten nur zur Miete, aber trotzdem. Sie selbst sind bei dem Angriff knapp davon gekommen, zusammen mit den beiden jüngeren Schwestern. Das war natürlich ein Schock für ihn. Er kriegte den üblichen Sonderurlaub und musste ein paar Tage später wieder zum Dienst antreten.

.

Nein, für so etwas war keine Zeit da. Man sprach kurz darüber und weiter ging es. Dieses Schicksal war ja nichts Besonderes mehr. Zigtausende hatten schon ihr Heim verloren und viele auch ihr Leben. Rudi konnte froh sein, dass seine Familie heile geblieben war. Aber man hatte doch Angst um seine Leute zu Hause. Genauso wie die um uns. Es war eine schwere Zeit.

Doch, durchaus, es gab Grund genug, Angst zu kriegen. „Reichsverteidigung", so lautete unser Auftrag. Aber der war im Grunde genommen unmöglich auszuführen, denn der Feind war ganz klar in der Übermacht. Von Westen kamen die Briten und von Süden die Amis mit ihren riesigen Bomberflotten. Oft waren das Hunderte von Maschinen in gestaffelten Reihen. Und außen herum ihre Jagdflugzeuge als Begleitschutz. Wenn man die heranfliegen sah – das ging einem durch Mark und Bein. Die stürzten sich sofort auf unsere Flak-Stellungen. Und auf uns. Sie griffen uns in der Luft an und wenn wir nicht schnell genug aufgestiegen waren, weil die Vorwarnzeiten immer kürzer wurden, auch am Boden. Die Zahl unserer Flugzeuge wurde mächtig dezimiert und der Ersatz kam nicht mehr nach. Für Tagangriffe taugten unsere Ju 88 nicht. Zu langsam. Besonders die schnellen Mosquitos waren uns an Geschwindigkeit und Wendigkeit überlegen. Nachts gerieten wir auch immer mehr ins Hintertreffen, schon rein zahlenmäßig. Es kam nur noch auf eines an: Wer erkennt wen zuerst? Eine einzige Sekunde konnte schon darüber entscheiden, wer von beiden abgeschossen wird – die oder wir? Wer flog schneller in eine günstige Angriffsposition? Wer konnte eher seine Kanonen einsetzen? Wer konnte notfalls ein paar Treffer einstecken, und wer stürzte schließlich als brennender Schrotthaufen zur Erde?

Anfangs hatten wir noch einen gewissen Vorsprung durch die „Schräge Musik". So nannten wir die Schnellfeuerkanone, die wir auf dem Dach hatten, schräg nach hinten gerichtet. Wir flogen unterhalb der gegnerischen Maschinen in deren toten Winkel und feuerten nach oben. Das brachte uns etliche Erfolge ein, war aber auch gefährlich, denn wir mussten rechtzeitig vor den herabfallenden Trümmern des getroffenen Gegners ausweichen.

Gefährlich wurde uns auch oftmals unsere eigene Flak. Niemand weiß, wieviele unserer Flugzeuge durch eigenes Feuer heruntergeholt wurden. Es konnte auch passieren, dass wir versehentlich von unseren Bodenscheinwerfern erfasst wurden und dann von deutschen Maschinen versehentlich Angriffe auf uns geflogen wurden.

Deswegen war Flugzeugtypenerkennung immer ein großes Thema. Wir bekamen regelmäßig Zeichnungen und Fotos der aktuellen gegnerischen Maschinen und versuchten, sie uns einzuprägen, damit wir sie von unseren Flugzeugmustern unterscheiden konnten. Aber bei der Nachtjagd war es nun einmal dunkel.

Es war also auch dem letzten Träumer in unserer Staffel klar geworden, dass das alles kein Spiel war. Es ging jeden Tag um Leben und Tod. Die schlechten Nachrichten waren allgegenwärtig. Wenn eine Gruppe zum Einsatz flog, kamen nur selten alle wieder zurück. Die Verluste waren groß. Manchmal ein Drittel.

An solche Meldungen hatte man sich fast gewöhnt. Aber es war schon etwas anders, wenn man die Kameraden persönlich kannte. Arnold zum Beispiel. Er war so alt wie wir. Zwanzig. Kurz nach Abschluss seiner Bordfunkerausbildung wurde er über Stettin abgeschossen. Er war der einzige Sohn. Den Totenzettel hab ich noch in der Schublade.

Immer also dieses Warten, wenn man selbst schon wieder gelandet war und mit den anderen noch draußen stand und zum Himmel hinaufblickte: Kommen sie wieder zurück? Oder kommen sie nicht mehr?

.

Oh ja, wir mussten überhaupt viel warten. Gut, manchmal musste alles sehr schnell gehen, wenn Alarmstart ausgegeben wurde. Aber wir verbrachten auch endlos viel Zeit im Bereitschaftsraum, in voller Montur, den Fallschirm vor der Brust. Wenn Sitzbereitschaft befohlen worden war, mussten wir im Flugzeug sein, jeder auf seinem Platz und komplett startbereit. Wir saßen oft lange so, furchtbar lange. An manchen Sommertagen war es in der Kabine brütend heiß und in kalten Nächten fror man erbärmlich. Aber das war nicht so schlimm wie dieses dämliche Gefühl, nutzlos zu sein. Der Startbefehl kam dann nämlich immer seltener und oft wurde die ganze Aktion abgeblasen. Zurück in den Bereitschaftsraum, hieß es dann. Und dort weiter warten.

Wir warteten auf alles Mögliche. Zum Beispiel auf besseres Wetter. Mal auf mondhelle Nächte, mal auf dunkle Nächte. Wir warteten auf die nächste Angriffswelle, auf Funksprüche, auf Einsatzbefehle, auf Ersatzteile. Und schließlich warteten wir sogar auf Treibstoff. Der wurde nämlich knapp.

.

Ehrlich gesagt, wir hatten insgesamt nicht viele Feindflüge. Eigentlich war es total verrückt. Da hatten wir so eine lange Ausbildungszeit hinter uns, hatten alle nur denkbaren Spezialschulungen und Prüfungen absolviert, Nachtflug, Blindflug, Jagdtaktiken und was weiß ich was sonst noch, und blieben doch die meiste Zeit am Boden. Ob Sie es nun glauben oder nicht.

Das lag wohl auch an den Kommandeuren. Je nachdem, wer das Sagen hatte, wurden bestimmte Flugzeugtypen eingesetzt und die anderen nicht. Es gab Generäle, die hielten nichts von der Ju 88, warum auch immer, und bevorzugten Messerschmidt-Jäger. Und umgekehrt. Dagegen waren wir natürlich machtlos.

.

Manchmal, ganz selten, wurden wir angesprochen. Vielleicht von Bekannten und Verwandten. Sag mal, fragen sie dann ganz vorsichtig, als neulich Frankfurt angegriffen wurde, da soll kein deutsches Jagdflugzeug da gewesen sein. Stimmt das? Oder: Wir sehen immer nur die feindlichen Flugzeuge am Himmel, aber keine deutschen. Wie kann das denn sein?

Wie gesagt, so was kam nur ganz zaghaft. Aber man konnte spüren: Der gute Ruf der Luftwaffe war merklich angekratzt.

.

Wenn wir Gegenangriffe flogen, dann kam unserer Besatzung immer wieder etwas dazwischen. Einmal waren plötzlich die Tragflächen mitsamt Quer- und Höhenruder vereist und wir mussten umkehren. Ein anderes Mal war das Peilgerät ausgefallen und wir fanden mit knapper Not zurück, immer an der Donau entlang, die nachts nur schwach zu erkennen war, silbern sah der Fluss aus.

Rudi hatte ebenfalls Glück, wie immer. Einmal, beim Anflug auf einen amerikanischen Bomberverband, flog eine Motorabdeckung seiner Junkers plötzlich auf und davon. Er sah nur noch, wie sie davonsegelte, weil man ja als Funker mit dem Rücken zur Flugrichtung sitzt. Also gab er sofort Meldung nach vorn. Das wars dann für heute, kam es prompt vom Piloten. Wir müssen umkehren. In solchen Situationen hat man zwei Seelen in seiner Brust. Man denkt: Sch … Scheibenkleister, weil man seine Rotte nicht im Stich lassen will. Man denkt aber auch: Gott sei Dank, denn ein Heimflug ist nun einmal der Gesundheit zuträglicher als ein Feindflug.

.

Ja, natürlich haben wir davon geträumt. Wollen Sie es wirklich wissen? Ja, von Einschüssen und Explosionen.

Von brennenden Flugzeugen. Von Abstürzen ins dunkle Wasser. Von zerfetzten Leibern, die durchs Weltall fliegen. Ich jedenfalls. Mehr will ich dazu nicht sagen. Träume sind Privatsache.

Über unsere Träume sprachen wir nicht. Jeder versuchte, mit der Angst fertig zu werden und sich nichts anmerken zu lassen. Das Flattern kriegte man erst, wenn man wieder festen Boden unter den Füßen hatte. Dann rauchte man eine Zigarette und versuchte, ganz normal zu sein.

Soweit es eben ging.

Eine Sache war da noch, die Rudi zuerst ansprach und die mich daraufhin auch nachdenklich machte. Es gab ja neben unserer Morserei auch die ersten Anfänge einer Sprechfunkverbindung, damit sich die Besatzung in der Kabine untereinander verständigen konnte, denn der Motorenlärm übertönte einfach alles. Also Kehlkopfmikrofon und Kopfhörer in der Fliegerhaube. Damit konnte sich unser Flugzeugführer außerdem mit seinen Kameraden in anderen Maschinen unterhalten, aber nur, wenn sie gerade in der Nähe waren. Die Übertragungsqualität war bescheiden, aber immerhin.

Dass die Funktechnik rasante Fortschritte machte, hab ich ja schon erwähnt. Immer neue Frequenzbereiche wurden erschlossen und genutzt. Auch mit dem Ultrakurzwellenbereich wurde experimentiert.

Na, klickt da was?

Es ist nur eine Frage der Zeit, bis wir überflüssig sind, meinte Rudi. Wer braucht denn noch Bordfunker, wenn sich die Flugzeugführer eines Tages selbst per Sprechfunk mit dem Boden verständigen können und wenn der Beobachter an seiner Seite mit dem FuG alles andere macht, Positionsbestimmung, Zielpeilung und alles andere? Landehilfegeräte gab es bereits. Also – was wird dann aus uns Bordfunkern?

Ich fand seine Befürchtungen ein bisschen weit herge-holt. Ich hatte andere Sorgen. Oder lief es doch auf das Gleiche hinaus?

In der Wochenschau und im Wehrmachtsbericht war jetzt immer wieder ein neuer Begriff zu hören: Luftwaf-fen-Felddivisionen. Natürlich nur in Verbindung mit heroischen Geschichten, unermüdlichem Einsatz trotz widriger Umstände, Willensstärke im Dienste des Va-terlandes und dem ganzen üblichen Gequatsche. Wenn Sie nur kurz nachdenken, kommen Sie selbst darauf, was der neue Begriff bedeutete.

Es wurden tatsächlich neue Divisionen aufgestellt, die aus Angehörigen der Luftwaffe bestanden und am Boden kämpften. Also Bordmonteure am Gewehr, Pi-loten auf Skiern und Bordfunker mit Handgranaten. Wahnsinn! Da wurden bestens geschulte Kräfte aus der Fliegerei abgezogen und als Kanonenfutter nach Russ-land geschickt. Das kann nur den Grund gehabt haben, dass der Luftwaffe das Material ausging und sie für ihre Besatzungen keine Flugzeuge mehr hatte. Und so war es ja wohl auch.

Ich fand diese Neuigkeit in höchstem Maße beunru-higend, hinsichtlich der Aussichten für unsere fliegende Truppe, aber auch für mich persönlich.

Ich wollte nicht in den Russlandfeldzug. Der schon längst kein Feldzug mehr war, sondern nur noch eine unendliche, quälende Rückzugskatastrophe.

.

Das hat Ihnen Ihr Vater erzählt? Dann wissen Sie es ja schon.

.

Warum noch einmal? Die Tatsachen sind doch längst bekannt.

Also gut, aber erwarten Sie von mir keine Neuigkeiten.

Ja, wir waren im Winter 1944/45 in Klotzsche stationiert. Auf dem Fliegerhorst, na klar. Wir hatten also kaum noch intakte Flugzeuge. Am späten Abend kam der Befehl: verdunkeln. Alle Lichter aus. Absolutes Startverbot. Jeden Betrieb einstellen.

Sich tot stellen also.

Es war der 13. Februar. So ein Datum vergisst man im Leben nicht mehr.

Der Himmel war klar und wolkenlos.

Um 21:45 heulten in der Stadt die Sirenen.

Und dann kamen sie. Mehr als 200 britische Lancaster. Sie nahmen Kurs auf die Innenstadt und legten sofort los. Bombenteppich in 45-Grad-Fächerform. Wir wussten ja, wie so etwas abläuft.

Es dauerte nicht lange, und der Himmel war rot. Die ganze Altstadt brannte wie Zunder. Komplett. Vom Hauptbahnhof bis zur Elbe.

Und wir standen da auf unserem Fliegerhorst herum und taten nichts.

Wie Zuschauer.

Wir standen da am Rand der Rollbahn und hatten freie Sicht auf alles. Wir konnten nicht wegsehen und nicht weggehen.

Alle standen da. Alle.

Keiner sagte etwas.

Es war mucksmäuschenstill.

Aber nur bei uns.

Am Himmel über der Stadt herrschte ein infernalisches Geheule und Gejaule, ein Gedröhn von Hunderten von Flugzeugmotoren.

Und dann kam dieses Knistern und Fauchen von Feuer. Ich weiß nicht, ob ich es mir nur einbildete oder ob wir es wirklich hörten, bei dieser Entfernung von mehreren Kilometern.

Aber das war noch nicht alles.

Nicht viel später kam eine zweite Angriffswelle. Diesmal mehr als 500 Lancaster. Sie machten da weiter, wo ihre Kollegen aufgehört hatten. Löscharbeiten waren also vollkommen unmöglich.

Der Flächenbrand steigerte sich im Nu zum Feuersturm, zu einem Orkan aus roter Farbe. Das Rot wogte um die Ruinen herum, wie Wellen auf dem Ozean, bis weit in den Himmel hinauf. Große Dächer wurden in die Höhe geschleudert, viel höher als die höchsten Kirchtürme, und trieben in der Luft umher.

Ich kann es nicht richtig beschreiben. Ich hatte so etwas vorher noch nie gesehen.

Es kam mir so vor, als würde der Feuerschein bis zu unserem Fliegerhorst leuchten, bis zu unseren Flugzeugen, die unter Tarnnetzen geschützt abgestellt waren. Aber vielleicht habe ich mir auch das nur eingebildet.

Stundenlang standen wir da, am Rand des Rollfeldes, und sahen zu, wie Dresden abgefackelt wurde.

Ich kam mir vor wie der größte Versager der Nation.

Wir Flugzeugbesatzungen fühlten uns schon seit langer Zeit im Stich gelassen. Aber wir – wir ließen die Bevölkerung im Stich.

Ich habe mich noch nie im Leben so ohnmächtig und so nichtsnutzig gefühlt.

.

Am nächsten Tag wurden wir in die Stadt kommandiert. Keller durchsuchen und Verletzte zu den Sammelstellen bringen, so lautete der Befehl. Wir gingen von Haus zu Haus, Straße für Straße.

Überall lagen Tote herum. Die meisten schwarz verkohlt und unglaublich eingeschrumpft. Viele in bizarren Körperstellungen.

Die Überlebenden apathisch. Saßen irgendwo oder schlichen umher, scheinbar ziellos.

Wir fanden nicht viele Verletzte. Selbst in den Kellern lagen verbrannte Menschen. Viele waren vermutlich an Brandgasen gestorben. Oder an Überhitzung.

Die Leichen wurden von anderen Einheiten eingesammelt. Auf dem Altmarkt lagen sie wie Brennholz gestapelt, Meter hoch. Ein Leichenberg. Auch auf andern Plätzen und Kreuzungen. Aber wie gesagt, das erledigten dann andere.

Die Frauenkirche stand noch. Völlig ausgebrannt und geschwärzt. Eine Ruine. Aber die Mauern waren noch da. Zwei Tage später fiel sie plötzlich in sich zusammen.

Vielleicht war Dresden das Schlimmste, was uns passiert ist.

.

Wie lange wir noch in Dresden stationiert waren, weiß ich nicht mehr. Wir wurden von dort nach Eberswalde in Brandenburg verlegt. Vermutlich sollten wir Berlin verteidigen. Aber womit denn? Wir hatten keinen Sprit mehr für die letzten Flugzeuge, die uns geblieben waren.

.

Was dann kam, war nur noch Chaos. Rudi hab ich dann aus den Augen verloren. Nach dem Krieg trafen wir uns in Essen wieder. Das erste Wiedersehen war das Schönste. Seitdem haben wir unsere Verbindung immer aufrechterhalten.

.

Eigentlich weniger. Über Kriegserlebnisse haben wir später kaum miteinander gesprochen. Es war einfach gut zu wissen, man versteht sich und weiß, was gemeint ist. Manchmal genügte ein Wort: Weißt du noch ...? Und man nickt sich zu und weiß Bescheid. Er und ich hatten ja im Prinzip die gleichen Erfahrungen gemacht und außerdem über das Meiste von damals die gleichen Ansichten.

Ich glaube, Ihr Vater hat sich im Stillen ähnliche Fragen gestellt wie ich mir. Ob es gerecht war, dass wir so viel Glück hatten, während andere vom Schicksal so schwer geschlagen waren. Wir an der Sahnefront mit Extrarationen, die anderen knapp vorm Verhungern irgendwo an der Hauptkampflinie. Wir immer in beheizten Unterkünften mit ordentlichen Uniformen oder im warmen Südfrankreich, auch mal bei einem Gläschen Rotwein, andere irgendwo draußen in Nordeuropa im Unterstand ohne vernünftige Winterausrüstung. Wir jahrelang in Ausbildung, andere Tag für Tag im lebensgefährlichen Bodenkampf mit Panzerangriffen, Partisanen oder was weiß ich was. Und so weiter und so weiter.

Aber vor allem: Dass wir überhaupt am Leben waren und mit heiler Haut aus dem ganzen Schlamassel herausgekommen sind, das war nicht selbstverständlich. Manchmal schämte ich mich fast dafür. Wenn ich die ganzen Kriegsversehrten sah. Oder die unzähligen Kriegerwitwen.

Überlegen Sie mal: Ihr Vater hatte vier Brüder. Alle Fünfe waren Soldaten und alle sind wieder nach Hause gekommen! Das war etwas ganz, ganz Seltenes. Ein unverschämtes Glück.

.

Ja, durchaus, aber nur über bestimmte Sachen. Meinen Kindern hab ich die Morsezeichen erklärt. Das kam gut an, in dem Alter, in dem sie sich auch für Indianer und Piraten interessiert haben. Für Kinder ist das Morsen wie eine Geheimsprache. Und von den Städten, in denen ich stationiert war, hab ich natürlich auch erzählt. Aber von den eigentlichen Kriegserlebnissen weniger. Davon wollte ich sie lieber verschonen. Was würde das auch bringen?

.

Nein, seitdem nicht mehr. Meine Frau fliegt nicht gern. Ehrlich gesagt, sie hat richtig Angst vorm Fliegen, leider. Sie ist noch nie geflogen. Dabei ist es doch so ein sicheres Verkehrsmittel. Wir fahren seit Jahren immer mit dem Auto in Urlaub. Solange wir noch können.

Ausgebombt

Es war mitten in der Nacht. Ich weiß noch, dass Vater zu mir sagte: „Schnell, beeil dich!" Er hatte wie immer seinen Hut auf. Die Luftschutzsirenen heulten überall in Holsterhausen. Mutter hielt das kleine Bunkerköfferchen in der Hand. Meine Schwester Margret stand an der Wohnungstür bereit. Aber ich – ich hatte einen Knoten in den Schnürsenkeln! Es kam mir vor wie eine Ewigkeit, bis ich meine Schuhe gebunden hatte. Ich trug an dem Tag mein blaues Kleid, darüber einen grauen Mantel. Ich war damals noch keine siebzehn Jahre alt.

Die Fliegerangriffe kamen seit Monaten immer häufiger und immer schneller. Bei Tag und bei Nacht! Das kann man sich gar nicht mehr vorstellen. Ständig wurde Alarm gegeben. Und irgendwann später wieder Entwarnung. Das Geheul der Sirenen hat praktisch unseren ganzen Lebensrhythmus bestimmt. Wann man wach war und wann man schlafen konnte, das war alles nicht mehr normal. Wenn ich's mir heute so überlege, müssen wir ständig übernächtigt gewesen sein. Aber immer noch verschont geblieben. Bis auf eine Fensterscheibe, die bei einem Bombenangriff zersprungen war. Unsere Mutter hat dann ein Stück Pappe passend zugeschnitten und eingesetzt.

Wir lebten in ständiger Alarmbereitschaft. Und in Angst. Es gab Menschen, die waren so fertig und so tief verängstigt, dass sie tagelang einfach im Bunker sitzen blieben und gar nicht mehr herauskamen, wenn Entwarnung gegeben wurde.

Ich war damals eigentlich noch ein Kind. Ich blieb immer in der Nähe meiner Mutter, denn ich hatte ja diesen schweren Hörschaden, von meiner Diphterie als Kleinkind. Schule war ja nicht mehr. Mutter hörte für mich mit, wenn wieder Luftalarm gegeben wurde und wenn wir schnell los mussten. Das war wichtig, weil die Vorwarnzeiten immer kürzer wurden.

Mein Bruder Heribert war schon vorgelaufen. Er hatte bei der Flak dienstfrei und wollte endlich mal wieder zu Hause schlafen. Mutter hatte ihn schon vorgeschickt; er sollte uns im Bunker einen Platz freihalten.

Was dann passierte, kannten wir eigentlich zur Genüge. Die Luftminen hörten wir schon knallen; die wurden immer zuerst abgeworfen. Von dem Druck flogen Fenster und Türen aus den Angeln. Sogar ganze Dächer wurden fortgerissen. Dann kamen die Sprengbomben. Wenn die explodierten, stürzten Mauern und Wände ein. Aber am Schlimmsten fand ich die Brandbomben, die wirklich alles in Brand steckten. Dagegen war die Feuerwehr machtlos.

In dieser Nacht war der Fliegerangriff besonders schlimm. Aus den Fenstern war zu sehen, dass es überall in der ganzen Gegend lichterloh brannte. Wir liefen die Treppenstufen hinunter, so wie Vater eben konnte mit seinem steifen Bein und seinem Stock. Und dann krachten schon die ersten Bomben in unserer Straße ein. „Wir schaffen es nicht bis zum Bunker", sagte Vater, „wir bleiben im Haus". Da gingen wir in den Keller hinunter.

Es war schrecklich. Ein furchtbarer Lärm! Es krachte nur so. Ständig schlugen Bomben irgendwo ein. Wir vier standen ganz dicht beieinander und hielten uns mit den Armen umschlungen. Mutter betete mit lauter Stimme.

Ich glaube, wir haben alle gedacht, dass das unsere letzte Stunde wäre.

Dann wurde unser Haus getroffen. Man hörte, wie etwas Schweres über uns einstürzte. Und der Lärm von den Flugzeugmotoren ging immer weiter; es müssen sehr viele gewesen sein!

Irgendwann fielen keine Bomben mehr. Wir wussten natürlich nicht, ob das nur eine Pause war oder das Ende des Angriffs. Wir kletterten jedenfalls aus dem kaputten Keller. Im Flur lagen große Brocken herum; wir konnten kaum darübersteigen. Dann zur Haustür raus. Wir liefen die Gemarkenstraße hinunter. Menschen lagen auf dem Boden herum. Überall brannte es. Mutter hatte einen Schal dabei; damit wischte sie uns und sich selbst ständig die Funken aus den Haaren.

Vor dem Bunkereingang standen Wasserkübel, damit wir uns die brennenden Schuhsohlen löschen konnten. Drinnen alles voller Menschen, ein Mordsgedränge, wie immer alles überfüllt. Aber hier waren wir wenigstens einigermaßen in Sicherheit. Es war dunkel. Von Heribert sahen wir nichts. Wir wussten auch nicht, ob er überhaupt heile hier angekommen war. Dann hörten wir die nächsten Einschläge, ganz in der Nähe. Das dröhnte nur so und die Wände zitterten. Es war grauenhaft! Ein paar Leute im Raum haben leise miteinander gesprochen, andere haben geweint oder gebetet. Die meisten sagten gar nichts. Ich war froh, dass ich dicht neben Mutter stehen konnte.

Dann hieß es warten, stundenlang.

Wann wir endlich wieder aus dem Bunker rauskamen, weiß ich nicht. Von Heribert keine Spur.

Von unserem Haus in der Gemarkenstraße waren nur rauchende Trümmer übrig geblieben. Es war ein trauriger Anblick. Wir hatten nur noch das, was wir am Körper trugen. Die Wohnung war vollständig zerstört, mit allem, was darin war. Alles. Alles, was uns lieb und teuer war. Ich weiß gar nicht mehr, wie ich das bewältigen konnte. Aber ich hatte ja noch meine Eltern.

Später bekam Vater von der Stadtverwaltung Essen eine Nachricht. Damit hatten wir es schwarz auf weiß, dass unser Haus zu hundert Prozent zerstört war. Es war wirklich nur noch eine Ruine.

Sommerferien

Es war ein strahlend heller Tag. Die Sonne funkelte schon seit vielen Stunden am Himmel, als wir unseren Klapptisch in den Sand stellten und die Frühstückssachen aus dem Wohnwagen holten. Die Wellen kräuselten sich ein bisschen, ansonsten lag die Nordsee blau und friedlich direkt vor uns. Ringsum blühten die Apfelrosen. Der sanfte, lauwarme Wind entlockte dem Strandhafer ein leichtes Rascheln und dem Sonnensegel über der Tür ein dezentes Flattern. Die Idylle schien wie für den Katalog eines Reiseveranstalters inszeniert zu sein. Wir machten die ersten Urlaubsfotos.

Wir hatten alle Zeit der Welt.

Die Autofahrt durch Dänemark am Tag zuvor war langweilig und dösig, die Musik aus dem CD-Player ein kompromissmäßiges Gedudel, das zu langen Familienreisen nun einmal dazu gehört. Dem Städtchen Skanderborg hatten wir eine Zwischenübernachtung gewidmet und damit die Chance, einen nachhaltigen Eindruck auf uns zu hinterlassen. Doch beim abendlichen Rundgang fanden wir noch nicht einmal eine Eisdiele, dafür alle Bürgersteige hochgeklappt. Die Sträßchen und Gassen wirkten ganz nett, aber leer und leblos.

Jetzt aber, in Hanstholm, waren wir in bester Aufbruchstimmung. Es roch wunderbar nach Meer. Unser Schiff nach Norwegen würde erst am Nachmittag fahren. Die Tickets hatten wir schon längst im Internet gebucht und der kleine Hafen lag fast in Sichtweite unseres Campingplatzes.

Also was machen wir heute, bis die Fähre ablegt? Zwischen Kaffeetassen und Müslischalen, Sonnencreme und Sandkörnern ein wunderbares Thema für eine entspannte Familiendiskussion. Schwimmen gehen und am Strand liegen, meinte die älteste Tochter. Sie ging gleich zum Wasser, hielt probeweise den großen Zeh hinein und verzog das Gesicht. Zu kalt. Eine Dünenwanderung? Och nööh, das hatten wir gestern Abend schon. War schön, jede Menge Treibholz gefunden, der Sonnenuntergang auch ganz o.k., aber nicht schon wieder. Ein Stadtrundgang? Vergiss es.

Das Miniörtchen war extrem übersichtlich.

Bei der Rezeption lag ein kleiner Prospekt der Festungsanlage aus, eine der wenigen Sehenswürdigkeiten von Hanstholm. Wir gingen hin und wurden überrascht. Auf einer unübersehbaren Fläche von etlichen Quadratkilometern lag Bunker neben Bunker. Überall waren graue Betonklötze zu sehen. Der Rundgang führte uns mitten hinein in die unterirdischen Gänge und Räume. Wir durchquerten ein Labyrinth von Mannschaftsunterkünften und Magazinen, Leitstellen und Arsenalen, Treppen und Bahnschienen.

Die Stellung an der Nord-West-Außenecke von Dänemark war Teil des Atlantikwalls. Den hatte die deutsche Wehrmacht während des Zweiten Weltkrieges errichtet, um eine Invasion der alliierten Kriegsgegner von der Seeseite zu verhindern. Die Festung Hanstholm sollte außerdem verhindern, dass feindliche Schiffe durch die Meerenge zwischen Dänemark und Norwegen in die Ostsee eindringen könnten. So lasen wir es auf den Informationstafeln.

Es war kühl hier unten, nein, es wurde uns kalt. Die altmodischen Schriften in deutscher Sprache an der

Wand enthielten knappe Befehle: „Aufzug freihalten!" „Lüftung". Und: „Hoffe wenig, wirke viel, das ist der kürzeste Weg zum Ziel." Schließlich waren wir wieder draußen. Da standen wir unerwartet neben einer riesigen Kanone mit einem unglaublich langen Rohr.

Wir hatten endlich die Sonne wieder, aber mit düsteren Aussichten. Unsere Unterhaltung wurde immer leiser, immer dünner. Eine bedrückte Stimmung machte sich breit.

Kaliber 38? Das sagte mir nichts. Von Kriegstechnik hatte ich wenig Ahnung. Das Museum klärte uns auf. 38 Zentimeter – das war der Durchmesser der Granaten, die hier abgefeuert wurden. Die Kanone in unserem Rücken sollte damals eine der größten weltweit gewesen sein. Vier Stück standen damals hier in ihren Drehkränzen. Drumherum bewachten kleinere Artilleriestellungen diese Superkanonen gegen mögliche Angriffe aus allen denkbaren Richtungen: Flugabwehrgeschütze in verschiedenen Größen, dazu Radaranlagen, Flakscheinwerfer und Funkantennen. Viele Hundert Soldaten hatte die deutsche Wehrmacht hier ständig stationiert. Hanstholm war während des Zweiten Weltkrieges eine der größten Festungsanlagen in Europa.

Von den Kanonenstellungen konnten wir weit in die Dünenlandschaft sehen. Überall ragten Ruinen aus dem Sand und dem Gras hervor. Segelyachten und Frachtschiffe fuhren weit draußen an der Küste entlang.

Ich musste an meinen Onkel denken. Der Ingenieur. Mein Lieblingsonkel.

*

Der Ingenieur steht am Reißbrett und zeichnet an einem Detailplan. Links und rechts arbeiten seine Kollegen, alle Konstrukteure, so wie er. Die Arbeitsplätze sind in langen, parallelen Reihen ausgerichtet, sie füllen einen ganzen Saal.

Vor dem Fenster breiten sich Industrieanlagen aus, soweit das Auge reicht: Hochöfen, Gießereien, Walzwerke, Montagehallen, Zechentürme, Kohlehalden, Kokereien, Eisenbahnschienen und wieder Hochöfen, Schlote, Fabriken, Rohrleitungen. Rostbraun, grau und schwarz – andere Farben sind hier kaum zu sehen. Die Luft ist schwer von Rauch, Dampf und Abgasen. Wenn ein Hochofen abgestochen wird, leuchtet der Feuerschein weithin.

Der Ingenieur kann zufrieden sein. Er hat eine ordentliche Laufbahn vorzuweisen: Geboren in einem kleinen Dorf in der Rhön, Schlosserlehre bei der Reichsbahn, dann das Abitur mit guten Noten, schließlich das Maschinenbau-Studium in Würzburg. Außerdem: vier Semester lang Studentenschaftsführer des Nationalsozialistischen Deutschen Studentenbundes. Nach erfolgreichem Studienabschluss zunächst eine Tätigkeit bei den Junkers-Flugzeugwerken in Dessau. Jetzt Konstrukteur in den Kruppschen Werken in Essen an der Ruhr.

*

Als ich ein Kind war, fuhr ich fast jedes Jahr in den Sommerferien zu meinem Onkel auf Besuch. Das kleine Dorf in der Rhön war mein Paradies. Hier konnte ich spielen, im Heu toben, mit Brunnenwasser spritzen und Frösche fangen. Die Cousinen und Cousins im Haus waren alle älter als ich, doch ich wurde mit großer Selbstverständlichkeit aufgenommen und hatte immer ein bisschen das Gefühl, zur Familie zu gehören.

Die Schaukel auf der Wiese hinter dem Haus war wunderbar groß. Hier konnte ich heimlich üben, bis ich endlich so hoch kam wie die Nachbarkinder.

Abends fiel ich todmüde ins Bett. Das letzte, was ich hörte, war der Stundenschlag der Kirchturmuhr. Morgens meldeten sich zuerst der Hahn und dann die Kühe vom Nachbarhof.

*

Der Ingenieur arbeitet an geheimen Aufträgen der Obersten Heeresleitung. Diese fordert von der Artilleriekonstruktion der Kruppschen Werke: verbesserte Treffgenauigkeit, vergrößerte Durchschlagsleistung, höhere Schussweite und schnellere Einsatzfähigkeit.

Das Rüstungsunternehmen hat schon seit Jahrzehnten seine überragenden Fertigkeiten unter Beweis stellen können. Die Firma Krupp kann nicht nur Eisenbahnschienen, Panzerstahl und Lokomotiven herstellen, sondern ebenso Kanonen, die weltweit gefragt sind. Das hat Essen den Beinamen „Kanonenstadt" eingebracht. Worauf man allgemein stolz ist.

Mörser, Haubitzen und Kanonen werden für die unterschiedlichsten Einsatzzwecke produziert. Aus Berlin treffen immer größere Bestellungen und immer höhere Anforderungen ein. Für die Fallschirmtruppe wird ein extrem leichtes, rückstoßfreies Geschütz einwickelt. Für die Infanterie Panzerabwehrkanonen mit verringertem Rohrverschleiß. Für die Feld-Artillerie 360 Grad Schwenkbereich und Schießfähigkeit auch bei hoch aufgerichtetem Rohr. Für die Panzertruppe eine neue 12,8 cm-Kanone mit elektrischer Abfeuerung – „ein Geschütz hervorragender Konstruktion, das zweifellos zu den ausgereiftesten deutschen Entwicklungen auf dem Geschützsektor gehört", wie ein Major später urteilt.

Der Ingenieur und seine Abteilung befassen sich mit einem besonderen Gebiet: der Entwicklung von schweren Schiffs- und Eisenbahngeschützen mit sehr großen Kalibern und maximalen Reichweiten.

*

Als ich noch zu klein war, um allein in die Sommerferien zu fahren, brachte mich manchmal mein Vater in das Dorf in der Rhön. Er blieb gern ein paar Tage, bis er wieder nach Hause fuhr. Manchmal begleiteten mich eine ältere Cousine oder ein Cousin bei der Eisenbahnfahrt. Die gegenseitigen Besuche waren üblich und bei allen beliebt. Unsere Familien konnten sich keine Urlaubsreisen leisten.

Einmal, ich war vielleicht acht Jahre alt, fuhr ich allein mit dem D-Zug nach Frankfurt. Dort erwartete mich eine Cousine, die in der Stadt studierte. Sie brachte mich gleich zum Anschlusszug am anderen Gleis, half mir mit meinem Gepäck und winkte mir mit ihrem Halstuch nach, als der Bummelzug aus dem Bahnhof fuhr. In Fulda wurde ich dann von meinem Onkel abgeholt. Ich war sehr stolz darauf, fast allein zu reisen.

*

Der Ingenieur ist verliebt. Er hat eine junge Frau kennen gelernt. Beide sind einander sehr zugetan. Sie wohnt mit ihrer Familie in Essen. Er stellt sich ihren Eltern vor. Bald hält er um ihre Hand an. Ihre Eltern legen großen Wert auf die katholische Glaubens- und Sittenlehre. Sie zögern, denn sie wissen wenig über den jungen Mann, dessen Heimatdorf im Hessischen so weit entfernt liegt. Sie erkundigen sich in aller Diskretion bei dem Dorfpfarrer nach dem Leumund der Familie. Als sie von Hochwürden die Mitteilung bekommen, dass das Elternhaus des Besagten ein unzweifelhaft katholisches sei und keinerlei Einwände gegen die Verbindung bestünden, stimmen sie der Verlobung zu.

Der Ingenieur besucht oft und gern die Familie der Braut. Doch er ist selten mit ihr allein. Zwei Mal pro Woche dürfen die Verlobten ohne Begleitung ein Stündchen spazieren gehen. Mehr wäre nicht schicklich, sagt ihre Mutter.

Der Ingenieur hat auch nicht immer Zeit. Die Arbeit bei Krupp läuft auf Hochtouren. Die deutsche Wehrmacht hat Polen besetzt. Immer mehr Soldaten werden einberufen, immer mehr Kanonen werden benötigt.

*

Als ich noch ein Kind war, gehörten die Gebete zum Tagesablauf in unserer Familie: das Morgengebet, das Tischgebet vor dem Mittagessen und das Abendgebet auf der Bettkante. Ich gewöhnte mich daran, dass im Haus meines Onkels außerdem nach dem Abendessen noch das Rosenkranzgebet gesprochen wurde. Es war mir langweilig, aber doch erträglich, weil alles andere für mich als Ferienkind einfach wunderbar war. Ich fühlte mich rundum wohl in dieser Familie.

Mein Onkel war ein ruhiger, liebenswürdiger Mann. Wenn er nach Feierabend von seiner Arbeit nach Hause kam, verschwand er bald wieder in seinem großen Gemüsegarten hinter der Scheune. Ich staunte darüber, was er hier alles ernten konnte. Dicke Bohnen hatte ich vorher noch nie gesehen. Ich aß sie gern. In großen Weidenkörben wurden sie auf den Hof getragen. Dann mussten wir Kinder mithelfen beim Döppen: den Faden abreißen, die Schoten aufklappen und dann mit dem Daumen die Bohnen herausdrücken. Ich liebte das. Wir saßen draußen auf unseren Hockern, plauderten und hatten schnell wieder einen Korb leer.

Manchmal schickte uns die Tante los, ein Eis beim Kaufmann holen. Dann unterbrach sie ihre endlose Einkocharbeit in der Küche. Die Pappbecher schleckten wir bis zum letzten Tropfen leer.

Abends saßen wir oft auf der Eckbank in der Küche und machten Spiele: Rommé, Canasta, Malefiz. Die Tante spielte gern mit. Der Onkel las etwas oder erledigte im Wohnzimmer die Buchhaltung für die Pfarrgemeinde. Ich fand es dann schade, dass er nicht mit uns am Tisch saß. Aber die Ruhe, die er ausstrahlte, ging durch Mauern und Wände und trug zu der großen Geborgenheit bei, die ich in diesem Haus immer spürte. Er war mein Lieblingsonkel.

*

Der Ingenieur und seine Abteilung haben eine großkalibrige Schnellfeuerkanone entworfen, die weiter schießen und treffen kann als andere. Sie ist vorgesehen als Hauptfeuerwaffe einer neuen Klasse von Schlachtschiffen. Die Maßangaben der SK C/34 bedeuten einen Spitzenplatz in den einschlägigen Tabellen: Rohrdurchmesser 380 mm, Rohrlänge 19630 mm, vierteiliges Mantelrohr und zweiteiliges Seelenrohr, Rohrerhöhung bis 30°, Höhenrichtung elektrisch, Gewicht 105000 kg, Austrittsgeschwindigkeit max. 1050 m/s, Feuergeschwindigkeit ca. 10 Stück pro Stunde. Standardgranate: 800 kg, Treibsatz bis zu 172 kg, Schussweite: max. 43000 Meter.

Die Erprobung ist erfolgreich verlaufen. Die Konstrukteure können stolz sein auf ihre technische Meisterleistung. Das Gerät kann über eine Distanz von vierzig Kilometern ein anderes Schiff versenken.

*

Das Autodeck der MS Atlantic Traveller war voll beladen mit norwegischen Lastwagen und deutschen Wohnmobilen, dazwischen unsere Familienkutsche mit dem kleinen, alten Hubdach-Wohnwagen. Direkt hinter uns parkte ein geländegängiges Expeditionsfahrzeug. Das Ehepaar aus der Schweiz wollte nach Island weiterreisen. Die Überfahrt von Dänemark nach Norwegen war ein Genuss. Das Meer lag spiegelglatt im funkelnden Sonnenlicht. Hanstholm und seine Festungsanlagen verschwanden allmählich hinter der Heckwelle. Sieben Stunden dauerte das Vergnügen. Das Fährschiff fuhr einen weiten Bogen über die Nordsee auf Egersund zu. Wir hatten diesen Hafen gewählt, weil wir in der ersten Hälfte unseres Urlaubs an der Westküste entlang in Richtung Norden fahren wollten. Unser erstes Ziel war Bergen. Ansonsten hatten wir keine festen Pläne. Nichts war gebucht, nichts war festgelegt. Herrlich!

Polar, so würden Wetterexperten vermutlich den kalten Wind nennen, der auf dem Oberdeck blies. Die grandiose Fernsicht verlockte dazu, draußen zu sitzen, aber das war nur im Windschatten möglich. Und dick eingemummelt musste man sein.

Sonntagswetter, zu dem man sich lange Unterhosen wünschte.

Ich musste feststellen, dass ich meine warme Fleece-Jacke zu Hause vergessen hatte.

Auf dem Campingplatz in Bergen gab es die erste kleine Zickerei. Welchen Stellplatz sollen wir nehmen? Der da ist zu nah am Toilettenhaus. Der da drüben ist zu klein. Zu klein, um das Wohnwagenvorzelt aufzubauen. Der da hinten ist zu schräg. Überhaupt: Gibt es hier gar keine ebene Fläche? Zu weit abseits von andern Nachbarn wollten wir auch nicht sein, schließlich wollten wir gern Leute kennen lernen. Und so weiter. Schließlich ein Kompromiss, der keiner war. Die Mädchen maulten, weil ihr Zelt schief stand. Das war verständlich, aber jetzt nicht mehr zu ändern. Der Nachtisch entschädigte ein wenig. Auch für den Nieselregen.

Vater, Mutter und zwei Töchter. Die eine zwanzig, die andere dreizehn Jahre alt. Jahrelang hatte ich dafür geworben, dass wir unseren Sommerurlaub mal in Norwegen verbringen würden. Ich war als Student einmal in dieses schöne Land getrampt. Ich wollte unbedingt wiederkommen.

Töchter haben allgemein und weit verbreitet die Erwartung, dass im Urlaub immer die Sonne scheint und das Thermometer nicht unter die Dreißig-Grad-Marke fällt. Wozu hat man sonst einen Bikini?

Die Älteste hatte sich gerade ein Jahr lang in Australien die Sonne auf die Haut brennen lassen. Das war meine Chance. Sie war jetzt der Norwegen-Idee gegenüber gnädig gestimmt und ermöglichte somit einen Mehrheitsbeschluss, selbstverständlich mit den entsprechenden Zusicherungen an die Jüngste. Zum Beispiel: keine großen Wanderungen unter Zwang. Strandbadetage. Und ab und zu shoppen.

Am nächsten Morgen fuhren wir mit dem Bus in die Stadt. Wir hatten das gleiche Ziel wie vermutlich die meisten Touristen in Bergen: Bryggen, die deutschen Kaufmannshäuser aus der Hansezeit, unten am alten Hafen. Wir bummelten durch die Gassen, bestaunten die altehrwürdigen, bunt bemalten Holzhäuser, lugten in die Gassen und Lädchen, in denen überall interessante Sachen zum Kauf angeboten wurden. Wir sahen uns die Mariakirken an. Uralt, aus Stein gebaut. Jahrhunderte lang waren hier Gebete und Predigten in deutscher Sprache gehalten worden.

Wollen Sie mal probieren? Die Häppchen am Spießchen sahen appetitlich aus. Der Verkäufer auf dem Fischmarkt lächelte freundlich. Die geräucherte Makrele und der Lachs schmeckten lecker, waren aber zu teuer, nein, danke. Und dann waren da noch die Walfleischspießchen. Lautstark protestierten die Töchter. Das war nicht korrekt, unmöglich, wie kannst du das nur mitmachen, musste sich die Mutter anhören. Ansonsten versetzte die Sonne alles und jeden in gute Laune.

Fotomotive ohne Ende. Die Auslagen an den Fischständen, die malerischen Häuser, die Schiffe im Hafen, die Familienmitglieder mit schrillen Sonnenbrillen, mit Norwegerstrickpullover, mit Norwegermütze.

Und dann die Felle. So ein Wolfskopf oben auf meinem Schädel und das Fell als Umhang, das sah schon verwegen aus. Oder besser ein Silberfuchs? Jaja, schon gut, ich wollte das Stück nicht wirklich kaufen, nur mal umlegen. Oder vielleicht doch? Wo hat man schon die Gelegenheit, an ein Wolfsfell zu kommen?

Wir liefen kreuz und quer durch die Stadt, besichtigten die Burg, fuhren mit der Standseilbahn zum Fløyen hoch und genossen die Aussicht.

Aber der absolute Höhepunkt in Bergen war für mich Troldhaugen. Hier, ein paar Kilometer außerhalb seiner Heimatstadt, hatte Edvard Grieg mit seiner Familie gewohnt.

Das Haus, das er sich hatte bauen lassen, ist noch im Originalzustand zu besichtigen und liegt wunderschön mit Blick auf einen See. Der Park ist geschmackvoll gestaltet, der Übergang zwischen Beeten und freier Natur fließend und der umgebenden Landschaft angepasst.

Grieg war Romantiker.

Der Musiker hatte in Leipzig studiert, war mit Johannes Brahms, Franz Liszt und Clara Schumann befreundet und als Pianist, Dirigent und Komponist erfolgreich. Zum Komponieren zog er sich in seine kleine, einfach eingerichtete Gartenhütte zurück, die halb versteckt in einem felsigen Graben liegt. Auch hier hatte er wieder den weiten Blick über das Wasser.

Im Sommer finden in Troldhaugen an jedem Abend Konzerte statt. Das kleine Saalgebäude liegt raffiniert in einer Senke. Vom Zuschauerraum blickt man über die Bühne hinweg durch ein Fenster zur Gartenhütte und weit über das Wasser hinaus, genauso wie Grieg damals. Das allein konnte mich schon begeistern. Die Klaviersonaten, die wir dann zu hören bekamen, waren der reine Genuss.

Jedenfalls für uns Eltern.

Na ja, geht so, kam als Kommentar aus der Jugendabteilung, wann fährt nochmal der Bus zurück?

Die Töchter hatten das Konzert höflich über sich ergehen lassen. Immerhin.

*

Der Führer, so wird er genannt, ordnet an, Dänemark und Norwegen zu besetzen. Die Vorbereitungen haben in größtmöglicher Eile und bei völliger Geheimhaltung zu erfolgen.

Die strategischen Ziele: Stärkung der Ausgangsposition gegenüber England, Vormachtstellung im Nordatlantik, Kontrolle über den Zugang zur Ostsee. Außerdem: Sicherung des Transportweges für Eisenerz aus Schweden, das in den deutschen Rüstungsbetrieben dringend benötigt wird. Ferner: Versorgung der deutschen Truppen und der deutschen Bevölkerung mit landwirtschaftlichen Erzeugnissen und Fisch.

Das Oberkommando der Wehrmacht hat bereits Richtlinien vorbereitet für das persönliche Verhalten der deutschen Soldaten im Umgang mit der norwegischen Bevölkerung. Darin heißt es: „Der Norweger ist äußerst freiheitsliebend und selbstbewusst. Also: wenig befehlen, nicht anschreien! – Das Haus des Norwegers ist nach altgermanischer Auffassung heilig. Also: Jeden unberechtigten Eingriff unterlassen."

Der Beginn der Landungsoperation wird festgesetzt auf den 9. April 1940, 5:15 Uhr.

*

Unser Wohnwagen stand direkt am Nordfjord. Die Aussicht war atemberaubend: vor uns das tiefe Wasser, dessen Farben zwischen blau, grün und türkis wechselten. Ringsum steil aufragende Berge, felsig und anscheinend unbesteigbar. Und oben an den Rändern schoben sich glitzernd die Schnee- und Gletscherkappen über die Kante. Wenn die Sonne darüber unterging, funkelte das Eis in seltsamen Farbtönen.

Und dann die Wasserfälle. An den ersten Reisetagen hatten wir uns noch gegenseitig darauf aufmerksam gemacht, wenn wir an einem besonders schönen oder an einem besonders großen vorbeifuhren. Hier am Nordfjord waren wir von Wasserfällen umzingelt. Manche hörte man laut rauschen, andere stürzten scheinbar leise Hunderte von Metern in die Tiefe, einige bis direkt in den Fjord.

Unser Nachbar im Wohnmobil nebenan war spezialisiert auf Saibling. Er wusste, wo sie am liebsten standen und angelte jeden Tag welche, mehr, als er und seine Frau essen konnten. Wir waren gern behilflich. Er räucherte sie in einem kleinen Kasten über einem glimmenden Gemisch aus Buchenholzspänen und Wacholderbeeren. Köstlich!

*

Der Ingenieur hat einen Bruder: vier Jahre älter, Zimmermann von Beruf, verheiratet, ein Kind, wohnhaft im Nachbardorf, als Soldat zur Wehrmacht einberufen, jetzt Infanterist.

Der Infanterist und seine gesamte Einheit verlassen ihren Truppenstandort auf dem deutschen Festland. Sie schiffen sich mitsamt ihrer kompletten Ausrüstung und Bewaffnung auf einem zivilen Frachter ein. Manöver auf der Ostsee befohlen, teilt der Kommandeur mit. „Weserübung", so der Name. Der Frachter läuft bald aus und schließt zügig mit etlichen anderen Schiffen zu einem Konvoi auf. Alle Mann bleiben möglichst unter Deck, wird angeordnet, auf Deck nur mit umgehängter Wolldecke bewegen. Die Uniformen sollen nicht erkennbar sein, nicht für das Periskop eines feindlichen U-Bootes.

*

Einen Tag mal chillen, war vereinbart. Also: nichts tun, in der Sonne liegen, dösen und lesen. Vielleicht mal eine Postkarte schreiben, aber nur, wenn es nicht zu anstrengend ist. Und: braun werden.

Die Fahrt gestern hierher zum Nordfjord war lang gewesen. Kurven ohne Ende. Mit der Fähre über den Sognefjord. Landstraßen am Wasser entlang. Pause und weiter. Den ganzen Tag lang. Zum Glück waren unsere Kinder aus dem Quengelalter heraus. Wann sind wir da? Diese Frage zu stellen war nicht mehr angesagt.

Aber jetzt musste wirklich erst mal Schluss sein mit Autofahren.

Wie verbringt man einen Strandtag am Nordfjord? Kein Problem: Bikini anziehen, mit Sonnencreme einschmieren, einen Platz im Windschatten suchen, Wolldecke bereithalten und über jedes Schönwetterwölkchen schimpfen, das für einen Augenblick vor der Sonne vorbeizieht. Schwimmen? Eigentlich auch kein Problem. Wasser ist genug da, nur kein Neoprenthermoanzug.

Dass die Sonne für uns nur bis am Nachmittag schien und dann von den hohen Bergen abgefangen wurde, war wirklich Pech. Fand ich auch.

Trotzdem: Es war abends sagenhaft lange hell.

*

Der oberkommandierende General für die Besetzung Norwegens kann pünktlich Vollzug melden. Deutsche Truppen haben ohne nennenswerte Kampfhandlungen innerhalb eines Tages das völlig überraschte Dänemark besetzt. Die deutsche Luftwaffe hat Ziele in Norwegen bombardiert: Flughäfen, Militärstützpunkte, Schiffe, Radiosender. Deutsche Fallschirmspringer sind an verschiedenen Stellen wie vorgesehen gelandet und halten die Stellung. Deutsche Infanterie ist schon am gleichen Tag in Oslo einmarschiert und landesweit auf dem Vormarsch.

*

Die Wanderung zum Gletscher machten wir alle zusammen. Der Fußweg führte zuerst steil bergan und führte dann in ein Hochtal hinein. Eine halbe Stunde später sahen wir tatsächlich: Eis.

Noch nie vorher war ich einem Gletscher so nahe gekommen. Wie eine gewaltige, dicke Welle aus Zuckerguss schob sich eine weiß-graue Masse vom Gebirgsrand herunter, am unteren Ende schrundig, zerbröckelnd, mit Steinen durchsetzt. Den eigentlichen Gletscher oben auf den Bergen konnten wir nur erahnen. Der Jostedalsbreen, so zeigte es uns die Landkarte, war einer der großen Gletscher des Landes und nur mit entsprechender Ausrüstung und Erfahrung zu begehen.

Wir begnügten uns also mit dem Ausläufer in unserem Hochtal. Die Situation war witzig und gleichzeitig beklemmend. Ein Schild am Wegesrand hatte uns angezeigt, bis wohin der Gletscher zehn Jahren zuvor gereicht hatte. Er war seitdem offenbar ganz enorm geschrumpft. Wenn der Klimawandel so weiterginge, würde schon in ein paar Jahren in diesem Seitental von einem Gletscher keine Spur mehr zu sehen sein. Erschreckend.

Kurios war die Kulisse aber doch: Wir picknickten ge-

mütlich in T-Shirts und kurzen Hosen, und im Schmelz-
wassersee neben uns trieben Eisschollen. Und als das
Nachmittagslicht schräg auf das Gletschereis fiel, leuch-
tete es von innen in einem magischen Blau.

Beim Abstieg hörten wir Gebimmel aus dem Unter-
holz. Eine Herde Ziegen tauchte auf. Sie waren überhaupt
nicht scheu, sondern neugierig. Sie ließen sich streicheln
und liefen ein Stück mit uns mit. Unsere Jüngste hätte
am liebsten eine mitgenommen.

*

Der Oberkommandierende General für die Besetzung
Norwegens muss den Totalverlust des schweren Kreu-
zers „Blücher" nach Berlin melden. Das neue Schlacht-
schiff, erst kürzlich in Dienst gestellt, ist am Tag der
„Weserübung" im Oslofjord unterwegs mit Kurs auf die
norwegische Hauptstadt. Es soll im natürlichen Hafen
vor dem Rathaus vor Anker gehen und die Invasion der
Luftlandestreitkräfte absichern. Kurz vor dem Ziel wird
es aus der Festung Oscarsborg durch norwegische Artillerie beschossen.

Die Batteriestellung auf einer kleinen felsigen Insel
gilt eigentlich als veraltet. Die Bewaffnung stammt noch
aus dem 19. Jahrhundert. Die 28-cm-Kanonen waren damals in den Kruppschen Werken in Essen gegossen worden. Die Norweger haben ihnen Namen gegeben: „Moses" und „Aaron", so heißen die Geschütze nach einem
biblischen Brüderpaar. Es stellt sich heraus, dass Moses
und Aaron noch voll funktionstüchtig sind.

Von mehreren Schüssen getroffen, sinkt die „Blücher"
mit weit über 1000 Mann Besatzung wenige Seemeilen
vor ihrem Ziel.

Der Untergang des Schlachtschiffes verzögert die Besetzung von Oslo nur um wenige Stunden.

Allerdings können der König, die Regierung und die meisten Abgeordneten diese Zeit nutzen, um aus der Stadt zu fliehen. Sie fahren nach Elverum, einer Kleinstadt im Østerdal nahe der schwedischen Grenze.

Der Führer ist zufrieden. Er bezeichnet die Besetzung von Dänemark und Norwegen als „das kühnste Unternehmen der deutschen Kriegsgeschichte". Das sorgfältig geplante und schnell ausgeführte Zusammenwirken von Heer, Marine und Luftwaffe wird von seinen Generälen als modernstes strategisches Vorgehen gefeiert. Die erlittenen Verluste an Mensch und Material betrachtet die Wehrmacht als nicht schwer wiegend, gemessen am Erfolg der „Weserübung".

Der König von Norwegen lehnt ab, als ein deutscher Gesandter am nächsten Tag in Elverum von ihm verlangt, sich zu ergeben. Die Abgeordneten des Parlaments statten den König und seine Regierung mit allen Rechten aus. Die Staatsführung geht nach London ins Exil und koordiniert fortan von Großbritannien aus den Widerstand in der Heimat gegen die Besatzungsmacht.

Die deutsche Luftwaffe bombardiert Elverum und legt das Städtchen in Schutt und Asche.

Im Gudbrandsdal und in der Gegend um Åndalsnes finden schwere Kämpfe statt. Zwei Monate nach der „Weserübung" kapituliert die norwegische Armee.

Der Gauleiter der NSDAP in Essen an der Ruhr ist ein altgedienter Nationalsozialist und von Anfang an in der Bewegung aktiv. Neben seiner Stellung als hoher Parteifunktionär amtiert er gleichzeitig als Verwaltungschef der Rheinprovinz. An seiner Hochzeit mit einer engen Mitarbeiterin des Reichspropagandaministers hat der Führer höchstpersönlich teilgenommen. Der Führer ernennt den bewährten Parteigenossen zum Reichskommissar für die besetzen Gebiete Norwegen, erteilt ihm alle Vollmachten und unterstellt ihn seinem unmittelbaren Befehl.

Der soeben ernannte Reichskommissar bezieht in Oslo die Residenz des Kronprinzen als Dienstsitz. Er kündigt eine Politik der harten Hand an. Er verbietet alle Parteien mit Ausnahme der kleinen Nasjonal Samling, der norwegischen nationalsozialistischen Partei. Aus deren Reihen setzt er Parteigenossen als Leiter der Ministerien ein. Sie unterstehen seinen Weisungen.

Der deutsche Infanterist und seine Kameraden erhalten eine Auszeichnung: ein rotes Band mit Längsstreifen, zu tragen am Revers der Uniformjacke. Damit sind sie erkennbar als Teilnehmer der siegreichen „Weserübung". Die Soldaten bleiben in Norwegen stationiert.

Aus der Heimat erhält der Infanterist Post. Seine Frau schreibt ihm, dass sie das zweite Kind erwartet. Sie schreibt ihm außerdem, dass sein Bruder, der Ingenieur in Essen, sich verlobt hat.

*

Genau genommen hatten wir die Mitternachtssonne verpasst, denn der Sommeranfang lag schon ein paar Tage zurück. Außerdem hatten wir den Polarkreis nicht überquert. Die Sonne ging also irgendwann unter. Trotzdem schienen die Tage kein Ende zu nehmen. Egal, wie spät wir zu Abend aßen oder schlafen gingen: Es war immer hell.

Manchmal stand ich mitten in der Nacht auf. Ich stellte mich vor den Wohnwagen und genoss das Licht. Es stimmt: Ein Sternenhimmel kann auch schön sein. Aber diese nächtliche Helligkeit des skandinavischen Sommers fand ich einfach nur wunderbar.

Um den Sonnenaufgang zu sehen, kam ich meistens zu spät.

*

Der König von Dänemark ist ein Bruder des Königs von Schweden. Ihre Königliche Hoheit in Kopenhagen ruft alle Untertanen auf, Ruhe und Ordnung zu bewahren, als die deutschen Truppen ohne jede Vorwarnung in das kleine Land einfallen. Der König kapituliert noch vor dem Frühstück, so lautet bald ein geflügeltes Wort.

Die Regierung des Königreiches von Dänemark geht auf die Forderung der Besatzungsmacht ein und verpflichtet sich zur Zusammenarbeit. Im Gegenzug erhält sie die Zusage, dass die Deutschen sich nicht in die inneren Angelegenheiten des Landes einmischen werden. Das dänische Kabinett kann im Amt bleiben und behält die Führung über sein Heer, seine Flotte und seine Polizei. Die deutsche Wehrmacht hat ein Interesse daran, möglichst wenig Soldaten im Land stationieren zu müssen und beschränkt sich auf eine Aufsichtsverwaltung.

Für die meisten Dänen geht der Alltag weiter wie gewohnt. Die militärischen Anlagen, die die deutsche Wehrmacht entlang der Westküste baut, schaffen zahlreiche neue Arbeitsplätze. Es herrscht Ruhe im Land.

Der Ingenieur und seine Abteilung arbeiteten daran, die schweren Eisenbahngeschütze mit Kaliber 28 cm konstruktiv zu verbessern. Die Varianten mit den Namen „Schwere Bruno", „Kurze Bruno" und „Lange Bruno" werden hinsichtlich Rohrbruch und Rohrverschleiß optimiert, ebenso betreffs Zieleinrichtung und Schussleistung. Eine Kanone „Dora" mit Kaliber 80 cm und einer Rohrlänge von 32480 mm wird in die Lage versetzt, Panzergranaten von 7,1 Tonnen Gewicht über große Entfernungen zu verschießen; sie gelten als die größten Artilleriegranaten der Welt. Das Geschütz findet in Fachkreisen Anerkennung als waffentechnische Spitzenleistung. Durchschlagsleistung auf Stahl: 1000 mm, auf Eisenbeton: 8000 mm.

In anderen Worten: Ein solches Geschoss kann eine acht Meter dicke Bunkerdecke zerstören.

Der Ingenieur und seine Braut wollen im Herbst standesamtlich heiraten. Er beantragt rechtzeitig eine passende Werkswohnung für Mitarbeiter der Firma Krupp.

*

Papageientaucher würde sie gern mal sehen, sagte unsere Älteste am Nordfjord. Sie hatte von einer Vogelinsel gehört, auf der man ganz nah an die bunten Clowns herankäme. Gesagt, getan. Wir alle genossen die Freiheit zu reisen, wann und wie wir wollten. Also packten wir unsere Sachen wieder in den Wohnwagen, kuppelten ihn an und fuhren los. Es wurde wieder ein langer Tag im Auto und einer der schönsten.

Vom Nordfjord, der gar nicht so weit im Norden liegt, wie der Name vermuten lässt, ging es in die Berge, schließlich steil aufwärts auf den Dalsnibba. Dessen Gipfel besteht, was für ein Komfort, zur Hälfte aus einem Parkplatz. Von dort oben aus hatten wir eine grandiose Aussicht auf das Hochgebirge mit seinen schneebedeckten Spitzen und scheinbar endlosen Gletschern. Zur anderen Seite verästelten sich die Fjorde. Absolut malerisch lag der Geirangerfjord uns zu Füßen, tief unten und tief blau. Ich kannte das Bild schon vom Edeka-Kalender in der Küche meiner Eltern. Wirklich schön! Und die Sonne strahlte in echt genauso.

Wir nahmen den Weg über das Wasser mit dem Postschiff der Hurtigrute. Traumhaft! Die lange Strecke von Geiranger nach Hellesylt führte vorbei an Bergbauernhöfen, die an extrem steilen Hängen klebten (wohnte da noch jemand?), vorbei an Wiesen und Felsabstürzen, Wald und wieder Felsen.

Und dann kamen die sieben Schwestern in Sicht. Ein

junger Mann wollte die erste heiraten, doch sie gab ihm einen Korb, auch die zweite, die dritte und alle anderen. Der Freier verzweifelte und verfiel dem Alkohol. Daraufhin wurden alle beteiligten Personen verzaubert – in Wasserfälle. Sieben Wasserfälle stürzen seitdem direkt nebeneinander aus großer Höhe in den Fjord, auf der gegenüber liegenden Seite ein einzelner in der Form einer Flasche.

Auch die weitere Fahrt zur Küste war großes Kino. Ich bin weiß Gott kein leidenschaftlicher Autofahrer und bewege mich lieber mit anderen Mitteln fort. Aber in Norwegen wird das Reisen fast zum Selbstzweck, denn so schön ist das, was vor den Fensterscheiben vorbeizieht. Irgendwann hielten wir an, stiegen aus, setzen uns jeder auf einen großen Stein. Und staunten und schwiegen. Die Landschaft beeindruckte uns alle.

Nach einem langen, langen Tag kamen wir auf der Insel Runde an. Ausnahmsweise musste eine Dose Ravioli als Abendessen herhalten, denn wir hatten noch etwas vor.

Es war schon nach 22:00 Uhr, aber immer noch hell, als wir uns zu den Klippen aufmachten. Einfach die Wiesen aufwärts gehen, etwa eine Stunde lang, dann seid ihr da, meinte der Mann vom Campingplatz. Es stellte sich schnell heraus, dass er eine Menge Ahnung von Vögeln hatte, denn er hatte uns ein paar wirklich gute Tipps für die besten Stellen und ein paar Verhaltensregeln mit auf den Weg gegeben.

Die letzten ein, zwei Meter legten wir uns nebeneinander auf den Bauch und schoben uns vorsichtig bis an den Rand vor. Unter uns fielen die Klippen nahezu senkrecht ins Meer, zweihundert oder dreihundert Meter tief. Ganz unten schäumten und klatschten und tobten die Wellen gegen die Felsen. Aber ihr Getöse war nichts gegen das Geschrei der Vögel. Tausende und Abertausende standen auf den Felsvorsprüngen, flogen weg, landeten, krakeelten. Ein unglaublicher Lärm. Und ein wunderschöner Anblick.

Am nächsten waren uns die Papageientaucher. Lustig sahen sie aus mit ihrem dreifarbigen Schnabel und mit ihrer Augenfalte, die ihnen ständig ein verschmitztes Grinsen ins Gesicht zauberte.

Wir hatten den perfekten Zeitpunkt erwischt. Ende Juni waren die Jungvögel geschlüpft. Jetzt kamen sie aus ihren Erdlöchern und machten in der Abenddämmerung ihre kurzen Flugübungen. Sie flatterten ein bisschen herum und kehrten bald wieder zurück. Nach ein paar Tagen würden sie das Nest verlassen und auf das Meer hinaus fliegen, um dort zu bleiben.

Etwas weiter links von den Papageientauchern lag die Kolonie der Trottellummen. Auf engstem Raum stand Vogel neben Vogel. Die Jungen wurden von den Alten gefüttert. Eines Tages würde der Trottellummenvater sich tief unten auf das Wasser setzen und so lange nach seinem Kind rufen und es locken, bis es sich zu ihm ins Wasser herabstürzen würde – ohne schon fliegen zu können. Die Eltern würden ihr Kind dann noch zwei Monate lang auf dem Wasser füttern.

Die Tordalke, noch weiter links, würden es etwas anders anfangen: Da würde der Tordalkenvater mit seinem Kind gemeinsam abspringen, um ihm Mut zu machen und ihm bei allen Gefährnissen direkt zur Seite zu sein.

Und da waren noch die Basstölpel, rechts von uns. Groß wie Gänse machten sie mit ihrem Aussehen am meisten her. Die Eltern haben eine besondere Sensibilität. Sie bebrüten das Ei wie alle anderen Vögel, aber auf ein bestimmtes Piepsgeräusch aus dem Ei hin legen sie es vorsichtig auf ihre Schwimmflossen, damit sie es nicht zerdrücken. So kann das Küken behütet schlüpfen. Der Jungvogel lässt sich zweieinhalb Monate lang versorgen und dann trifft er seine Entscheidung: Ohne Abschied segelt er einfach davon und landet irgendwo auf dem Wasser. Er kann noch nicht fliegen und noch nicht tauchen. Und er muss erst noch lernen, sich selbstständig zu ernähren. Trotzdem macht er sich einfach selbstständig.

So lagen wir stundenlang auf dem Bauch und sahen und hörten uns das Spektakel der Vögel an. Darüber ging die Sonne schon wieder auf. Todmüde und glücklich fielen wir in unsere Schlafsäcke.

*

Der Reichskommissar erlässt „Verordnungsblätter für die besetzten norwegischen Gebiete" als Vorschrift für alle Dienststellen. Das norwegische Recht ist demnach den deutschen Interessen und Bestimmungen anzupassen. Jeglicher Widerstand soll mit Terror beantwortet werden. Pressezensur, Verhaftungen auf offener Straße, standrechtliche Erschießungen und Transporte in deutsche Konzentrationslager gehören nun zu den üblichen Maßnahmen der Besatzungsmacht.

Der König von Norwegen ruft aus England über BBC zum Widerstand auf. Er ist für die meisten Norweger zu einer Vaterfigur und zu einem Symbol der nationalen Einheit geworden. Die norwegische Exilregierung requiriert alle Schiffe unter norwegischer Flagge, die die deutschen U-Boot-Angriffe überstanden haben, und stellt sie den alliierten Streitkräften als Transportmittel zur Verfügung. Von den Frachteinnahmen finanziert sie die Widerstandsbewegung in der Heimat.

Der König von Dänemark betont seine Volksverbundenheit, in dem er so oft wie möglich in Kopenhagen ausreitet und sich sehen lässt. Auch er ist für seine Untertanen zu einer Vaterfigur und zu einem Symbol der nationalen Einheit geworden. Freie Wahlen zum Parlament erbringen eine breite Mehrheit für eine große Koalition, in der mit Ausnahme der Nationalsozialistischen fast alle Parteien vertreten sind. Mehrere tausend Dänen melden sich freiwillig für das neu aufgestellte Waffen-SS-Korps Danmark, das von der deutschen Wehrmacht an den Kriegsfronten eingesetzt wird.

Der Führer befiehlt, die Einfahrt von der Nordsee in die Ostsee endgültig abzuriegeln und die Einfahrt feindlicher Schiffe vollständig zu unterbinden. Dies betrifft an erster Stelle das Skagerrak, die 120 Kilometer breite Meerenge zwischen Norwegen und Dänemark.

Daraufhin beschließt das Oberkommando der Wehrmacht zwei Großvorhaben. An der Südspitze von Norwegen, in Kristiansand, wird eine stark befestigte Artilleriestation errichtet. Gegenüber, auf der anderen Seite des Skagerraks, eine ebensolche in Hanstholm.

Die Kruppschen Kanonenwerke erhalten den Auftrag, das Schiffsgeschütz SK C/34 hinsichtlich seiner Schussweite zu verbessern und es gleichzeitig so umzurüsten, dass es als fest eingebautes Geschütz an Land Verwendung finden kann.

Der Ingenieur und seine Abteilung erarbeiten daraufhin konstruktive Änderungen und variieren die Munitionierung. Das Gewicht einer Granate beträgt jetzt nicht mehr 800 Kilogramm, sondern 500. Mit der angepassten Treibladung erreicht ein Geschoss jetzt eine auf 55 Kilometer erhöhte Schussweite.

Vier dieser Großkanonen „Siegfried" werden in der Festung Hanstholm in Dänemark auf Drehkreuzen montiert, zwei weitere in der Festung Kristiansand in Norwegen. Somit kann fast das gesamte, dazwischen liegende Skagerak unter Feuer genommen werden. Die verbleibende Lücke in der Mitte, die außerhalb der Reichweite der Geschütze liegt, wird durch Seeminen unpassierbar gemacht, so dass feindliche Schiffe gezwungen sind, in den Schussbereich zu fahren, wenn sie in die Ostsee eindringen wollen.

Die kirchliche Hochzeit findet wie die standesamtliche in Essen an der Ruhr statt. Auf der Margarethenhöhe bezieht das junge Ehepaar eine Kruppsche Werkswohnung.

*

Mit der Zeitmaschine in ein anderes Jahrhundert: Dass es so etwas geben sollte, davon hatten wir alle schon längst gehört. In Ålesund konnten wir einen solchen Apparat selbst ausprobieren.

Wir hatten uns einen Stadtplan besorgt und bewegten uns zu Fuß durch die Straßen. Immer wieder war Wasser zu sehen, überall blickten wir auf Hafenanlagen, Kanäle, Buchten und das Meer. In der Innenstadt fanden wir die ehemalige Svaneapoteket. Wir zahlten unseren Eintritt, betraten den Aufzug, die Türen schlossen sich automatisch und los ging es mit Gesaus und Gebraus. Duster wurde es in dem engen Lift. Stimmen waren zu hören, aufgeregt schrien sich Menschen etwas zu, wir konnten es nicht verstehen, der Lärm wurde größer, überall schienen Menschen herumzulaufen, aus einem Knistern wurde schnell ein Fauchen, ein Brausen und dann war uns klar: Es musste ein Großfeuer sein. Rot flackerte das Licht. Und dann gingen endlich die Aufzugtüren auf und wir waren unten angekommen – im Museum.

Es erinnerte an das verheerende Feuer von Ålesund im Jahr 1904. Mehr als 800 Häuser, aus Holz gebaut, fielen damals einem Brand zum Opfer. Fast die ganze

Stadt war binnen weniger Stunden zerstört. Bis auf eine Person überlebten alle Einwohner. Aber sie waren jetzt obdachlos.

Die Obrigkeit reagierte schnell. Sie verbot im Stadtzentrum den Wiederaufbau in Holzbauweise, lockerte die geltenden Bauvorschriften und bat das In- und Ausland um Hilfe.

Und die kam schnell, allen voran von Kaiser Wilhelm aus Deutschland. Der hatte schon Jahre zuvor Norwegen als Tourist kennen und lieben gelernt. Jeden Sommer kam er mit seiner Yacht Hohenzollern für ein paar Wochen in die Fjordlandschaft. Jetzt schickte er vier Schiffe der Reichsmarine, die innerhalb weniger Tage eintrafen, vollbepackt mit Lebensmitteln, Medikamenten und Baumaterialien. Angeblich bezahlte er die Hilfsmittel aus seinem Privatvermögen. Die Ålesunder blieben ihm auf ewig dankbar und nannten eine ihrer Hauptstraßen nach ihm.

Der Wiederaufbau ging erstaunlich schnell vonstatten. Drei Jahre nach dem Brand stand die Innenstadt wieder, als einmaliges Ensemble im modernsten Stil der damaligen Zeit – im Jugendstil.

Hagbarth Schytte-Berg: Diesen Namen kannten wir natürlich nicht. Der Architekt hatte nicht nur die Pläne für die Schwanenapotheke entworfen, sondern gleich eine komplette städtebauliche Neukonzeption für Ålesund. Er hatte in Hannover und Berlin studiert und dann in Ålesund so etwas wie ein Lebenswerk hinterlassen, zusammen mit seinen zeitgenössischen Kollegen. Hier fand der norwegische Jugendstil seine ganz eigene Ausprägung. Kaum eine andere Stadt in Europa hatte ein derart konsequent gestaltetes Gesamtbild vorzuweisen. Von nun an war sie nicht nur einer der größten Exporthäfen für Stockfisch, sondern ein Zentrum des Jugendstils.

Überall in der Stadt konnten wir sie sehen, die Türmchen und Erker, Ornamente und Portale mit den geschwungenen Linien und den dezenten Farben. Auch die Innengestaltung, Möbel, Schmuck und Buchkunst, die das Museum in der Apotheke zeigte, bestätigten den neuen Namen der Svaneapoteket: Jugendstilsenteret.

Als wir aus Ålesund herausfuhren, war der Himmel grau.

*

Der Reichskommissar muss feststellen, dass die erwartete Verbrüderung mit der norwegischen Bevölkerung, die für ihn genauso wie die deutsche zur nordischen Herrenrasse zählt, ausbleibt. Stattdessen wächst der Widerstand. Dieser beginnt zunächst leise.

In den Straßenbahnen und Bussen stehen die Norweger von ihrem Sitzplatz auf, wenn sich ein Wehrmachtssoldat neben sie setzt. Sie wollen die Bank nicht mit einem Besatzer teilen. Ein Unteroffizier verliert die Nerven. Als der Junge neben ihm aufsteht, fordert er ihn auf, sich wieder hinzusetzen. Der Junge gehorcht nicht und rennt an der nächsten Haltestelle davon. Der Unteroffizier zieht seine Pistole und befiehlt dem Kind, stehen zu bleiben. Das Kind läuft weiter. Der Unteroffizier schießt und trifft das Kind in den Rücken. Es stirbt.

Sportveranstaltungen fallen aus oder finden vor leeren Rängen statt. Die norwegischen Sportler wie auch das Publikum boykottieren jedes öffentlich ausgetragene Spiel und jeden Wettkampf, nachdem der Reichskommissar die Leitung der Sportverbände ihrer Ämter enthoben hat.

Als in einem Maschinenbaubetrieb die übliche Frühstücksmilch nicht ausgeliefert wird, bricht ein Streik aus. Vereinzelt ist es vorher schon zu Arbeitsverweigerungen gekommen. Der Reichskommissar lässt ein Exempel statuieren. 200 Norweger werden verhaftet. Das Standgericht verhängt in 25 Fällen langjährige Zuchthausstrafen, in zwei Fällen das Todesurteil.

Der Reichskommissar lässt alle Rundfunkgeräte im Land konfiszieren.

Die jüdische Bevölkerung wird verhaftet, ihr Vermögen beschlagnahmt.

Die Gestapo gründet die Sonderabteilung Lola. Fünfzig Agenten sollen vor allem Saboteure ausheben, die in der Dunkelheit über die Nordsee aus England kommen. Achtzehn werden in Ålesund an einem Tag erschossen.

Der Reichskommissar muss feststellen, dass trotz seiner Gegenmaßnahmen der Widerstand zunimmt.

*

Die Fahrt am Storfjord entlang schien kein Ende zu nehmen. Die Nationalstraße war gut ausgebaut und leicht zu fahren, aber wenn so ein Fjord sich weit in Landesinnere hineinzieht, dann dauert es einfach lange, bis man an seinem Ende ankommt. Von hinten, von der Jüngsten, kam leiser Protest. Für die Ältere verging die Zeit schneller, wenn sie am Steuer saß.

Im Valldal kam passend die Sonne wieder heraus. Das Tal steht voll mit Obstkulturen und ist berühmt wegen seiner geschützten Lage. Und tatsächlich: Am Straßenrand konnten wir frische Erdbeeren kaufen, direkt vom Acker. Schön groß und zuckersüß. Also: Pullover ausziehen, in die Sonne setzen und genießen. Mmmh!

Und dann ging es steil bergauf zum Trollstiegen. Die Passstraße führte uns in eine spektakuläre Welt aus Felsen und Gipfeln. Und Nebelschwaden.

Vor allem ganz oben. Es war mehr Ahnung als Weitsicht, mehr Wunsch als Wirklichkeit, was uns da erfüllte in Anbetracht einer Landschaft, über die wir im Reiseführer schon einiges gelesen hatten und die sich in Wolkenfetzen halb unsichtbar machte. Jedenfalls wurde uns kalt. Die Töchter blieben im warmen Auto sitzen. Schon wieder den Pullover anziehen? Nein, danke.

Also weiter.

Gut, dass unser Wohnwagen so klein und schlank war. Die Haarnadelkurven der Bergabstrecke hatten es in sich. Im Hintergrund stürzte die Trollwand mehr als tausend Meter senkrecht ab. Neben uns und um uns herum tosten die Wasserfälle. Es musste ein Kunststück gewesen sein, damals, vor Jahrzehnten, diese Serpentinen zu bauen.

*

Der Führer der Nasjonal Samling hat jahrelang auf diesen Moment hingearbeitet. Er hat die nationalsozialistische norwegische Partei gegründet. Er hat den deutschen Führer besucht, schon vor der Invasion, und ihm seine Dienste angeboten. Jetzt wird er endlich zum Ministerpräsidenten ernannt – durch Anordnung des deutschen Reichskommissars. Alle Parteien außer der Nasjonal Samling sind verboten.

Der neue Ministerpräsident verfügt, dass alle Lehrer in die gleichgeschaltete norwegische Lehrervereinigung einzutreten haben. Die Mehrzahl der Lehrer weigert sich. 1000 werden interniert und zur Zwangsarbeit in die nördlichen Provinzen gebracht.

Der Ministerpräsident muss zur Kenntnis nehmen, dass alle Bischöfe und fast alle Pfarrer im Land von ihren Ämtern zurückgetreten sind.

Der Infanterist aus dem kleinen Dorf in der Rhön wird zu Patrouillen eingeteilt. Seine Einheit soll vor allem die Eisenbahnstrecken bewachen. Der Dienst bedeutet eine Mischung aus Langeweile und Angespanntheit. Immer wieder kommt es zu feindlichen Sabotageaktionen. Norwegische Banden, so der Wehrmachtsbericht, greifen immer wieder Gleisanlagen, Brücken und Bahnhöfe an. Sie stören vor allem den Transport von Eisenerz, das aus Schweden kommt und über Norwegen zu den deutschen Häfen gebracht wird.

Die Wehrmacht reagiert auf jede Sabotageaktion mit Gegenmaßnahmen. Verhaftungen in der Zivilbevölkerung und Geiselerschießungen sollen der Abschreckung und der Vergeltung dienen und den Widerstandswillen brechen.

Der Infanterist und seine Kameraden können sich nicht frei bewegen. Ausgang in die Stadt ist nur eingeschränkt erlaubt. Die Besatzungssoldaten sind vor Angriffen aus dem Hinterhalt nicht sicher.

Der Führer ordnet den Bau von Staudämmen, Tonerdefabriken und Aluminiumhütten in Norwegen an. Das Leichtmetall wird in Deutschland in großen Mengen benötigt, vor allem für den Flugzeugbau. Die elektrische Energie, die für die Herstellung von Aluminium erforderlich ist, sollen die Wasserkraftwerke an Ort und Stelle liefern.

Der Infanterist erhält Heimaturlaub. Seine jüngste Tochter ist inzwischen drei Jahre alt. Als er zu Hause ankommt, läuft das kleine Mädchen aus dem Zimmer. Sie hat Angst vor dem fremden Mann in Uniform und will den Vater nicht begrüßen.

Der Bruder des Infanteristen, der Ingenieur in Essen, arbeitet an einem eiligen Auftrag. In Trondenes in Nord-Norwegen soll eine neue Küstenbatterie aufgestellt werden, um die Zufahrten zum Erzhafen von Narvik abzudecken. Die Kruppsche Artilleriekonstruktion in

Essen an der Ruhr bereitet deshalb den Bau einer neuen, schweren Waffe vor. Unter dem Namen Adolf-Kanone entsteht ein Geschütz mit einem Kaliber von 40,6 cm, eines der größten weltweit. Die speziell hierfür entwickelte Adolf-Granate hat eine Reichweite von bis zu 56 Kilometer, bei einer maximalen Bahnhöhe von 21.800 Metern.

Gleichzeitig werden auf dem Militärstützpunkt Trondenes an der Atlantikküste die Vorbereitungen getroffen für die Ankunft und den Einbau der Großkanonen. Russische Kriegsgefangene stehen in ausreichender Zahl zur Verfügung. Sie vergrößern und verstärken die Kaianlagen, bauen Bunkerunterkünfte und gießen die Betonringe zur Aufnahme der Geschütztürme. Die zahlreichen Todesfälle können rasch ersetzt werden. Insgesamt umfasst die Batterie „Theo" vier „Adolf"-Kanonen.

Die Frau des Ingenieurs ist in anderen Umständen.

*

Åndalsnes war der nördlichste Punkt unserer Reise. Die Stadt hinterließ auf uns keinerlei bleibenden Eindruck. Wir fanden sie uninteressant und bogen ab in Richtung Oslo. Bergauf und bergab zog sich die Straße in die Länge, bis wir endlich im Gudbrandsdal waren und es auf der E 6 zügiger vorwärts ging. Jack Johnson dudelte Wohlfühlmusik aus dem CD-Player, während der Regen gegen die Scheiben schlug.

Tanken, Fahrerwechsel, weiterdösen.

Ich sah das Gesicht meines Onkels vor mir. Seinen ruhigen Blick, seine tiefen Falten am Mund, seine Krähenfüßchen an den Augen, wenn er lachte. Ich sah die Delle wieder in seiner Unterlippe, von vielen Zigarren eingedrückt. Ich hörte seine Stimme, bedächtig, kräftig und melodisch mit diesem hessischen Tonfall, den ich so mochte. Ich sah ihn, wie er sich in seinem Gemüsegarten bückte, zu mir herübersah und mir etwas Freundliches zurief.

Er war die Ruhe selbst. Ich konnte mich kaum erinnern, dass er einmal mit mir schimpfte. Oder doch: Er mochte es nicht, wenn wir in der Scheune im Heu spielten. Wir Besuchskinder aus der Stadt mochten es umso lieber und taten es heimlich. Wir bewarfen uns mit Heu und wälzten uns darin. Wir bauten Haufen und krochen hinein. Unser liebstes Spiel nannten wir den Todessprung. Wir kletterten die Leiter hoch und sprangen vom Dachstuhl in einen Heuhaufen ganz unten auf der Tenne. Das prickelte am meisten. Wenn er uns erwischte, schimpfte er mit uns und scheuchte uns nach draußen. An seiner Gutmütigkeit bestand kein Zweifel.

Der erste Stau. Die Lastwagen vor uns, die Autos und Wohnmobile schoben sich zusammen. Rote Lichter blinkten im Dunst. Was war los? Nichts Besonderes. Schließlich bog ein Schwertransporter von der Hauptstraße ab und der Verkehr floss wieder.

Der Himmel klarte auf und bezog sich. Der Scheibenwischer lief und hörte wieder auf. Die Unterhaltung im Auto plätscherte und verebbte wieder.

Wenn ich es mir so recht überlegte – viel geredet hatte ich nie mit meinem Onkel. Persönliche Gespräche führten wir so gut wie nie. Ich gehörte während der Ferien zur Hausgemeinschaft. Das genügte mir.

Einmal, da war ich vielleicht zwölf oder dreizehn, fuhren wir zusammen nach Fulda. Er hatte wegen der Pfarreikasse einiges im Bischöflichen Generalvikariat zu erledigen. Ich spazierte solange in der Stadt herum.

Dann waren wir am Dom verabredet. Mein Onkel nahm sich Zeit für mich und führte mich durch die große barocke Kirche. Er erklärte mir die Architektur, die Bedeutung der Bilder und der Statuen. Er machte mich auf Details aufmerksam, zeigte mir die Malereien in der Kuppel und die Anspielungen in den Fenstern.

Ich versuchte, ein paar kluge Fragen zu stellen. Aber im Grunde war ich sprachlos. Nein, nicht wegen der barocken Verschwendung, die so wenig nach meinem Geschmack war. Sondern wegen seiner Fachkenntnisse, die er ohne jeden Dünkel im Plauderton weitergeben konnte.

Ich fühlte mich sehr beschenkt. Und ein wenig beschämt, weil ich vorher so wenig Ahnung von alledem und am Ausgang das meiste schon wieder vergessen hatte.

Über den Krieg sprachen wir nie.

Irgendwo zwischen Otta und Vinstra bogen wir nach links von der Europastraße ab und fuhren über steile, schmale Schotterstraßen bis nach ganz oben auf die Hochfläche. Ich wollte meiner Familie das Fjell zeigen, diese typisch norwegische, weitläufige Berglandschaft mit dem großartigen Panorama.

Es regnete.

Meine Frau und ich waren fest entschlossen, endlich ein paar Stunden zu Fuß zu wandern. Zu viel Zeit hatten wir in diesem schönen Land im Auto verbracht. Ich nahm meine alte Wanderkarte in die Hand und orientierte mich an den wenigen Schotterpisten, die in der kargen Landschaft zu sehen waren.

Kein Dorf, keine Menschen, keine Autos. Nur ein paar Hütten, ab und zu mal eine, irgendwo einsam in der Gegend.

Ich parkte unser Gespann an einem Holzverladeplatz.

Entschlossene Gesichter auf der Rückbank.

Wir bleiben hier, teilte die Jugendabteilung mit und verzog sich in den Wohnwagen.

Die Eltern zogen tapfer Regenjacken und Wanderstiefel an und machten sich auf den Weg.

Zwischen Gras und Heidekraut, Beerensträuchern und Krüppelweiden lief ein schmaler Pfad ins Nirgendwo. Wir sagten uns, dass die wunderbare Luft uns gut täte und dass wir so froh wären, uns endlich wieder bewegen zu können.

Wir folgten dem Pfad, der keine bestimmte Richtung zu haben schien. Gut, dass ich meinen Kompass dabei hatte.

Wir hielten Ausschau nach Vögeln, aber wir sahen keine. Wir achteten auf Blaubeeren, aber sie waren noch lange nicht reif.

Wir sagten uns auch, dass die Aussicht ganz herrlich sein müsste, wenn die Wolken nicht wären.

Ich hatte vergessen, dass Stechmücken auch bei Regen unterwegs sind.

Ich erinnerte mich an Wanderungen, die ich mit meinem Vater unternommen hatte. Wir Kinder liebten es, mit ihm unterwegs zu sein. Er zeigte uns Springkraut und Walderdbeeren, Eichelhäher und Buntspechte, Bucheckern und Eicheln. Stundenlang streiften wir sonntags mit ihm durch die Wälder, sangen Lieder und wurden mucksmäuschenstill, wenn ein Rehkitz oder ein Wildschwein auftauchte.

Mein Vater fand immer den Weg zurück nach Hause oder zu unserem Auto.

Nur einmal nicht, als er und ich von dem Dorf in der Rhön zu einer Vormittagswanderung aufgebrochen waren. Dieses eine Mal verlor er in den tiefen Wäldern die Orientierung. Mir machte das keine Angst, denn ich fand ihn groß und stark und er würde uns bestimmt irgendwie sicher zurückbringen.

Irgendwann erreichten wir eine asphaltierte Straße. Und da machte mein Vater etwas, was er sonst nie tat und eigentlich grundsätzlich ablehnte: Er versuchte, ein Fahrzeug anzuhalten. Ein altmodischer Lastwagen stoppte und nahm uns mit. Ich fand das großartig. Mit sechs Jahren vorn auf einem Lastwagen!

Als Student machte ich später große Reisen per Anhalter. Das Trampen hatte Hochkonjunktur. An den besten Autobahnauffahrten und Raststätten standen wir mit unseren Rucksäcken in der Schlange an, bis einer nach dem anderen mitgenommen wurde. So kam ich nach Süddeutschland, nach Italien, nach Südfrankreich. Und nach Norwegen.

Hier, in dieser Gegend, hatten wir damals zu siebt eine einsame Hütte gemietet. Wir nahmen das Wasser aus dem Bach, kochten und backten wie die Weltmeister, ließen im Plumpsklo die Tür offen, weil die Aussicht so traumhaft war, saßen abends am gemütlichen Kamin. Von hier aus unternahmen wir weite Rucksackwanderungen zum Rondane-Gebirge, bauten unser Zelt neben Schneeresten auf, sammelten Holz für das Lagerfeuer und trafen keine Menschenseele. Und weil der Himmel so klar war, hatten wir fast immer den Blick auf Jotunheimen, das große Gebirge mit seinen Gletschern und Gipfeln – direkt gegenüber, auf der anderen Seite des Gudbrandsdals.

Es war ein traumhaft schöner Urlaub.

Es juckte an meinen Beinen. Ich wusste nicht, ob ich von einem Insekt gestochen worden war oder ob ich mich an einem Ast gekratzt hatte. Ich schwitzte unter meiner Regenjacke. Oder war es die Nässe, die durch den Kragen in mein Unterhemd tropfte?

Wir sollten die Mädchen nicht zu lange allein lassen, meinte meine Frau.

Ich hätte gern wieder einen Elch entdeckt. Die großen Tiere sehen zum Totlachen aus, wenn man ihnen begegnet. Der Kopf wie aus einem Comic, der Gang wie einer Ente abgeguckt, der Hintern wie von einem dicken Pferd, bloß mit mehr Hüftschwung.

Aber kein Elch ließ sich blicken.

Da seid ihr ja wieder, bemerkten die Töchter beiläufig. Sie saßen bei Kakao und Kartenspiel, in Decken gewickelt.

Das war unser Ausflug auf dem Fjell.

Als wir am Abend den nächsten Campingplatz erreichten, ließ die Sonne sich versöhnlich blicken. Versöhnlich war auch der Spaziergang am See mit der ganzen Familie. Klatschnass lagen die Wiesen, randvoll der Fluss.

*

Der Führer hat befohlen: In Norwegen soll in größtmöglichem Umfang Schweres Wasser hergestellt werden. Dazu steht in der Provinz Telemark eine Elektrolyse-Fabrik zur Verfügung, die einzige in Europa, die dazu in der Lage ist. Deutsche Forscher haben das Prinzip der nuklearen Kettenreaktion entdeckt und benötigen das Schwere Wasser für weitere Versuche in einem geplanten Reaktor.

Das Chemie- und Wasserkraftwerk steigert die Produktion des Deuteriumoxids, bis norwegische und englische Widerstandskämpfer die Hochkonzentrieranlage sprengen. Wenige Wochen später ist der entstandene

Schaden behoben. Die Herstellung wird wieder aufgenommen.

Gegen Saboteure ist mit äußerster Härte vorzugehen, lautet der Befehl des Führers.

Der Wehrmachtsbefehlshaber für die besetzten norwegischen Gebiete ordnet Verdunkelung an. Dies gilt nicht nur für das Umfeld der Elektrolyse-Fabrik, sondern für das gesamte Land. Immer häufiger greifen alliierte Bomber militärische Ziele in Norwegen an.

380 000 deutsche Soldaten sind inzwischen hier stationiert. Eine große Zahl angesichts der Tatsache, dass die Wehrmacht sich an allen anderen Kriegsfronten auf dem Rückzug befindet. Doch die große Truppenstärke ist erforderlich, um dem zunehmenden Widerstand überall im Land entgegen zu treten.

Der Reichskommissar lässt mehrere Hundert norwegische Polizisten verhaften, die als unzuverlässig gelten. Viele von ihnen werden nach Deutschland in das KZ Stutthoff zur Umerziehung deportiert. Norwegische Offiziere werden ebenfalls zu Hunderten verhaftet und in Polen interniert.

Der norwegische Ministerpräsident erlässt ein Gesetz, wonach alle Männer im Alter von 18 bis 55 Jahren und alle Frauen im Alter von 21 bis 40 Jahren per Anordnung zu einer Arbeit zwangsverpflichtet werden können.

Der Infanterist sieht sich einer verschärften Sicherheitslage ausgesetzt. Die Zahl der Angriffe nimmt stetig zu, nicht nur auf Gebäude, Schiffe und Züge, sondern auch auf Soldaten der Wehrmacht. Die Deutschen machen Jagd auf Saboteure. Bei Straßenkontrollen und Hausdurchsuchungen werden immer wieder Waffen, Sprengstoff und Radiogeräte gefunden, manche davon mit einfachsten Mitteln selbst gebaut. Es folgen Verhaftungen, Verhöre, standrechtliche Erschießungen.

Einige Saboteure werden mitten in den Dörfern und Städten aufgegriffen, andere in versteckten Camps, die irgendwo in der Wildnis liegen und durch Aufklärungsflugzeuge, abgehörte Funksprüche oder Verrat entdeckt werden.

Der Ingenieur wird Vater. Seine Frau bringt ihr erstes Kind zur Welt. Es ist ein Mädchen.

Wenn der Ingenieur morgens zur Arbeit fährt, stehen oft noch die Rauchsäulen aus der vergangenen Nacht in der Luft. Die Altstadt von Essen ist bereits weitgehend durch Bombenangriffe zerstört.

*

Oslo, die Stadt am Fjord, zeigte sich von ihrer schönsten Seite. Unsere Stimmung war top, die Sonne schien angenehm warm und die Welt lag bereit, um von uns entdeckt zu werden. Wir hatten beschlossen, uns von Museum zu Museum fortzubewegen und uns auf eine Hitliste geeinigt. Wir fuhren am Morgen mit dem Auto in die Stadt, ließen es irgendwo stehen und bewegten uns zu Fuß, per Bus oder mit der Stadtfähre weiter.

Vom Rathausplatz brachte uns ein Schiff direkt zum Freilichtmuseum auf der Insel Bygdøy. Nachdem wir an etlichen wiederaufgebauten Fischerhütten, Bauernhäusern und Werkstätten vorbeigegangen waren, standen wir endlich vor einer Stabkirche. So etwas anzusehen gehört schließlich dazu, wenn man schon mal in Norwegen ist, waren wir uns einig. Bedrohlich sahen sie aus, die Drachenköpfe, die uns an den Balkenenden überall anstarrten. Die Wikinger hatten offensichtlich in der

Heiligen Mutter Kirche noch lange ihre Spuren hinterlassen können. Die Schiffsmasten, die das Gebälk trugen, bewiesen ganz offensichtlich eine ganz große Zimmermannskunst, die in der Seefahrt ihren Ursprung hatte. Wir fanden es bloß schade, dass das Gebäude aus Holz im Innern so dunkel war.

Sicherheitskontrollen wie auf einem internationalen Flughafen mit Schleusen und Röntgengeräten: Damit wurden wir im Munch-Museum empfangen. Das moderne Gebäude war ein paar Jahre zuvor Opfer eines spektakulären Raubüberfalls geworden. Bewaffnete Maskierte nahmen das berühmteste Bild mit: Der Schrei. Die Polizei konnte es bei einer Razzia wiederfinden, aber es war beschädigt und deshalb noch nicht wieder aufgehängt. Aber auch ohne diese Attraktion gab es in der Ausstellung genug zu sehen.

Munchs Bilder hatten in der Zeit ihrer Entstehung eine großartige Wirkung: Begeisterung, Empörung, Skandale. Und das europaweit. Nach einer Zeit in Paris hatte Munch vier Jahre in Berlin gelebt. Dort gelang ihm der Durchbruch zu internationaler Anerkennung. Seine Mutter war gestorben, als er fünf Jahre alt war, ein paar Jahre später seine ältere Schwester Sophie. Liebe, Angst und Tod blieben die beherrschenden Themen in seiner Kunst. Für uns Besucher war das keine leichte Kost. Aber die Bilder sprachen uns trotzdem mit ihrer tiefen Symbolik an.

Design-Preise würden die Wikinger-Schiffe gewinnen, wenn sie aktuelle Produkte wären. Sie sind unglaublich elegant. Die geschwungenen Linien geben den Schiffskörpern aus Eichenholz etwas Leichtes. Auf das Wesentliche reduziert, hoch funktional und ästhetisch von größter Reinheit: So könnte es in der Laudatio bei der Preisvergabe des Red Dot Award heißen. Wenn die Schiffe nicht schon weit über tausend Jahre alt wären und damit jenseits aller Abgabefristen für eine mögliche Bewerbung. Drei Boote konnten wir im Vikingskipshuset von allen Seiten bewundern.

*

Der Führer hat befohlen: Die norwegische Anlage zur Produktion von Schwerem Wasser ist wegen der zunehmenden britischen Bombenangriffe aufzugeben. Das bereits hergestellte Deuteriumoxid ist nach Deutschland zu bringen. Daraufhin werden 50 Fässer zwecks Abtransport auf ein Fährschiff verladen. Während der Fahrt explodiert ein Sprengsatz, den Saboteure im Maschinenraum angebracht haben. Das Schiff sinkt schnell. 18 Personen ertrinken. Einige Fässer treiben nach dem Untergang an die Wasseroberfläche. Sie werden geborgen und später zu einem Forschungsreaktor in Deutschland geschafft.

Der Wehrmachtbefehlshaber für die besetzten norwegischen Gebiete erklärt Norwegen zur Festung. In Nord-Norwegen wird die Lage für die Besatzungsmacht immer kritischer. Finnland hat die Waffenbrüderschaft mit Deutschland aufgekündigt. Daraufhin muss die deutsche Lappland-Armee Finnland verlassen und über die Fjorde nach Nord-Norwegen gebracht werden. Die russische Armee rückt immer näher heran.

Aus Berlin kommt der Befehl zur Operation Nordlicht: Die Wehrmacht soll sich aus der nördlichsten norwegischen Provinz Finnmark in südlicher Richtung zurückziehen und zuvor dort alles vernichten, was den Russen auf ihrem Vormarsch von Nutzen werden könnte.

Der Reichskommissar gibt bekannt: „Norwegen wird bis zum Äußersten verteidigt!"

Der Ingenieur muss auf dem Weg zur Arbeit weite Strecken in Essen-Holsterhausen zu Fuß laufen. Der Stadtteil ist durch Bomben schwer beschädigt, der Straßenbahnverkehr von Woche zu Woche stärker beeinträchtigt. Auch das Werksgelände der Firma Krupp hat bereits viele Treffer abbekommen, die die Produktion zunehmend einschränken. Die Luftangriffe häufen sich. Der Ingenieur nimmt ein paar Tage Urlaub und bringt seine Frau und das Kind in Sicherheit – in sein Heimatdorf in der Rhön.

Der Infanterist bleibt in Norwegen stationiert. Er schreibt Briefe an seine Frau. Es dauert immer länger, bis die Feldpost zugestellt wird.

*

Als wir abends aus Oslo wieder am Campingplatz ankamen, gab es eine kleine Überraschung. Der Wasserspiegel war stark angestiegen. Der Tyrifjord schwappte jetzt bis an den Zelteingang der Mädchen. Sie hatten den Platz nahe am Ufer so schön gefunden. Jetzt half kein Schimpfen und kein Fluchen: Sie mussten das kleine Zelt abbauen und weiter oberhalb wieder aufstellen. Den Wohnwagen hatten wir zum Glück weit genug vom Wasser entfernt geparkt.

Der Tyrifjord ist kein Meeresarm, sondern ein Süßwassersee, und zwar ein sehr großer. Ringsum waren angeschwollene Bäche, Flüsse und Wasserfälle zu sehen. Der Bootsanleger lag halb unter Wasser. Ich traf dort einen Mann, der nach seinem Boot sah. Er kontrollierte die Festmacherleinen. Ja, sagte er, es gab viel Regen in den vergangenen Tagen, so viel wie schon lange nicht mehr.

Im Wohnwagen war es eng, aber warm und gemütlich. Die Nudeln dampften im Topf, das Kondenswasser lief an den Fensterscheiben herab. Ich studierte die Landkarte und musste feststellen, dass die Schriftzeichen sehr winzig gedruckt und die Namen der kleinen Orte kaum zu lesen waren. Die Rommee-Karten, nach dem Abendessen, waren dagegen gut zu erkennen. Vielleicht sollte ich doch mal wieder zum Augenarzt gehen?

*

Der Ingenieur nimmt seine Schwiegereltern in seiner Wohnung auf. Sie sind ausgebombt. Das Haus, in dem sie wohnten, ist durch Luftangriffe völlig zerstört worden. Die Familie hat so gut wie alles verloren und ist nur knapp mit dem Leben davon gekommen. Der Ingenieur steigt am nächsten Tag in die qualmende Ruine und rettet aus dem Keller ein paar wenige Habseligkeiten.

Der Führer befiehlt: Alle Einwohner der norwegischen Provinz Finnmark sind zu evakuieren. Alle Häuser sind zu verbrennen. Gleiches gilt für die Provinz Nord-Troms bis zum Lyngenfjord. „Mitleid mit der Zivilbevölkerung ist nicht am Platz", sagt er ausdrücklich.

Die Artilleriestellung mit der „Adolf"-Kanone in Kirkenes wird aufgegeben.

In Hammerfest, der nördlichsten Stadt, requirieren die deutschen Soldaten so viel Vieh, wie sie abtransportieren können. Dann brennen sie sämtliche Gebäude nieder. Nur eine kleine Kirche lassen sie stehen. Sie zwingen die Menschen, in bereitgestellte Schiffe zu steigen, mit denen sie in eine andere Gegend gebracht werden sollen. Ein Bauer weigert sich, seinen Hof zu verlassen. Der angereiste Polizeiminister lässt gleich ein Exempel statuieren. Der Mann wird von einem Schnellgericht zum Tode verurteilt und von deutschen Soldaten erschossen.

Die Wehrmacht zerstört Wohnhäuser und Schulen, Verwaltungsgebäude und Krankenhäuser, Fischfabriken und Handwerksbetriebe, Bahnhöfe, Geschäfte, Kaianlagen, Kasernen, jede kleine Hütte. Dorf für Dorf, Stadt für Stadt. Alles wird ein Raub der Flammen. Die Taktik der verbrannten Erde ist schon anderswo zur Anwendung gekommen und wird auch hier mit Gründlichkeit und Konsequenz ausgeführt.

Der Geltungsbereich der „Operation Nordlicht" ist ein großes Gebiet, größer als Dänemark, und hat 50 000 Einwohner. Sie alle sollen unter Zwang evakuiert und in andere Landesteile von Norwegen gebracht werden. Die Wehrmachtssoldaten können nicht verhindern, dass Personen in unbestimmter Zahl sich dem entziehen, versteckt in Erdhütten, Ruinen oder verlassenen Bunkeranlagen.

Der Winter steht vor der Tür.

Über dem Gebiet weht wochenlang Brandgeruch.

Die deutsche Lapplandarmee bringt sich mit Schiffen und Landungsbooten auf die andere Seite des Lyngenfjord in Sicherheit.

*

Ein Eis oder lieber ein Kaffee? Oder sollten wir doch erst noch ein bisschen am Hafen spazieren? Wir bummelten durch Oslo und genossen die Sonne. An diesem zweiten Tag hatten wir uns nicht so viel vorgenommen. Wir wollten uns lieber ziellos durch die Stadt treiben lassen. Und die machte einen ausgesprochen sympathischen Eindruck. Jede Menge Straßencafés, Blumen und Sitzbänke und immer wieder Ausblicke auf den Fjord und die Berge.

Ups, die Wachablösung – wann war die noch mal? So wurden wir also doch noch ein bisschen flott, denn wir wollten pünktlich vor dem Kongelike Slott sein, um die

Parade zu sehen. Ein schöner Park, ein majestätisches Schloss – und da kamen sie auch schon anmarschiert in ihren Operettenuniformen, die königlichen Gardesoldaten. Vier traten vor und besprachen sich ein Weilchen (Wie war die Party gestern Abend? Wer war wieder betrunken? Sonst noch was Besonderes vom Wachdienst?) Es sah wirklich entspannt aus, wie sie da standen und lachten und leise plauderten. Dann präsentierten alle ihre Gewehre. Und Abmarsch.

Dieser Programmpunkt musste sein. Denn unsere Norwegenreise hatte auch den Charakter einer geheimen Mission. Wir hatten ein paar Jahre zuvor die Wachablösung vor dem königlichen Sommerschloss in Stockholm beobachtet. Und da hatten sich die Jungs nicht mit Ruhm bekleckert. Ihre Marschordnung war so schlampig, ihre Haltung so lässig, dass alles ein bisschen nach Junggesellenabschied in Verkleidung aussah. Und dann winkte einer der Jungs so heftig zu seiner Mutter herüber, dass er über die eigenen Füße stolperte und fast die ganze Reihe aus dem Tritt gebracht hätte. Alter Schwede! Das war witzig für uns, aber wenig glorreich für das Königreich.

Wir wollen sehen, ob die anderen Skandinavier es besser drauf haben, hatte meine weibliche Reisebegleitung einmütig verlangt, sobald Oslo in Sicht gekommen war.

Na gut, das war also erledigt.

In der Karl Johans Gate trennten sich unsere Wege. Die Mädchen wollten zu H & M und verkündeten, sie bräuchten dafür etwas mehr Zeit. Wir Eltern wollten ein bisschen spazieren und suchten uns dafür auf dem Stadtplan die Zitadelle aus. Sie lag nahe und versprach von ihren Grünanlagen aus einen schönen Blick auf die Stadt.

Versprochen, gehalten. Ein angenehmes Sommerwindchen wehte über die Rasenflächen und Festungsmauern. Jogger und Spaziergänger mit Hund waren unterwegs. Schiffe tuteten im Hintergrund.

Und dann sahen wir dieses Schild: Hjemmefrontmuseet, Heimatfrontmuseum.

Der Eingang lag gleich vor uns. Wir blickten uns an, überlegten nicht lange und kauften Eintrittskarten.

Und schon waren wir mitten drin in einer beklemmenden Ausstellung, die uns buchstäblich tief hineinführte in das dunkle Kapitel der deutschen Besatzung während des Zweiten Weltkrieges. Dämmerige Treppen und Gänge brachten uns abwärts und immer weiter hinein in die Gänge und Gewölbe der alten Festungsanlage. Wir sahen illegale Druckmaschinen und selbst gebastelte Radioapparate, Kochgeschirre mit doppeltem Boden und Brotlaibe, in denen Nachrichten versteckt waren. Gewehre und Pistolen, Sprengstoffbehälter, Funkgeräte. Wir sahen Bilder aus Grini, dem großen Gefangenenlager in der Nähe von Oslo. Sahen Plakate der Besatzungsmacht und Aufrufe der Widerstandorganisationen. Fotos von Verhaftungen und Erschießungen. Hörten die Stimmen des Königs und des britischen Premierministers, die die norwegische Bevölkerung zum Weitermachen aufriefen. Immer düsterer wurde das Licht, immer schrecklicher das, was da berichtet wurde und auf uns einströmte. Plötzlich stand ein Wehrmachtssoldat vor uns, mit Stahlhelm, das Gewehr auf uns gerichtet. Es war nur eine Puppe. Aber erschreckt hatte sie uns doch. In den Vitrinen lagen Folterinstrumente der Gestapo, Erinnerungsstücke von jüdischen Familien, Fahnen mit Hakenkreuzen.

Wir waren wie betäubt, als wir aus den Kasematten wieder herauskamen und im Sonnenlicht standen.

Ich hatte das alles vorher nicht gewusst.

Ich hatte nicht gewusst, dass die Deutschen dieses Land fünf Jahre lang terrorisiert hatten. Ich hatte nicht gewusst, wie erbittert sich die norwegische Bevölkerung in ihrer Mehrheit dagegen gewehrt hatte.

Ich hatte nichts gewusst davon, dass Wehrmachtssoldaten auch in diesem Land Geiseln erschossen hatten, nichts gewusst von den Transporten in deutsche KZs, von der enormen Präsenz der deutschen Truppen in diesem dünn besiedelten Land. 400 000 Mann. Sie müssen überall gegenwärtig gewesen sein.

Ich hatte nicht gewusst, wie viel Leid die deutsche Wehrmacht in dieses Land getragen hatte. In ein Land, das sich mehrfach für außenpolitisch neutral erklärt hatte, gutgläubig und naiv, auch dann noch, als Hitler schon längst begonnen hatte, seinen Plan vom Großdeutschen Reich in die Tat umzusetzen.

Jetzt wusste ich, warum Åndalsnes, unsere nördlichste Stadt, uns so langweilig vorgekommen war: Die deutsche Luftwaffe hatte sie im Krieg zerstört.

Jetzt war ich beschämt, weil ich mich in Bergen über das Denkmal des damaligen Königs lustig gemacht hatte.

Außerdem war ich sauer. Stocksauer. Und gleichzeitig versuchte ich, dieses Gefühl zu unterdrücken. Aber war es nicht zum Verrücktwerden, dass wir uns schon wieder mit dem Zweiten Weltkrieg befassen mussten? Wir wollten doch einfach nur Urlaub machen! Wir waren nicht auf einer Bildungsreise. Wir hatten überhaupt nicht geplant, Stationen der Vergangenheit abzuklappern. Wir wollten nichts recherchieren. Ich hatte mich noch nie für die Geschichte von Norwegen interessiert. Und eine persönliche Verbindung zu den Ereignissen vor bald siebzig Jahren hatten wir auch nicht. Nein, keine. Wir wussten von nichts.

Wir wollten einfach nur durch ein interessantes Land fahren, uns erholen, schöne Eindrücke sammeln und abends entspannt irgendwo sitzen. Und mussten doch wieder auf diesen Scheißkrieg treffen! Himmelherrgott! Es war immer dasselbe: Egal, wohin wir in Urlaub fuhren – die Wehrmacht war schon vorher da. Auch wenn wir es nicht wollten, trafen wir überall auf ihre Spuren. Bei unseren niederländischen Nachbarn, am Strand in der Normandie, in Paris, in Thessaloniki, mitten in Italien. Es war wie mit Hase und Igel. Ständig wurden wir an die Verbrechen der Deutschen erinnert. Und wenn es nicht die Deutschen selbst waren, die gerade dort, wo wir Urlaub machten, ein Massaker angerichtet hatten, dann waren es irgendwelche anderen im Zusammenhang mit diesem Krieg, den niemand sonst als die Deutschen angezettelt hatten.

Jetzt mach nicht so ein Gesicht, sagte meine Frau. Aber es ging ihr ähnlich. Die Ausstellung hatte uns beide schwer beeindruckt.

So standen wir oben auf der Festungsmauer am Geländer und wollten noch nicht weitergehen. Auf gleicher Höhe gegenüber stand ein anderes Paar an einem anderen Geländer und schaute wie wir in die Gegend.

Ein Kreuzfahrtschiff. Ein Riesending. Ein schwimmendes Hochhaus. Es hatte am Kai direkt vor der alten Zitadelle festgemacht. Das Paar hatte seine Kabine in einer der mittleren Etagen. Darüber ging es noch etliche Stockwerke weiter, dann kamen die verschiedenen Sonnendecks, die Schornsteine, die Masten. Und tief, ganz tief unten wimmelten die Menschen aus dem Schiffsbauch heraus. Ein surreales Bild. In langen Kolonnen, wie Ameisen, liefen sie über die Straße zu ihren Bussen. Manche in Bermudas und Flipflops, andere in feinem Zwirn, als wollten sie zum High Tea ihres Golfclubs. Irgendwann waren die Busse abgefahren und die Anlegestelle fast menschenleer. Auf den Balkonen des Schiffes räkelten sich ein paar Landgangverweigerer. Auf Augenhöhe mit uns.

Als wir am Abend wieder auf unserem Campingplatz am Tyrifjord ankamen, machten wir alle lange Gesichter. Der Wasserspiegel war schon wieder kräftig angestiegen. Der Bootssteg lag halb abgesoffen, ein Häuschen am Ufer hatte nasse Füße und die Schwäne schwammen zwischen den letzten parkenden Autos herum. Die meisten Gäste waren längst abgereist. Das Zelt unserer Töchter war schon wieder zu nahe am Wasser gebaut. Also: abbauen, Sachen wegtragen, Zelt an einer höher gelegenen Stelle wieder aufbauen und wieder einräumen ...

Nicht zu fassen! Da hatte es heute doch gar nicht geregnet und trotzdem hatten wir Hochwasser!

Beim Abendessen im Wohnwagen war die Stimmung etwas gedämpft. Man kann es auch einmal so sehen, meinte ich, insgesamt haben wir doch mit dem Wetter viel Glück gehabt. Über der skandinavischen Halbinsel lag seit zwei Wochen eine seltene Großwetterlage: Der Nordwind blies beständig an der Atlantikküste entlang nach Süden, und zwar nur im Küstenbereich. Dieser Wind fühlte sich für uns kalt an, aber er war wolkenlos und sorgte dafür, dass wir nur wenig Regen hatten – solange, bis wir ins Landesinnere abgebogen waren und in die Gegenströmung gerieten: ein großes, dauerhaftes Tief, das aus Süden kam und alles gnadenlos einnässte. Der überschüssige Regen floss über Bäche und Flüsse in den Tyrifjord und, ja, leider, bis ins Vorzelt der Töchter. So sprach ich und erklärte und argumentierte.

Vielleicht können wir ja nächstes Jahr nach Schweden fahren? Dort ist das Wetter kontinental geprägt, im Sommer heiß, aber nicht zu heiß –

Mein Vorschlag fand nicht die geringste Zustimmung. Die vernichtenden Blicke der Tafelrunde sprachen Bände.

Nächstes Jahr fahren wir wieder nach Südfrankreich, teilte man mir mit.

Am nächsten Morgen sah ich aus dem Fenster. Der Himmel war grau. Die Schwäne paddelten hinter unserem Wohnwagen herum. Na gut, wir wollten sowieso abreisen.

Diesmal war ich barfuß, als ich den Hänger ankuppelte. Das war praktisch, denn ich stand mit den Füßen im Wasser und meine Schuhe wurden nicht nass. Wir machten noch ein paar Fotos vom Platz, Motto: vorher – nachher, und kamen weg, ohne den Seenotrettungsdienst anrufen zu müssen.

Der Tyrifjord tat so, als wäre nichts gewesen. Er lag da wie schon immer, groß und ruhig, mit seinen bewaldeten Steilufern und mit seiner Insel mittendrin.

Die Fahrt durch das norwegische Østfold und dann durch Südschweden war eintönig. Kilometerfressen.

Wald, Ortschaften, Straßenkreuzungen. Regen.

*

Der Ingenieur ist in all den Kriegsjahren nicht einberufen worden, denn seine Tätigkeit bei Krupp gilt als kriegswichtig. Schließlich erhält er doch noch den Stellungsbefehl. Er muss sich bei einer Artillerieeinheit im Lipperland melden, wird als Kanonier in die Soldgruppe 16 eingeteilt, erhält Gewehr, Gasmaske und Grundausbildung im Schnellverfahren, auch an der Handgranate und an der Panzerfaust. Dann muss er zum Kampfeinsatz. Alle Fronten sind längst zusammengebrochen, die Wehrmacht befindet sich überall auf dem Rückzug.

*

Einmal, so erinnerte ich mich, es muss bei einem Familienfest gewesen sein, da nahm er mich beiseite. Er hatte ein kleines Geschenk für mich: ein Taschenmesser. Ich war glücklich. Mein erstes! Und ich war erst zehn! Dass ein Firmenname in großen Buchstaben auf dem Griff stand, störte mich kein bisschen. Ich war stolz wie Bolle und hielt es in Ehren. Wenn ich im Sommer ins Zeltlager fuhr, nahm ich es mit. Abends schnitzten wir am Lagerfeuer Stöcke zurecht.

*

Der Ingenieur kämpft in den letzten Monaten des Krieges irgendwo in Deutschland. Gegen Ende herrscht weithin Chaos. Der Ingenieur, der jetzt Kanonier ist, verliert sein Gewehr, er erhält ein neues, wird gegen Typhus und Pocken geimpft und befördert.

*

Manchmal durfte ich mit meiner Cousine in ihren Dorfkindergarten gehen. Der war ganz ähnlich wie derjenige an meinem Heimatort. Es gab da aber dieses Karussell: viel größer und schöner als das, was wir bei uns hatten. Und anders waren auch die Kindergärtnerinnen. Sie schwebten durch die Räume, wie Wesen von einem anderen Stern. Sie hatten eine menschliche, eine weibliche Stimme, aber ihre Erscheinung ließ sie unwirklich erscheinen. Ich rieb meine Augen, als ich sie zum ersten Mal sah.

Sie trugen lange Kleider, Ordenskleider, das wusste ich schon, aber was sie auf dem Kopf hatten, gab ihnen etwas Überirdisches: Schleier wie Segel, oder wie Wolken, oder wie gefaltete Bettlaken. Riesig groß und steif gebügelt. Ich beobachtete, ob diese Kindergärtnerinnen im Türrahmen hängen blieben, ob sie sich bücken konnten und was geschah, wenn draußen ein Windstoß aufkam. Die Schwestern waren gutmütige Schiffe, die leise durch die Welt segelten, ein sanftes Lächeln auf dem Gesicht, freundlich und unnahbar.

Vinzentinerinnen, lernte ich später, aber da gab es sie schon nicht mehr und ich war aus dem Kindergartenalter heraus.

*

Der Reichskommissar für die besetzten norwegischen Gebiete wiederholt: „Norwegen wird bis zum Äußersten verteidigt!" Die Kämpfe gehen weiter.

Der Infanterist kommt irgendwo in Norwegen ums Leben. Sein Offizier schickt eine Mitteilung an die Witwe: „Er starb den Heldentod für Führer, Volk und Vaterland."

Der Führer begeht acht Tage später in Berlin Selbstmord.

Der Reichskommissar für die besetzten norwegischen Gebiete sprengt sich in seinem Bunker in Oslo in die Luft.

Der Oberkommandierende der Wehrmacht in Norwegen gibt per Rundfunk bekannt, dass die deutschen Truppen in Norwegen sich ergeben und alle Kampfhandlungen einstellen. Das Oberkommando der Wehrmacht unterschreibt die bedingungslose Kapitulation aller deutschen Truppen. Der Zweite Weltkrieg ist in Europa zu Ende.

Der Ingenieur, vor kurzem erst zum Batteriechef ernannt worden, macht sich zu Fuß auf den Heimweg. Er kehrt in sein Elternhaus in der Rhön zurück.

*

An der schwedischen Küste soll es schöne Badestrände geben, hatten wir gehört. Kein Sand, ok, aber auf den malerischen Felsen direkt am Wasser kann man prima liegen und die sind dann auch schön warm von der Sonne, versprach der Reiseführer.

Ein paar Urlaubstage blieben uns noch und wir wollten zum Abschluss gern noch ein bisschen faulenzen, schwimmen und nichts tun. Wir hofften auf besseres Wetter und suchten uns in der Nähe von Göteborg einen Campingplatz mit Strandzugang.

Nach dem Abendessen zogen wir unsere warmen Pullover und Regenjacken an und peilten die Lage. Der Strand war wirklich malerisch. Überall lagen die glatt geschliffenen Felsen wie gestrandete Riesentiere, buckelig und friedlich. Wir rannten darauf herum, kletterten von einem Felsen zum nächsten, hüpften von Schäre zu Schäre, sprangen über Spalten und Wasserrinnen. Herrlich. Der Wind pfiff uns um die Ohren. Der späte Sonnenuntergang war dramatisch: Wolkenfetzen und Lichtstrahlen jagten sich gegenseitig über das Wasser, brachten Farben zum Leuchten, die tagsüber nicht zu sehen waren und die Steine warm erscheinen ließen.

Der Wind brauste in unseren Ohren und brachte unsere Jackenärmel zum Flattern.

Dann zog ein richtiger Sturm auf. Der kleine Wohnwagen schwankte. Uns war es nicht mehr ganz geheuer. Wir klappten das Hubdach ein, zum ersten Mal, und hatten eine sehr unruhige Nacht. Wind und Schlagregen hielten uns wach.

Damals, so kam es mit vor, war immer schönes Wetter. Wenn ich in dem Dorf in der Rhön in Ferien war, trug ich kurze Hosen. Die Sonne schien und es war heiß. An Regen konnte ich mich nicht erinnern.

Ihr könntet doch mal Blaubeeren pflücken, sagte meine Tante manchmal zu uns und drückte jedem eine Milchkanne in die Hand. Jetzt geht mal los und esst nicht so viele selbst. Augenzwinkern.

Es war ein weiter Weg bis in den Wald mit seinen Blaubeersträuchern. Wir liefen querfeldein über die Wiesen. Dabei machten wir eines unserer Lieblingsspiele: Kuhfladentreten. Das ging ganz einfach. Man begutachtete einen angetrockneten Kuhfladen und wenn er geeignet erschien, trat man mitten drauf. Dann knisterte er und zersprang in tausend Krümel, genauso wie das dünne Eis auf einer zugefrorenen Pfütze im Winter.

Man konnte aber auch Pech haben. Manche Fladen waren trügerisch: an der Oberfläche schon schön trocken und knusprig, aber innen drin noch frisch. Meine Cousine hatte Heimvorteil und ein geübtes Auge. Ich musste mir oft die Schuhe wieder abwischen und konnte froh sein, wenn die Matsche nicht auch noch an meinen Beinen hochgespritzt war. Jedenfalls: Gut durchgetrocknete Kuhfladen waren ein Bestandteil des Hochsommers.

Am nächsten Morgen fuhren wir so früh wie möglich ab. Aus den Badetagen an der schwedischen Küste würde nichts werden, das war klar. Den Frühstückskaffee kauften wir uns an einer Tankstelle. To Go, bitte. Dieser Frühsommer ist eine einzige Katastrophe, schrieb die Zeitung Göteborgs-Posten auf ihrer Titelseite und brachte dazu ein Foto mit zwei Mädchen, die auf einem fast leeren Campingplatz vor einem verregneten Himmel aus ihrem kleinen Kuppelzelt herauslugten.

Nein, das waren nicht unsere Töchter.

Unser neues Ziel: die Großstadt Kopenhagen. Die Autobahn brachte uns schnell nach Süden.

Der Infanterist hat eine Frau und zwei Kinder hinterlassen. Eines Abends klopft es an ihrer Tür. Es ist ein Bekannter aus dem Nachbardorf. Ich wollte euch sagen, was wirklich passiert ist, sagt er, er sei es der Witwe schuldig. Der Infanterist sei nicht im Kampf gestorben, nein, sondern an einem freien Sonntag. So habe er es jedenfalls gehört. Der Infanterist sei mit ein paar Kameraden in einem Boot auf den Fjord hinausgefahren zum Fischen, na ja, wie man das damals oft so machte, mit Handgranaten. Die warf man ins Wasser, die Explosion trieb die toten Fische nach oben und dann brauchte man sie nur noch einzusammeln. Dabei muss etwas schief gegangen sein. Es war jedenfalls ein schreckliches Unglück, mein Beileid nochmals, sagt er.

Jahre später meldet sich ein anderer Kamerad, der auch in Norwegen war. Ich habe mit eigenen Augen gesehen, was damals passiert ist, sagt er. Der Infanterist sei auf einem großen Schiff gewesen. Er wurde mit einer kleinen Mannschaft in einem Beiboot zu Wasser gelassen. Das Boot sei auf eine Mine aufgelaufen und schnell gesunken. Er selbst, so sagt der Besucher, habe den Infanteristen noch mit erhobenen Armen gesehen, heftig winkend, bevor dieser unterging. Und das alles zu einer Zeit, als der Krieg schon so gut wie vorbei war. So ein Pech, so ein Unglück.

Die Witwe weiß nicht, wem sie glauben soll. Eine offizielle Mitteilung über die Todesursache erhält sie nie.

*

Wir wären gern über die neue Brücke über den Øresund gefahren, aber die war an diesem Tag bestimmt für Wohnwagen gesperrt. Zu starker Wind.

So nahmen wir in Helsingborg die Fähre. Das ging ruckzuck. Die Schiffe pendelten im Minutentakt zwischen Schweden und Dänemark hin und her. Und schwupp, waren wir über die Autobahn in Kopenhagen angekommen, fanden schnell einen Zeltplatz am Stadtrand und fuhren gleich weiter mit der Straßenbahn in die Stadtmitte.

Pünktlich wie immer fand um 12:00 Uhr vor dem Schloss Amalienborg die Wachablösung statt. Und tatsächlich: Die Jungs trugen Bärenfellmützen! Die schwarzen Ungetüme sahen wirklich abgefahren aus. Dass man mit so etwas auf dem Kopf noch marschieren kann! Und stillstehen! Juckte das nicht? Und wie ist das im Hochsommer, wenn er denn mal kommen sollte? Und ist das überhaupt noch politisch korrekt, von wegen Tierschutz und so, wenn die Garde Ihrer Königlichen Majestät sich zu Repräsentationszwecken mit Kadaverhäuten blicken lässt?

Also, wir hatten angeregte Diskussionen in der Familie. Und fotografierten fleißig, genauso wie die vielen anderen Touristen um uns herum.

*

Der König von Dänemark sorgt kraft seiner persönlichen Autorität und dank seines Ansehens dafür, dass die Bevölkerung Ruhe bewahrt. Die deutsche Besatzungsmacht hat sich in den ersten Jahren ihres Regimes zurückgehalten. Sie verlangt von den dänischen Behörden allerdings, alle Kommunisten zu verhaften, was die dänische Polizei eilfertig ausführt. KP-Aktivisten, die noch rechtzeitig abtauchen können, organisieren sich im Untergrund und werden allmählich zur führenden Kraft des Widerstands.

Erst drei Jahre nach dem Beginn der Besatzung

schlägt die Stimmung in der Bevölkerung allmählich um. Die frei gewählte neue Regierung tritt zurück. In vielen Städten kommt es zu Streiks und Aufständen. Sabotageaktionen gegen Bahnanlagen nehmen zu. Die Besatzungsmacht verhängt den Ausnahmezustand und stellt den König unter Hausarrest.

Die Deutschen verlangen die Verhaftung aller Juden. Die dänische Polizei weigert sich, den Befehl auszuführen. In einer Nacht-und-Nebel-Aktion bringen Fischerboote Tausende Juden nach Schweden in Sicherheit.

Im fünften Jahr der Besatzung werden dänische Polizisten verhaftet und in deutsche Konzentrationslager gebracht. Es folgen: Attentate, Gegenterror, Vergeltungsmorde, Generalstreik. Der bewaffnete Untergrundkampf zählt inzwischen 20 000 Aktivisten.

*

Wir flanierten durch die Fußgängerzone, sahen Schloss Christiansborg und den alten Hauptbahnhof. Wir bewunderten die schönen alten Bürgerhäuser in den Seitenstraßen und standen auf einmal vor dem Eingang zum Tivoli. Reingehen? Nein, danke, waren wir uns einig, wäre vielleicht interessant, aber dafür ist uns die Zeit zu schade.

Mein Vater war drin, damals, als er in Kopenhagen stationiert war. Mit achtzehn Jahren befand er sich in der Ausbildung zum Bordfunker bei der Luftwaffe. Sein Geschwader lag ein paar Monate lang in Kastrup. Die Ausgangsvorschriften waren lässig und so oft wie möglich fuhren die Soldaten in die Stadt. Unbewaffnet. Der Tivoli, das große Unterhaltungsviertel, war eine beliebte Adresse.

Stell dir vor, erzählte er mir einmal, in Kopenhagen saßen Frauen jeden Alters in ganz bürgerlichen Cafés und rauchten Zigarillos und Zigarren. Das war in Dänemark anscheinend nichts Besonderes. Andere Länder, andere Sitten.

Aus einem Park klang Musik. Menschen strömten herbei, mit Decken und Picknicktaschen. Jazzfestival, lasen wir auf den Plakaten an der Mauer. Wir setzten uns auf den nassen Rasen und waren allesamt begeistert von der entspannten Atmosphäre, die da herrschte. Büroleute in ihrer Mittagspause, Studenten, Familien mit Kindern, ältere Leute auf mitgebrachten Klappstühlen, alle waren sie zu dieser Open-Air-Veranstaltung gekommen. Die Bands wechselten, die Musik traf nicht immer alle Geschmäcker, aber insgesamt war das schon ein großartiges Erlebnis.

Guck mal, der da vorn trägt eine Björn-Borg-Unterhose, entdeckte unsere Älteste. Björn Borg war hipp und der Namenszug war vollständig zu lesen, weil die Jeans des gut aussehenden jungen Trägers so weit nach unten verrutscht war. Ich mach ein Foto für dich, versprach ich ihr und zoomte so nah wie möglich mit der Kamera heran.

Papa, lass das!

Ja, Eltern können peinlich sein.

Und klick.

Die nächsten Fotos machten wir bei der kleinen Meerjungfrau. Aber dazu mussten wir warten, bis wir an der Reihe waren. Zum Glück standen für diesen Zweck etliche Bänke an der Uferpromenade bereit. So konnten wir bequem sitzen, schon mal einen Blick auf die Bronzefigur werfen und gleichzeitig beobachten, mit welchen Posen die Leute sich mit ihr ins Bild setzten. Amerikaner, Japaner, Chinesen – sie alle kannten anscheinend diesen Platz, der doch etwas entfernt vom Stadtzentrum liegt und mit seinen Hafen- und Werftanlagen keinen besonders schönen Bildhintergrund bietet.

Wie ging das Märchen nochmal? Die kleine Meerjungfrau wollte die Welt der Menschen kennen lernen. Als sie endlich auftauchen durfte, rettete sie den Prinzen mit den schönen Augen aus Seenot. Seinetwegen verließ sie ihre Unterwasserwelt, denn sie war unsterblich verliebt, und wurde doch nicht von ihm zur Frau genommen. Der Prinz hielt ein anderes Mädchen für seine Retterin, wie sich später herausstellte, war sie die Prinzessin eines Nachbarlandes. Diese beiden hielten Hochzeit und die Meerjungfrau wurde für immer in Schaum verwandelt.

*

Der Reichskommissar für die besetzten norwegischen Gebiete beziehungsweise seine sterblichen Überreste werden nach dem Krieg in seiner Heimatstadt Essen beigesetzt.

Der Infanterist hat kein Grab, so ist es anzunehmen. Jedenfalls ist seiner Witwe keines bekannt.

*

Wir verließen Kopenhagen im strömenden Regen. Am Abend wollten wir zu Hause sein.

Die Strecke nach Hamburg trug den schönen, alten Namen Vogelfluglinie, weil sie den kürzesten Weg über die dänischen Inseln nimmt und der Route der Kraniche folgt. Durch beschlagene Scheiben sahen wir die dänische Autobahn. Und sonst nicht viel.

*

Die deutschen Besatzungstruppen in Dänemark ergeben sich ohne große Kampfhandlungen. Die Soldaten der

Wehrmacht erhalten den Befehl, ihre Waffen, Fahrzeuge und Schiffe abzugeben und zu Fuß nach Deutschland zurückzukehren. In langen Kolonnen marschieren sie nach Süden.

Am Straßenrand bleiben die Menschen stehen. Radfahrer steigen ab, Fahrer stellen den Motor ab. Sie schweigen. Sie bespucken die abziehenden Soldaten nicht, sie bewerfen sie nicht mit Steinen und sie greifen sie nicht an. Sie bleiben einfach stehen und starren sie an, sehen zu, wie ihre Besatzer davonziehen, entwaffnet und demoralisiert, stumm wie sie selbst.

*

Im Fährhafen Rødby mussten wir lange warten, bis ein Platz auf einem Schiff frei war. Nächstes Mal würden wir rechtzeitig buchen, schworen wir uns.

Abends wurde es dunkel.

Hitlerjunge Heribert

Mit fünfzehn wurde Heribert in eine Uniform gesteckt. Vorne drauf schlackerte der Adler der Luftwaffe, daneben waren zwei Buchstaben eingestickt: LH.

„Letzte Hilfe", sagten die Jungs spöttisch. „Luftwaffenhelfer", sagten die höheren Tiere. „Flakhelfer", sagten die normalen Leute.

Die meisten der Jungs hatten noch keinen Bartflaum, aber sie fühlten sich wie Erwachsene. Sie sollten ihren Mann stehen, hatte man ihnen gesagt, Führer, Volk und Vaterland verteidigen und die feindlichen Flugzeuge abschießen.

Heribert hatte die Hitlerjugend schon längst satt. Die langweiligen Heimabende. Das Antreten und Marschieren. Das Aufsagen von irgendwelchen Heldengedenktagen. Aber das, was jetzt kam, war ganz klar die schlechtere Wahl. Ja, gut, es war keine Wahl. Er hatte überhaupt keine Wahl. Er wusste nicht, was er sonst hätte machen sollen. Er wusste auch nicht, ob er diesen Krieg überleben würde. Er wusste außerdem nicht, dass er einmal mein Patenonkel werden würde, viele Jahre später – wie denn auch? Er wusste nur, dass nun auch er in diesen Krieg ziehen musste. Als Luftwaffenhelfer.

Von wegen Helfer! An den Fliegerabwehrkanonen stand oft nur noch ein einziger Wehrmachtssoldat. Alles andere mussten die so genannten Helfer erledigen: die

Munition heranschleppen, laden, die Zielvorrichtung bedienen, manchmal sogar als Geschützführer. Blitzmädel mit kaum siebzehn Jahren mussten Nachrichten weitergeben. Arbeitsmaiden im Pflichtjahr richteten die großen Suchscheinwerfer aus. Russische Kriegsgefangene und ukrainische Hiwis wurden zum Schanzen und Tarnen eingeteilt. Neuerdings mussten sogar die Alten im Volkssturm ran. Hitlerjugend-Spätlese, so nannten die Halbwüchsigen ihre grauhaarigen Kameraden.

Der Flakdienst war nichts für Ängstliche. Die Briten kamen mit ihren Bombern immer in Massen, wie Mückenschwärme an einem Sommerabend. Sie hatten immer ein paar schnelle, kleine Flugzeuge dabei, die sofort damit anfingen, die Flak-Stellungen anzugreifen.

Es kam vor, dass ganze Schulklassen eine Stellung bedienten und dann vollständig ausgelöscht wurden. „Volltreffer", hieß es dann.

Gründe gab es genug, sich vor Angst in die Hosen zu machen. Machte man aber nicht. Zäh wie Leder, hart wie Kruppstahl, flink wie ein Wiesel – so sollten sie sein, hatte man ihnen eingebläut. Jeder Abschuss eines feindlichen Flugzeugs brachte Punkte für das Kriegsverdienstkreuz.

Ein paar Fanatiker glaubten immer noch an den Endsieg. Allen voran Artur Axmann, der Reichsjugendführer: *Die Jugend will sich des Vertrauens des Führers durch die Tat würdig erweisen. Der Jahrgang 1928 hat sich in überwiegendem Maße kriegsfreiwillig zu den Fahnen gemeldet und den höchsten Stand der Kriegsfreiwilligkeit im 6. Kriegsjahr erreicht. Er hat damit seine Kampfbereitschaft dokumentiert und so dem Führer eine große Freude bereitet.*

Von wegen freiwillig! Heribert und seine Kameraden wussten es besser. Manche Klassen waren komplett abkommandiert worden. Unterricht fand sowieso schon lange nicht mehr statt. Stattdessen drei Wochen Wehrertüchtigungslager. Erst marschieren und grüßen. Dann Waffenkunde und Schießübungen.

„Man könnte kotzen, wenn man das liest", sagte sein Kumpel und zeigte ihm einen Artikel in der HJ-Zeitschrift. „Wenn man in dem Papier wenigstens einen Hering einwickeln könnte. Aber es kommt ja keiner vorbeigeschwommen."

Es wird immer eines der menschlich anrührendsten Dinge sein, wie sich in ihnen, den waffentragenden Jünglingen, der Abschied von der Kindheit vollzieht, deren Abglanz noch über ihnen liegt, und das Neue, Männliche gleichsam in rasender Eile von ihnen Besitz ergreift.

Von wegen Kindheit! Die war für Heribert schon längst vorbei. Spätestens seit April 1944.

Er hatte ausnahmsweise einmal frei gehabt und durfte zu Hause schlafen, als nachts schon wieder Großalarm gegeben wurde. „Lauf schon mal zum Bunker vor", hatte ihm seine Mutter gesagt, „und halt uns Plätze frei, wir kommen gleich nach".

Aber seine Familie kam nicht. Heribert wusste nicht, was los war, aber dass es Holsterhausen in dieser Nacht besonders schlimm traf, das merkte jeder im Bunker.

Als er am nächsten Morgen seine Eltern suchte, lag das Haus in Schutt und Asche.

„Hat auch Vorteile", sagte sein Kamerad, „jetzt brauchst du keine Kohlen mehr aus dem Keller nach oben zu tragen, die ganzen Treppen rauf."

Seine Eltern fand er schließlich doch noch, mitsamt seinen beiden jüngeren Schwestern. Alle lebendig. Die Familie fuhr bald darauf zu Verwandten aufs Land, weit weg. Heribert musste bei seiner Flak-Einheit in Essen bleiben.

„Das Ruhrgebiet wird zur Festung erklärt", befahl das Oberkommando der Wehrmacht.

Wie sagte der Reichsjugendführer? *Es ist eure Pflicht, hellwach zu sein, wenn andere schlafen, stark zu sein, wenn andere schwach werden. Eure größte Ehre muss eure unverrückbare Treue zu Adolf Hitler sein.*

Von wegen hellwach! Die Flakhelfer waren total übermüdet von den ewigen Nachteinsätzen. Wenn gerade kein Alarm war, schliefen sie in der Lagerbaracke oder spielten Karten.

Oder sie erzählten sich Flüsterwitze. Zum Beispiel den: Hitler besucht einen Ort irgendwo im Reich. Die Menschen stehen am Straßenrand Spalier. Ein kleines Mädchen reicht Adolf ein Grasbüschel. „Was zum Teufel soll ich damit", fragt der Führer unwirsch. Die Kleine antwortet ganz verschüchtert: „Die Leute sagen, wenn der Führer ins Gras beißt, kommen bessere Zeiten."

Oder den: Zwei Männer mit Spaten gehen über den Friedhof. Jemand ruft ihnen nach: „Ihr wollt wohl den Ersatz für den Volkssturm ausheben?"

„Es gibt nur Sieg oder Tod", dröhnte es aus dem Rundfunkempfänger. Sieg oder Tod. Sieg oder Tod. Sieg oder Tod. Aber es kam doch anders. Deutschland verlor den Krieg. Und Heribert überlebte.

Die Alliierten nahmen ihn in Kriegsgefangenschaft. Auf einer schlammigen Wiese am Rhein war er hinter Stacheldraht festgesetzt, zusammen mit ein paar Tausend anderen Soldaten. Bis man ihn wieder laufen ließ.

Im Frühsommer 1945 fand er seine Eltern wieder. Im Saarrevier. Er hatte sie seit einem Jahr nicht mehr gesehen.

Ein paar Wochen später wurde er siebzehn Jahre alt.

Flucht in die Gefangenschaft

„Die Einheit zieht sich ohne Marschordnung in den Raum Hamburg-Lübeck zurück!" So heißt der letzte Befehl von Rudis Offizier. Er hätte genauso gut sagen können: „Rette sich, wer kann."

Sie sind Eberswalde, in der Nähe von Berlin. Flugzeuge und Treibstoff haben sie nicht mehr. Sie gehen zu Fuß. „Wir bleiben zusammen", sagen sich Rudi und sein Freund Karl. Sie haben nur ein Ziel: „Hauptsache, nicht den Russen in die Hände fallen." Die Rote Armee kommt schnell näher. „Der Iwan kennt keine Gnade, auch nicht für Verwundete, Gefangene und Tote", erzählt man sich. Gräuelgeschichten ohne Zahl sind im Umlauf. Kein Wunder. Die Wehrmacht ist mit den Russen ja auch nicht zimperlich umgegangen. Von Anfang an nicht. Jetzt kommen aus dem Osten Rache und Vergeltung herangerollt. Wie eine riesige Walze, die alles zermalmt. Das Donnern der Geschütze wird immer lauter. Die Angst ist zum Greifen. Also nach Westen. Wenn ihnen schon die Kriegsgefangenschaft blüht, dann lieber bei den anderen, sagen sich die beiden jungen Soldaten. Bloß nicht bei den Russen!

Es ist das reinste Chaos. Die Straßen sind verstopft von Flüchtlingstrecks und Militärfahrzeugen. An den Baumen hängen Leichen mit einem Schild um den Hals: „Ich bin ein Vaterlandsverräter." Also besser auf eigene Faust über Feldwege. Rudi und Karl orientieren sich nach der Sonne, nachts nach den Sternen. Sie kommen an einen Bauernhof, die Türen unverschlossen, niemand mehr da, auf dem Herd kocht ein Huhn. Aufessen und weiter.

Der Hunger. Sie kommen in Lüps an eine Zuckerfabrik, packen das weiße Zeug in ihre Brotbeutel, essen unterwegs davon und bekommen Durchfall. Wieder ein Bauernhof. Vorsichtig heranschleichen, die Bäuerin sieht sie trotzdem und sagt: „Kommt doch rein! Mein Sohn ist auch Soldat. Vielleicht gerät er auch an Leute, die ihm helfen." Sie stellt ihnen Milch, Brot und Wurst auf den Tisch. Ein paar Tage später, auf einem anderen Hof, ist nur noch eine polnische Magd da. Sie schenkt ihnen ein Glas eingekochtes Gänsefleisch.

Plötzlich geraten sie Russen in die Hände, ehemalige Kriegsgefangene. Einer hält Rudi die Pistole an den Kopf, verlangt seine Armbanduhr, schießt nicht. Weitergehen. Mitten im Wald treffen sie auf bewaffnete Wehrmachtssoldaten, Fanatiker, die bis zur letzten Patrone kämpfen wollen. „Einreihen und Waffen in Empfang nehmen!", befiehlt ihnen der Unteroffizier. Doch die beiden jungen Männer türmen aus einem Fenster der Baracke.

Weiter, schnell weiter. Sie finden zwei Fahrräder, nehmen sie mit. Jetzt geht es etwas flotter voran. Sie machen eine Pause, lehnen die Räder an den Baum, sind todmüde. Als sie wieder wach werden, sind die Räder weg. Sie kommen an einen See, einen großen See. Am Ufer liegt ein altes Boot, halb voll Wasser; damit fahren sie hinüber. Einer rudert, der andere muss schöpfen, schneller, schneller, es ist kaum zu schaffen.

Wenn Rudi die Augen zufallen, sieht er wieder Dresden vor sich. Das riesige Feuer am Horizont. Der Tag danach, als sie in der Stadt die Verwundeten suchen mussten, zwischen den Trümmern und den verkohlten – nicht daran denken. Weiter gehen, immer weiter. Irgendwo hören sie jemanden sagen: „Hitler ist tot." Wenig später werden sie von amerikanischen Soldaten gefangen genommen. In diesem Moment ist für die beiden Männer der Krieg zu Ende.

Ein Zug transportiert sie nach Schleswig-Holstein. In Eutin werden sie den Briten übergeben, entlaust, in Malente auf einer Wiese im Wald mit vielen anderen deutschen Soldaten eingepfercht. Im Lager kochen sie sich aus Wasser und Brennnesseln eine dünne Suppe.

Im Juli wird Rudi einundzwanzig. Jemand schenkt ihm drei Zigaretten.

Ein paar Tage später sagt der britische Dolmetscher: „Bergleute vortreten!" Wer sich meldet, muss Testfragen beantworten und dadurch beweisen, dass er wirklich vom Fach ist. Dann werden sie unter Bewachung auf Lastwagen ins Ruhrgebiet gefahren.

In Osnabrück ein Zwischenhalt; sie bekommen von Leuten an der Straße Lebensmittel zugesteckt. „Da, nehmen Sie's", sagen sie, „Sie können es gebrauchen." In Münster wieder eine Pause. Eine Frau kommt auf Rudi zu: „Sie sind doch auch bei der Luftwaffe; das sehe ich an Ihrer Uniform. Wissen Sie, was mit meinem Sohn ist?" Aber Rudi kennt den Sohn nicht.

Als der Transport in Essen vor einer Zeche ankommt, ist kein Verantwortlicher zur Stelle. Da werden die Gefangenen kurzerhand entlassen. Sie sollen sich aber für weitere Befehle bereithalten.

Wohin jetzt? Rudi hat erfahren, dass sein Elternhaus zerstört ist und dass Vater und Mutter am Leben sind. Er geht zu Onkel und Tante und kann dort in ihrer Notwohnung unterkommen.

Vierzehn Tage später macht er sich auf den Weg zu seiner Familie. Bis Köln fährt er mit dem Zug, dann weiter mit der Rheinuferbahn bis zur neuen Grenze: In Andernach endet das britische Besatzungsgebiet, dann beginnt der französische Sektor. Die Franzosen halten ihn fest, beanstanden seine Papiere, lassen ihn schließlich weiterfahren. Er kann in einem Nonnenkloster übernachten, steigt in Bingerbrück auf einen Kohlenzug auf und kommt schließlich im Saargebiet an.

Seine Eltern weinen, als er vor der Tür steht. Er ist der erste Sohn, der heimkommt.

Wenig später hat er eine Arbeitsstelle in einem Büro der Zechenverwaltung.

Als der Krieg zu Ende war

Als die Kanonenschüsse von Saarbrücken her immer lauter zu hören waren, ging meine Oma Friedel nach unten in die Waschküche. Im Kesselofen zündete sie ein ordentliches Feuer an. Dann warf sie allerhand in die Flammen: etliche Papiere meines Opas, das eine oder andere Buch aus dem schönen Schrank im Herrenzimmer, die Fahnen und noch einiges mehr, sogar die Brettspiele ihrer Kinder, die Schulbücher und überhaupt alles, worauf ein Hakenkreuz zu sehen war. Schade eigentlich, denn die Sachen waren noch gut zu gebrauchen, aber es war wohl besser, sie zu vernichten. Man konnte ja nicht wissen, was kommen würde.

Als die Gewehrschüsse in Bottrop näher kamen, saß Gerda mit ihrer Familie im Keller zwischen der Kartoffelkiste und den Regalen mit den Einmachgläsern. Nein, sie hatten keinen richtigen Luftschutzbunker. Ungeschützt lag ihr Häuschen zwischen den Feldern und Weiden. Draußen knallte es unaufhörlich. Einzelne Schüsse, dann wieder Maschinengewehrfeuer. Gerdas Mutter betete laut und hielt die Kinder dazu an, mitzusprechen. Das fiel ihnen schwer, denn durch das Kellerfenster waren jetzt Soldaten in fremden Uniformen zu sehen.

Und dann fiel die Kuh um. Lina. Die einzige, die sie hatten. Und die doch eben noch Gras gefressen hatte, nur ein paar Meter entfernt, auf der Wiese unter den

Apfelbäumen, hinter dem Stall. Fiel einfach um, blieb liegen und war tot.

Gerda, meine Schwiegermutter, war zehn Jahre alt und hatte niemals vorher solche Angst gehabt wie in diesem Augenblick.

Als die ersten amerikanischen Panzer über die Dorfstraße von Wiesbach rasselten, schien die Sonne strahlend schön. Meine Tante Elisabeth trug an diesem Frühlingstag ihren hellen Popelinemantel über dem karierten Kleid und beobachtete das Geschehen aus sicherer Entfernung. In den Fenstern hingen weiße Fahnen. Die Panzer krochen langsam zum Kirchplatz. Als sie endlich ihre schweren Motoren abstellten, herrschte Stille. Das Dorf lag wie ausgestorben. Langsam legten sich die Staubwolken.

Es war der St. Josefstag. Nie würde sie das vergessen. Elisabeth war ein paar Tage vorher achtzehn Jahre alt geworden.

Als Hitler sich schon vergiftet hatte, tobte die Schlacht um Berlin weiter. Die russischen Truppen waren überall in der Stadt. Um jeden Bezirk, um jede Straße wurde gekämpft. Meine Cousine Karin erlebte alles aus nächster Nähe: Die Toten auf dem Weg zum Bunker. Menschen, die irgendwohin rannten. Soldaten mit asiatischem Aussehen. Erschießungen der letzten Wehrmachtssoldaten. Vergewaltigungen auf offener Straße. Rauchende Trümmer.

Jede Wohnung wurde durchsucht. Die Hausnachbarn versteckten Karins Mutter im Luftschutzkeller unter Decken und Koffern. Niemand sollte sehen, dass darunter eine blonde Frau lag. Wenn die Russen fragten, wo die Mutter der Kinder sei, bekamen sie zur Antwort: „Die ist bei eurem Kommandanten!"

Es war ein Glücksfall, dass die sowjetische Bezirkskommandantur sich im gleichen Haus einquartierte. Der verantwortliche Offizier war erfreut darüber, dass Karins Vater etwas russisch sprach. Er verhielt sich sehr freundlich zu der Familie und wies seine Soldaten wiederholt in die Schranken. Von diesem Russen bekam Karin ihr erstes Stück Schokolade.

Irgendwo in dem großen Häuserblock hatte sich ein letzter Wehrmachtssoldat vorgenommen, bis zur allerletzten Patrone zu kämpfen. Er hielt sich versteckt und erschoss aus dem Hinterhalt einen sowjetischen Soldaten im Hof des Gebäudes. Daraufhin mussten alle Bewohner im Hof antreten. Russische Soldaten richteten ihre Gewehre auf sie. „Ihr müsst sterben, wenn wir den Nazi nicht kriegen!" Karins Vater durchsuchte mit ein paar Männern die Dachböden, bis sie ihn fanden. Der deutsche Soldat wurde auf der Stelle standrechtlich erschossen.

Als die Amerikaner in der Grubensiedlung einrückten, lief meine Mutter mit den anderen Kindern dorthin, wo die Soldaten ihr Feldlager aufgeschlagen hatten. An diesem Tag sah sie zum ersten Mal Menschen mit schwarzer Hautfarbe. *Die Neger gehören zu einer minderwertigen Gattung, mit der die Herrenrasse keinen Umgang haben sollte,* hatte man ihr in der Schule beigebracht. Die war allerdings schon lange nicht mehr in Betrieb.

Die weißen und die schwarzen Amerikaner verteilten Kaugummis und Schokolade an alle.

Die Russen laufen frei herum, erzählte jemand aus dem Ort aufgeregt. Die russischen Kriegsgefangenen, die eigentlich in einer Baracke neben dem Schlammweiher untergebracht waren, hinter Stacheldraht, die in der Grube arbeiten mussten, die haben den Aufseher erschlagen und seinen Schäferhund gleich dazu, stimmt das?

Hilde, meine Mutter, war elf Jahre alt. Solange das Kind zurückdenken konnte, war immer Krieg.

Als im Radio gesendet wurde, dass Deutschland bedingungslos kapitulierte, war meine andere Oma in größter Sorge. Nicht aus Furcht um sich selbst, sondern um ihre Söhne. Alle fünf waren Soldaten der Wehrmacht. Alle fünf irgendwo unterwegs, mit ungewissem Schicksal. Sie wusste, dass Kapitulation noch nicht Frieden bedeutete. Und dass überall und ständig Gefahr für Leib und Leben herrschte.

Luise Maria Charlotte, kurz: Charlotte, hatte zehn Kinder geboren und zwei davon schon im Kleinkindalter verloren. Sie hatte mit den drei erstgeborenen den Ersten Weltkrieg überstanden. Sie erhoffte nichts anderes, als dass ihre Söhne das Inferno des Zweiten Weltkrieges überleben und wieder nach Hause zurückkehren würden.

Nach Hause. Ihr wurde schwer bei diesem Gedanken, denn ihr Zuhause – das gab es nicht mehr. Bei einem der Großangriffe auf Essen war so gut wie alles zerstört worden. Ihre Wohnung, das ganze Haus, ihre Heimatstadt.

Die Familie kam im Saargebiet unter, denn mein Opa Matthias stammte von dort. In dem kleinen Bauerndorf hatte seine Schwägerin, meine Großtante Beb, zwei Zimmer freigehalten. Für den Fall des Falles. Und als es dann soweit war, hatte sie der Familie aus der fernen Großstadt bereitwillig Platz gemacht.

Für das Elternpaar und die beiden Töchter war es sehr eng. Aber Charlotte wollte sie sich nicht beklagen. Sie hatte sich im Laufe ihrer vierundfünfzig Lebensjahre immer mehr einschränken müssen. „Es passen viele geduldige Schafe in einen Stall", sagte sie. Die Kleidung und die Kartoffeln ihrer Schwägerin nahm sie dankbar an.

Schon seit einem Jahr ging das so.

Charlotte betete um ihre Söhne. Wann immer es ihr möglich war, besuchte sie den Gottesdienst in der Dorfkirche, sonntags wie werktags, und flehte den Barmherzigen und alle Schutzheiligen um ein gnädiges Schicksal an.

Als Deutschland besiegt war, tanzten die Menschen in Paris, in London, in New York und in vielen anderen Städten auf den Straßen. Sie fielen einander um den Hals, beglückwünschten sich, tranken und versammelten sich um die Musikgruppen, die überall spielten. Sie feierten das Ende eines Krieges, der so vieles von ihnen verlangt hatte.

In Deutschland fanden keine Feiern statt. Es war still. Unglaublich still. Keine Sirenen mehr, keine Bombenangriffe, keine Flugzeuge, keine Lautsprecherdurchsagen. Keine Flak mehr, keine Panzerschüsse. Keine Marschmusik, keine Durchhalteparolen aus dem Volksempfänger.

Auch kein Glockenläuten, denn die meisten Kirchenglocken waren längst eingeschmolzen worden.

In den Städten qualmten die Trümmer vor sich hin. Menschen bewegten sich zu Fuß umher, viele scheinbar ohne Richtung und ohne Ziel.

Soldaten der Wehrmacht wurden in großen Kolonnen in die Gefangenschaft abgeführt.

Die meisten Deutschen sahen sich vor einem großen Nichts.

Später nannten sie dies: die Stunde null.

Als der Flieder blühte, stand Mathilde wie an jedem Abend in der Haustür und sah hinaus. Sie konnte es nicht fassen. Der Krieg hatte ihr drei Söhne genommen. Drei von vieren. Ihr Mann war schon im Ersten Weltkrieg gefallen, im Schützengraben an der Westfront. Sie hatte acht Kinder ohne Mann groß gezogen. Den Rohbau zu Ende gebracht und die Landwirtschaft aufgebaut.

Mathilde stand in der Tür und zupfte an ihren Ärmeln, immer wieder, streifte sie hoch und wieder herunter, drehte den Stoff hin und her und nestelte an den Falten. Sie band das schwarze Kopftuch fester und sah wieder hinaus.

In dem kleinen Bauerndorf in der Rhön gab es keine Straßennamen. Der Briefträger hatte alles im Kopf, alle Adressen, alle Hofnamen, alle Familienverhältnisse.

Zuerst hatte er noch die bunten Postkarten gebracht. Frohe Ostern aus Holland, frohe Pfingsten aus Danzig, Grüße zum Muttertag und so weiter.

Dann kamen die Briefumschläge mit dem schwarzen Rand. „Er starb den Heldentod", hieß es darin.

Zuerst Hermann. Dann Josef. Die Zwillingsbrüder. Beide in Russland.

Und dann, als der Krieg schon zu Ende war, kam die Nachricht aus Norwegen.

Nun auch noch August, der älteste Sohn.

Sie konnte es nicht fassen.

Sie war nicht mehr ganz bei der Sache. Sie trauerte. Sie sprach nicht mehr viel. Sie sah oft in die Ferne.

Aus der tatkräftigen Frau mit den starken Händen war in wenigen Jahren eine Greisin geworden.

Es war einfach zu viel für sie.

Im Haus lebten jetzt nur Frauen und Kinder. Zwei Töchter, die eine unverheiratet, die andere kam zurück, weil der Mann im Krieg war und sie nicht mit dem Kind allein sein wollte. Die fremde Schwiegertochter aus dem zerstörten Essen mit ihrem kleinen Kind. Zeitweise ein sechzehnjähriges Mädchen, auch aus Essen, ausgebombt und verängstigt. Und eine Familie aus Frankfurt, evakuiert.

Es war kein Mann im Haus.

Als der Krieg verloren war, häuften sich bei meiner Oma Friedel auf der Kredenz die Totenbriefe, Sterbeanzeigen und Nachrufe. Ihr Bruder Hans: „in Russland gefallen". Ihr Cousin Felix: „in Ausübung seines Dienstes". Ihr Großcousin Ferdinand: „an der Spitze seines Zuges in erfolgreichem Nahkampf". Dessen Bruder Karl: „ein leuchtendes und nachahmenswertes Vorbild". Ihr Großcousin Stephan: „opferte sein Blut und Leben bei den Kämpfen im Osten". Ihr Cousin Hugo: „lebte und starb für Deutschland, gefallen bei einem Angriffsunternehmen in Russland". Und viele mehr.

Sie bewahrte alles auf. Es gab ja sonst nichts. Keine Beerdigung, kein Grab. Nur diese Zettel.

Als der Jeep mit dem Sternenbanner vor dem Haus hielt, fuhr meiner Oma Charlotte ein Schreck in die Glieder. Sie fühlte, wie ihr schwindelig wurde. Wieder das Herz. Es war stark und doch manchmal schwach.

Die beiden Soldaten stiegen aus, kamen zur Tür und klopften an.

Vor einem solchen Moment hatte sie sich schon seit Jahren gefürchtet. „Lass die Kirche im Dorf", hatte sie immer wieder zu ihrem Mann gesagt. Matthias machte aus seiner politischen Einstellung nie ein Hehl. Früher hatte immer die katholische Zentrumspartei sein Kreuzchen bekommen. Matthias interessierte sich sehr für Politik. Er hatte sich eine breite Allgemeinbildung angeeignet, las die Zeitung von vorn bis hinten und diskutierte bei jeder Gelegenheit über Politik, ohne die Stimme zu senken. Er lehnte die NSDAP rundweg ab. Er verachtete den Deutschen Gruß und erzählte lieber Witze über die Nazi-Bonzen.

Charlotte hatte immer Angst um ihn. Es waren doch schon so viele Menschen bei Nacht und Nebel abgeholt worden!

Und jetzt, ausgerechnet jetzt, wo der Krieg endlich vorbei war, sollte ihnen das noch passieren?

Die amerikanischen Soldaten waren sehr höflich und baten Matthias, einzusteigen. Sie brachten ihn zur Gemeindeverwaltung. Dort empfing ihn ein Offizier. Der befragte ihn kurz. Und dann ernannte er meinen Großvater zum Bürgermeister.

Matthias, der Kaufmann, der das Auf und Ab von Erfolg und Misserfolg kannte, ausgebombt, vom Krieg in seine alte Heimat zurückgespült, vierundsechzig Jahre alt: Dieser Mann kam nun völlig überraschend zu Amt und Würden.

In der öffentlichen Administration hatte er nie gearbeitet, wenn man davon absah, dass er zuletzt im Bezugsscheinamt in Essen Lebensmittelkarten ausgefüllt hatte. Jetzt war er plötzlich eine Führungskraft in der Kreisverwaltung, zuständig für mehrere Dörfer, dem Landrat direkt unterstellt.

Er nahm an einem großen Schreibtisch Platz. Ohne viel Federlesen erhielt er ein Amtssiegel und einen Dienstwagen mit Chauffeur und dazu eine stattliche Wohnung für die ganze Familie.

Immerhin brachte er ein paar nützliche Voraussetzungen für seine neue Aufgabe mit. Er war zweisprachig, beherrschte also das Saarländische und das Hochdeutsche, konnte sich gewählt ausdrücken und Reden halten. Er trug immerzu Anzug mit Weste, Krawatte und Uhrenkette. Er verfügte über ein ausgeprägtes Selbstbewusstsein. Und vor allem: Er war kein Nazi.

Charlotte fühlte sich erleichtert und schöpfte Hoffnung auf bessere Zeiten.

Als der Krieg zu Ende war, bückte mein Vater sich, um die Brennnesseln auf der anderen Seite des Stacheldrahts abzureißen. Er hatte sich bei dem Wachposten bemerkbar gemacht, ihm zugewunken und somit klar gemacht, dass dies kein Fluchtversuch war.

Die deutschen Kriegsgefangenen, die in Massen auf der eingezäunten Wiese festsaßen, hatten nicht den Eindruck, dass die Briten sie absichtlich verhungern lassen wollten. Dennoch: Es gab so gut wie nichts zu essen. Ab und zu kam ein Lastwagen und brachte etwas. Mal Brote, mal Konserven. Alles musste geteilt werden. Mit Luchsaugen sahen alle zu, wie die Lagerältesten alles in kleine Stücke schnitten. Da blieb für den einzelnen Mann nicht viel übrig. Brennesseln, ohne alles, in Wasser gekocht, waren besser als gar nichts.

Rudi war zwanzig und hatte drei Jahre bei der Wehrmacht hinter sich.

Als die alliierten Streitkräfte Deutschland vom Nationalsozialismus befreit hatten, war das Staatswesen vollständig zusammengebrochen. Die Siegermächte teilten das Land in vier Zonen auf und errichteten eine gemeinsame Militärregierung unter der Leitung eines amerikanischen Generals. Die Besatzungstruppen verlegten sich in die ihnen zugewiesenen Zonen und übernahmen das Kommando über die öffentliche Verwaltung.

Die Amerikaner verließen das Saargebiet. Französische Truppen rückten an ihrer Stelle nach. Das Ruhrgebiet war britisch. Berlin wurde in vier Sektoren aufgeteilt, so dass alle Siegermächte in der ehemaligen Reichshauptstadt vertreten waren.

Meine Uroma Maria brauchte einen Ausweis. Sie war in der Pfalz geboren, als die Gegend noch zum Königreich Bayern gehörte. Sie war unter Wilhelm II. groß geworden, hatte den Ersten Weltkrieg erlebt und das Kaiserreich untergehen sehen. Sie hatte in der Weimarer Republik, wie alle Frauen, das Recht auf Teilnahme an allen Wahlen bekommen und doch die Demokratie nicht wirklich gemocht, genauso wenig wie ihr Mann, der deutsch-national eingestellt war, für den Kyffhäuser-Bund marschierte und der schließlich Hitlers Fahnen aus dem Fenster hing, als die Volksabstimmung kam. Für beide stand fest: „Deutsch ist die Saar."

Maria ging zum Rathaus und legte ein Passbild auf den Tisch. Der Beamte nahm ein Ausweisheft aus dem Schrank. Darauf stand: „Deutsches Reich. Kennkarte." Er trug die Personalien ein und drückte seine Stempel auf. Zum Schluss nahm er noch ein Stück Pflasterband zur Hand. Damit überklebte er das Hakenkreuz auf der Heftvorderseite. „Was anderes haben wir nicht", sagte er.

Als alles vorbei war, konnte meine Großtante Else wieder an ihren Arbeitsplatz zurückkehren. Die Stadt Dortmund hatte ihr Jahre zuvor aus politischen Gründen fristlos gekündigt, weil sie Predigten des Bischofs von Galen vervielfältigt und verbreitet hatte. Die Fürsorgerin sah sich im Widerstand gegen Adolf Hitler. Nur mit viel Glück hatte sie den Nationalsozialismus überlebt. Im Sommer nahm Else ihren Dienst wieder auf. Es gab viel zu tun.

Als die Johannisbeeren und die Stachelbeeren reif waren, kochte meine Oma Friedel wie immer Marmelade. Es war nur schwer, an Zucker heranzukommen. Zum Glück brauchte man die Mangelware nicht, um Erbsen und Bohnen einzuwecken.

Friedel war froh darüber, dass sie den Garten hatte. Jeder Quadratmeter wurde genutzt. Überall standen die Gemüsepflanzen, die Beerensträucher, die Kartoffeln in Reihen. Nur ein kleines Stück Wiese gab es unter dem Apfelbaum. Dort hatte mein Opa Otto eine Bank und einen Tisch gezimmert. Ein schattiges Plätzchen, genau das richtige, um ein Feierabendbier zu genießen.

Friedel war froh darüber, dass sie die Dienstwohnung hatten mit Strom, Wasser und Gas. Das Haus war solide gebaut. Im Stall dahinter war Platz für Hühner, Kaninchen und Gänse.

Hier in dem kleinen Ort war man ohne Bombenangriffe durch den Krieg gekommen.

Friedel war vor allem froh darüber, dass Otto nach wie vor seine Arbeit im Bergwerk hatte. Die Kohle wurde dringend gebraucht. Vorher unter Hitler, jetzt unter den neuen Herren. Die Produktion war nur kurze Zeit unterbrochen worden. Jetzt lief die Seilscheibe im Förderturm schon wieder.

Als es bereits dunkel war, klopfte es an der Tür. Mein Opa Matthias war wieder auf irgendeiner Sitzung. Meine Oma Charlotte öffnete und sah einen ihr unbekannten Mann in einer Eisenbahneruniform vor sich stehen. Er hätte eine Nachricht für sie, sagte er und sah dabei die Straße auf und ab, als würde er befürchten, beobachtet zu werden. Sie bat ihn herein.

Er würde am Bahnhof im Nachbarort arbeiten, sagte er, und gestern habe er da diesen Zettel auf dem Bahnsteig gefunden und der sei offenbar für sie bestimmt.

Es war nur ein Fetzen Papier, zerknittert, schmutzig, ohne Umschlag. Die Handschrift erkannte sie sofort. Hans. Ihr Ältester. „Bin in Gefangenschaft und auf der Durchreise. Mir geht es gut. Näheres später. Euer Hans." Auf der Rückseite ihre Adresse.

Für den Eisenbahner war es ein Fußmarsch von vier Kilometern, um diese Nachricht zu überbringen, für meine Oma Charlotte ein kostbares Geschenk. Ein Lebenszeichen von Hans. Er lebte!

Als der Krieg aus war, begann die Schule wieder. Seit mehr als einem Jahr hatte kein Unterricht stattgefunden. Meine Mutter war zehn Jahre alt, alt genug für die höhere Schule. Aber die Zeiten waren ungünstig für einen Schulwechsel.

Das Kind fuhr mit der Straßenbahn von der Zechensiedlung in die Stadt. Die Gleise waren an vielen Stellen kaputt. Hilde musste vielfach zu Fuß zwischen Trümmern ihren Weg finden. Das Mädchenrealgymnasium, von Bomben zerstört, war in einem anderen Gebäude untergebracht und konnte den Betrieb nur provisorisch aufrecht halten. Viele Fächer standen auf dem Lehrplan, aber die Räume waren überbelegt und so fand der Unterricht mal vormittags, mal nachmittags statt. Außerdem fehlten Lehrer, denn viele von ihnen waren tot oder in Gefangenschaft. Oder vermisst. Oder invalide. Pensionäre wurden reaktiviert und dennoch fielen Stunden aus. Ganz zu schweigen von dem Mangel an Schulbüchern, denn allzu viele waren einkassiert worden, weil sie mit ihren Hakenkreuzen auf dem Umschlag nicht mehr in die Zeit passten. Auch was drin stand, war aus der Mode gekommen.

So konzentrierte sich der alte Geschichtslehrer darauf, immer und immer wieder Vorträge über den Kampf um Troja zu halten. Daneben lernte Hilde französische Vokabeln und die Kunst der Bruchrechnung.

Als der Krieg in Europa zu Ende war, ging er in Asien weiter, doch davon nahmen die Deutschen kaum Notiz. Sie waren mit dem eigenen Überleben beschäftigt.

In Vietnam hatte der Kaiser abgedankt? Indien sollte unabhängig werden? In Japan wurde eine Großstadt durch eine einzige amerikanische Bombe ausgelöscht?

Solche Nachrichten spielten kaum eine Rolle in einem Land, in dem Chaos herrschte, in dem die Landstraßen und die Städte voll waren von Menschen, die irgendwohin strömten, die jemanden suchten oder auf jemanden

warteten, die irgendwo anstanden oder einfach liegen-
blieben, weil sie nicht mehr konnten.

Millionen und Abermillionen Menschen waren in
Deutschland unterwegs. Entlassene ausländische Kriegsgefangene und Zwangsarbeiter, die zurück wollten in
ihre Heimat. Deutsche auf der Flucht, Vertriebene, un-
tergetauchte Funktionäre des NS-Staates. Ausgebombte.
Entlassene Soldaten der Wehrmacht. Besatzungstruppen. Evakuierte, die zurück in ihre Wohnungen wollten.
Wo bekomme ich etwas zu essen? Wo kann ich für die
nächste Nacht unterkommen? Und wie finde ich meine
Familie wieder? Das waren die Fragen, die zählten. Alles
andere war unwichtig.

Als der Krieg zu Ende war, gab es für Irmgard keine Bes-
serung. Sie war sechsundzwanzig Jahre alt und kämpfte
schon seit Jahren gegen ihre Tuberkulose. Die Krankheit
schritt voran und schwächte sie immer mehr. Doch noch
mehr litt sie unter der Trennung von Karl Heinz. Die
beiden hatten fünf Jahre zuvor geheiratet. Schon damals
war er Soldat.

Dann war ihr Kind zur Welt gekommen. Zum Glück
stand Irmgard nicht allein. Ihre Eltern wohnten im gleichen Haus und hielten zu ihr.

In Herbst wurde Karl Heinz aus der französischen
Kriegsgefangenschaft entlassen. Dünn und blass, aber
gesund kehrte er nach Essen heim.

Er hatte vieles erlebt und erlitten und doch immer
wieder Glück gehabt. In Polen einmarschiert und unverletzt geblieben. Mit Rommels Panzertruppe in Afrika
und doch rechtzeitig zurück, bevor die letzte Schlacht
verloren war. In Russland eingesetzt und dann mit einer kleinen Schussverletzung in ein Lazarett im sicheren
Österreich zum Auskurieren. Spielte dort schon wieder
Tennis, bis er dabei beobachtet und nach Frankreich

geschickt wurde. Hatte einen Posten als Dolmetscher in Paris. Bekam ein Wehrmachtsstipendium, konnte in Köln Volkswirtschaft studieren, mitten im Krieg, und am freien Wochenende nach Essen zu seiner Familie fahren. Und als er in Gefangenschaft geriet, kam er wieder als Dolmetscher nach Paris.

Zurück in Essen konnte mein Onkel Karl Heinz gleich wieder in der Verwaltung der Kohleindustrie Fuß fassen.

Seine Abzeichen verwahrte er in einer Schatulle: das bronzene Sportabzeichen der SA, die Medaille der Panzertruppe, das Verwundetenabzeichen, das Eiserne Kreuz. Er packte alles in den Schrank und schwieg fortan darüber.

Als das „Gloria" erklang und der Weihrauchnebel die Kirche füllte, saßen meine Großeltern Charlotte und Matthias in der Bank, zusammen mit ihren Kindern.

Alfred fehlte. Alfred war am Leben, aber immer noch in Kriegsgefangenschaft. Alle anderen Söhne waren schon nach und nach entlassen worden. Wie es ihm wohl erging? Ob er gesund war? Ob er hungern und frieren musste? Ob er schikaniert wurde? Charlotte musste schlucken. Es fiel ihr schwer, aufmerksam zuzuhören. Der Pfarrer verlas die päpstliche Weihnachtsbotschaft:

Das Wort Nachkrieg ist ein schmerzlicher und doch sehr bezeichnender Ausdruck für die Zeit, die wir durchleben. Wie lange noch wird es dauern, bis alle materiellen und moralischen Verwüstungen behoben sind! Viel guter Wille, Zeit und Mühe werden dazu gehören, um die Welt zurückzubringen vom Wege des Hasses zu Ordnung, Gesetz und Frieden!

Die Beine schmerzten ihr, als sie zurückgingen zu ihrer Wohnung im Bürgermeisteramt. Aber was war das schon gegen die Schmerzen und Entbehrungen, die andere zu ertragen hatten, sagte sie sich. Eine kleine Prüfung, die sie zu bestehen hatte, sonst nichts. Und alle in der Familie hatten Schuhe an den Füßen, immerhin, andere Menschen nicht. Sie hatten es doch gut.

Der hohe Schnee knirschte wie alle Jahre wieder. Aber es war nicht wie immer, dieses Weihnachtsfest.

Es fröstelte meine Oma Charlotte von innen.

Als die Männer an den Tischen Platz genommen hatten, trat der Lagerführer vor und hielt eine kleine Ansprache. Dann sangen sie: „Oh du fröhliche, oh du selige, gnadenbringende Weihnachtszeit". Und: „Stille Nacht, heilige Nacht".

An jedem Sitzplatz lag ein Programmheft mit den Liedtexten. Fein säuberlich getippt, auf Wachsmatrize vervielfältigt. Vorn drauf, auf dem kleinen Titelblatt, die Zeichnung eines Tannenzweigs mit einer brennenden Kerze.

Der Raum war gefüllt mit deutschen Soldaten. Ehemaligen Soldaten. Jetzt waren sie Kriegsgefangene. Prisoners of War. „POW" stand auf den Armbinden, die sie tragen mussten und „POW" stand auch auf dem Programmheft, aus dem sie jetzt sangen: „Am Weihnachtsbaume die Lichter brennen".

Anschließend Kaffeepause. Irgendwer hatte es geschafft, etwas zu organisieren, ein paar Kekse aus Armeebeständen, eine Ration Zigaretten.

Dann, als Höhepunkt und Überraschung, der Auftritt des Christkindes. Einer nach dem anderen wurde aufgerufen, musste nach vorn kommen und bekam dann die Leviten gelesen. Die guten und die schlechten Taten wurden in Reimen vorgetragen und jeder erhielt ein Geschenk.

Mein Onkel Alfred wurde ermahnt, seine Kameraden beim Skatspiel wenigstens ab und zu einmal gewinnen zu lassen. Er erhielt ein Gedicht voller persönlicher Anspielungen, liebevoll in Schmuckschrift angefertigt.

Die französischen Wachsoldaten hatten ihren Kriegsgefangenen die Feierstunde am Heiligen Abend genehmigt. Das Lager befand sich in Lothringen, kaum hundert Kilometer entfernt von der saarländischen Kleinstadt, in der Alfred von seiner Familie sehnlich erwartet wurde.

Als der Krieg zu Ende war, betrachteten es die Besatzungsmächte als ihr gutes Recht, deutsches Eigentum in Besitz zu nehmen, zum Ausgleich für die unermesslichen Schäden, die der Krieg in ihren eigenen Ländern verursacht hatte. Plünderungen durch die Besatzungssoldaten gehörten zum Alltag, bis ihre militärischen Führungen es ihnen schließlich verboten. Danach wurden, im ganz großen Stil und auf Anweisung der Regierungen, Industriegüter in die Länder der Siegermächte geschafft. Lokomotiven und Schiffe, Traktoren, Rohstoffvorräte, Maschinen und Anlagen, ganze Hochöfen, Walzwerke und Industrieanlagen aller Art wurden demontiert und abgefahren.

Damit von Deutschland nie wieder ein Krieg ausgehen könnte, sollten seine Überreste in ein Agrarland aus der vorindustriellen Zeit zurückverwandelt werden. So planten es amerikanische Politiker.

Die Kruppschen Werke in Essen waren bereits durch die jahrelangen Luftangriffe in ihrem Kern schwer beschädigt. Was noch brauchbar schien, wurde abgebaut und in englischen Industriestädten wieder eingebaut. Der Firmenchef kam vor das Kriegsverbrechertribunal und wurde zu einer langen Gefängnisstrafe verurteilt.

Mein Onkel Adalbert hatte in der Kruppschen Artilleriekonstruktion gearbeitet und war erst in den letzten Kriegsmonaten zur Wehrmacht eingezogen worden. Als schließlich alles zusammenbrach, warf er sein Gewehr weg und lief zu Fuß zu seiner Familie. Frau und Kind hatte er schon längst aus Essen weggebracht – in sein Heimatdorf in der Rhön.

Der Ingenieur war jetzt arbeitslos.

Er hatte fast alles verloren, was er sich im Lauf der Zeit aufgebaut hatte. Den begehrten Posten in der abgeschirmten Abteilung. Die Kollegen, die genauso wie er fasziniert waren von den Hochleistungsgeräten, die sie entwarfen und erprobten. Die Herausforderungen, die der Kanonenbau an die Ingenieurskunst stellte, die vielen Fragen von Material, Ballistik und Lenkung. Die schöne Werkswohnung auf der Margaretenhöhe. Und all die Annehmlichkeiten des Lebens in der Großstadt.

Jetzt war er wieder zurück. Jetzt steckte er wieder zwischen Stall und Misthaufen fest, zwischen Acker und Milchkanne, Huflattich und Schmeißfliegen. Er hatte sich sein Leben anders vorgestellt.

Sein Bruder Josef sollte eigentlich eines Tages den kleinen Bauernhof übernehmen. Aber Josef war in Russland gefallen.

„Der kommt nicht wieder", sagte seine Mutter Mathilde. Nein, Josef kam nicht wieder. Genauso wenig wie Hermann und wie August.

Adalbert war der einzige Sohn, den die Witwe noch hatte.

„Endlich wieder ein Mann im Haus", sagten die Nachbarn.

Adalbert versorgte die Landwirtschaft, molk die Kühe, bestellte die Felder, sobald er Saatgut auftreiben konnte, reparierte die Zäune, grub den Garten um. Insgeheim hoffte er darauf, dass es für ihn doch wieder eine Zukunft in Essen geben würde.

Für seine Frau Luise war alles noch viel schwerer. Zunächst war sie erleichtert gewesen, weil sie hier im Dorf keine Angst vor Fliegerbomben haben musste. Aber als der Krieg vorbei war und das Landleben für sie kein Ende nahm, bekam sie furchtbares Heimweh nach Essen. Sie vermisste ihre Freundinnen, die Geschäftsstraßen, das quirlige Leben, die großen Kirchen. Die Gruga, wo sie sich verliebt hatte.

Luise fühlte sich fremd im Dorf. Sie verstand kein Wort, wenn die Nachbarinnen in ihrem Rhöner Dialekt miteinander redeten. Sie hatte keine Ahnung vom Gartenbau und von der Hühnerzucht, obwohl das doch von allen Hausfrauen hier erwartet wurde. Sie hatte die höhere Schule abgeschlossen und war damit weit und breit die Einzige. Sie fiel sonntags in der Kirche auf, mit ihrer schönen, klaren Stimme. Sie sang dieselben Lieder aus dem Gesangbuch wie die Frauen um sie herum, aber aus ihrem Mund klang das anders. Hochdeutsch. Sie war anders als die anderen.

Luise wohnte mit ihrer Schwiegermutter unter einem Dach. Sie erlebte die andauernde Trauer, die die alte Frau erfüllte, ihren tiefen Schmerz und ihren inneren Rückzug.

Luise stemmte die Heuballen auf den Leiterwagen, sammelte auf dem Acker zuerst die Käfer und später die Kartoffeln auf, lernte melken und schlachten.

Luise machte Pakete mit Mehl fertig, versteckte Eier in der Mitte und schickte sie nach Erfurt, denn der Pfarrer hatte gesagt, dass die Flüchtlinge in der sowjetischen Besatzungszone an Hunger litten.

Als die Schneeglöckchen blühten, wusste sie, dass wieder ein Kind unterwegs war.

Als alles in Scherben lag, musste meine Großtante Anna ihr Ladengeschäft in Friedrichsthal allein weiterführen. Anna verkaufte Haushaltwaren, Geschirr und Lampen. Ihr Bruder Julius war Uhrmacher und hatte seine kleine Werkstatt im gleichen Raum, etwas abgeteilt hinter Regalen und Auslagen. Doch Julius war mit einem Gefangenentransport nach Übersee verschifft worden, in die Vereinigten Staaten von Amerika.

Die beiden Geschwister waren unverheiratet. Sie hatten nicht nur den Laden gemeinsam, sondern auch die Wohnung darüber. Darin lebte Anna jetzt allein.

Auf Anna kamen ganz schlechte Zeiten zu. Es gab kaum noch brauchbare Waren. Außerdem hatten die Kunden sowieso kein Geld für Porzellan, Blumenvasen und Armbanduhren.

Als die böse Krankheit schlimmer wurde, musste Anna den Laden schließen.

Als sie starb, war ihr Bruder immer noch in Gefangenschaft.

Als es in Berlin kaum noch etwas Essbares gab, fuhr Karins Mutter zum Hamstern raus nach Brandenburg.

Sie hatte etwas in den Rucksack gepackt, was sie vielleicht eintauschen könnte. Etwas, das die Bauern würden haben wollen, im Tausch gegen Kartoffeln oder gegen ein Brot. Wenn nicht, half nur noch betteln. Manche Landleute zeigten sich gnädig und rückten etwas heraus. Andere machten die Tür erst gar nicht auf oder drohten damit, den Hund von der Kette zu lassen.

Sie legte lange Wege zurück. Von Tür zu Tür, von Hof zu Hof. Wenn man in den weiter entfernt liegenden Dörfern unterwegs war, hatte das den Vorteil, dass dort vielleicht nicht so viele andere Berliner Hamsterfahrer herumstrichen. Aber dann wurde die Zeit oft knapp, um rechtzeitig vor der Sperrstunde wieder zurück zu sein.

An der Stadtgrenze wurde die Mutter regelmäßig kontrolliert. Sie hatte es sich angewöhnt, immer drei Zigaretten obenauf zu legen, säuberlich verpackt. Ihr Mann baute den Tabak auf dem Balkon an. „Moabiter Feinschnitt", sagte er, wenn er die Krümel in ein glatt gestrichenes Stück Papier einrollte. Die russischen Soldaten wollten sehen, was sie im Rucksack hatte, nahmen sich die Zigaretten und waren damit zufrieden.

Als die Not größer wurde, fuhr meine Oma Friedel zum Hamstern in den Hunsrück, in der Hoffnung, bei Verwandten etwas auftreiben zu können. Gemüse und Obst hatte sie selbst im Garten. Aber ein Stück Wurst, Butter oder Speck waren kaum zu bekommen, schon gar nicht auf Lebensmittelkarte. Sie fuhr ungern. Es war ihr unangenehm. Aber was sollte sie sonst machen?

Die Zugfahrt war keine Vergnügungsreise. Die Waggons hatten meistens keine Glasscheiben mehr und stattdessen zugenagelte Fenster. Wenn sie Pech hatte, musste sie in einem Güterwagen stehen. Aber das war immer noch besser, als oben auf dem Dach zu sitzen, wie es andere zu Dutzenden machten.

Auf der Rückfahrt hielten die Züge besonders lange am ersten Bahnhof im Saargebiet. Französische Beamte stiegen ein und kontrollierten alles. Wer auffällig viel bei sich hatte, und das konnte schon ein Sack Kartoffeln sein, wurde verdächtigt, Schwarzhandel zu betreiben und bekam Scherereien.

Als Deutschland ruiniert war, zählte die Reichsmark kaum noch etwas. Hitler hatte das Geld, das er für seine Kanonen brauchte, ganz einfach drucken lassen. Jetzt waren die Scheine nichts mehr wert.

Es galt die Zigarettenwährung. Zwei Reichsmark und achtzig Pfennige war der offizielle Preis für ein Päckchen mit zwanzig amerikanischen Zigaretten. Aber im Laden gab es sie nicht zu kaufen. Auf dem Schwarzmarkt kosteten sie siebzig bis einhundert Reichsmark. Selbstangebaute waren billiger. Und dann gab es überall in den Städten noch die Kippensammler. Kinder, Jugendliche und Erwachsene. Sie sammelten die weggeworfenen Stummel auf der Straße auf. Aus sieben Kippen drehten sie eine Gebrauchte. Auch die konnte man noch verkaufen.

Alles wurde getauscht. Teppiche gegen Schuhe, Goldschmuck gegen Brot, Kleidung gegen Petroleum, Pelzkragen gegen Corned Beef.

Mein Opa Otto, der Steiger, konnte einiges bei den Bergleuten seiner Grube eintauschen. Die meisten von ihnen hatten zu Hause eine kleine Landwirtschaft, vor allem die aus der Pfalz. Er bot ihnen etwas an, fragte nach Wurst und brachte dann nach Hause, was er hatte organisieren können.

Eines Tages musste meine Mutter eine ihrer Puppen abgeben. Dafür kam dann irgendetwas Essbares ins Haus.

Als alles zusammengebrochen war, sah meine Tante Margret ihre Chance für einen neuen Anfang. Ihr Vater hatte von ihr verlangt, dass sie eine kaufmännische Ausbildung machte. „Das ist etwas Solides", hatte er gesagt. „Mach's wie deine Brüder. Du wirst schon sehen: Was du da lernst, kannst du immer gebrauchen. Und wenn es nur für deine eigene Kassenführung ist, später, wenn du mal deine eigene Familie hast."

Margret hatte brav ihre Lehre bei der Reichsbahnverwaltung in Essen absolviert. Aber der Beruf machte ihr keine Freude. Das Leben zwischen Zahlen, Formularen und Büropflanzen wurde ihr bald unerträglich. Ihr Traumberuf war ein ganz anderer.

Ausgebombt hatte die Familie im Saargebiet Obdach gefunden. Margret konnte sich daraufhin zur Bahndirektion in Saarbrücken versetzen lassen. Deren Verwaltung wurde gegen Ende des Krieges wegen der fortgesetzten Bombardierung nach Neustadt an der Weinstraße verlegt. „Das mache ich nicht mehr mit", beschloss sie.

Als der Krieg vorbei, der erste Winter vorüber und die Luft lauer war, machte sie sich auf den Weg nach Essen.

Es wurde eine schwierige Reise. Es gab keine Zugfahrpläne. Ob ein Zug fuhr und wann und bis wohin – das konnte niemand verlässlich sagen. Wie die Grenzkontrolle ausfallen würde beim Übergang von der französischen in die britische Besatzungszone – das war ungewiss. Und dass es unterwegs etwas zu essen geben würde – das war sehr unwahrscheinlich.

Margret konnte auf einem Kohlenhaufen mitfahren. Es war der einzige Platz, den sie finden konnte. Auf dem Tender, gleich hinter der Dampflokomotive. Das war nicht bequem. Aber von vorn kam nicht nur der kalte Fahrtwind, sondern auch etwas Wärme von der Lok.

Sie wusch sich in Essen im Haus einer Schulfreundin. Dann sprach sie in dem Krankenhaus vor, in dem sie selbst als Kind Patientin gewesen war. Sie fand Fürsprecher und bekam die Zusage für einen Ausbildungsplatz.

Im Sommer, mit zwanzig Jahren, begann sie ihre große Krankenpflegeausbildung. Ihr Traum ging in Erfüllung.

Es störte sie nicht, dass sie in einem Schlafsaal mit sechzehn Schwesternschülerinnen auskommen musste. Sie war glücklich.

Sie war wieder in ihrer alten Heimat und konnte ihre Freundinnen wiedersehen.

Schlimm war nur, dass es im Krankenhaus an allem mangelte. Verbandszeug, Medikamente, Thermometer, Besteck: Alles war knapp. Für die Säuglinge gab es keine Windeln, zum Putzen keine Aufnehmer.

Ganz zu schweigen von der Ernährung der Patienten. Die Krankenanstalten hatten den Gruga-Park zugewiesen bekommen und dort große Gemüsebeete angelegt, die Tag und Nacht bewacht werden mussten. Aber das reichte einfach nicht, um alle zu verpflegen.

Der Gruga-Park, die Große Ruhrländische Gartenaus-
stellung, war ohnehin zerstört. Die berühmte Dahliena-
rena bestand nur noch aus einer einzigen großen Pfütze.
Und der Aussichtsturm mit seinen zahllosen Löchern
war einsturzgefährdet. Die Essener nannten ihn den
„Durchsichtsturm".

Als der Krieg schon länger als ein Jahr vorüber war, be-
kam Alfred endlich seine Entlassungspapiere und einen
Passierschein. Er setzte sich in den Zug und fuhr von
Lothringen in Frankreich über Saarbrücken weiter in
die französische Besatzungszone, wo seine Eltern und
Geschwister neuerdings lebten.

Charlotte spürte unendliche Dankbarkeit, als sie ihren Sohn in die Arme schließen konnte. Sicher, sie hatte
schon mehrmals Post von ihm bekommen, kurze Nachrichten auf vorgedruckten Postkarten der amerikanischen Streitkräfte, sie wusste, dass es ihm gut ging, aber
sie wusste auch, dass alle Kriegsgefangenen so etwas
schrieben, um ihre Angehörigen zu beruhigen.

Jetzt stand er vor ihr und er sah gar nicht mal so
schlecht aus.

Abends, als alle da waren und sich eine Flasche Bier in
kleinen Gläschen teilten, erzählte er von seiner Kriegsgefangenschaft. Er hatte es gut gehabt. Er war als POW
in Frankreich eingesetzt im Bahnhof von Thionville. Er
und seine Kameraden dienten als Hilfskräfte in einer
Transitküche. Ihre Aufgabe war es, durchreisende amerikanische Truppen zu verpflegen. Sie waren also buchstäblich von Lebensmitteln umgeben und litten keinen
Hunger. Im Gegenteil.

„Die Kraut-POW in Thionville sind die fettesten und
bestgenährten, die wir in Europa je gesehen haben", hieß
es in dem empörten Leserbrief eines GI, den die Solda-

tenzeitung *Stars and Stripes* im August abgedruckt hatte und den Alfred aus der Hosentasche zog.

Die Kraut-POW konnten sich einigermaßen frei bewegen, auch außerhalb ihres Lagers, sie hatten verträgliche Vorgesetzte und vertrieben sich die freie Zeit hauptsächlich mit Skat-Turnieren. Alfred zeigte Fotos von gut gelaunten Kameraden in weißen Jacken vor ihrer Wohnbaracke.

Charlotte schnitt einen Sommerapfel, den sie geschenkt bekommen hatte, in kleine Stücke und stellte das Tellerchen in die Mitte. Sie war so froh wie schon lange nicht mehr. Sie hatte ihre Lieben um sich und wer in der Runde fehlte, den wusste sie in guten Händen: den Sohn, der in Essen verheiratet war und der schon wieder einen Posten im Beruf hatte, die Tochter, die in der Rhön verheiratet war und die andere Tochter in der Krankenschwesternausbildung. Alle anderen saßen hier vereint an einem Tisch. Sie alle hatten den Krieg überlebt, die Ungewissheit, die Gefangenschaft. Fünf Söhne hatten bei der Wehrmacht gedient, und alle waren sie heile wieder zurückgekommen. Dieses Glück war kaum zu fassen.

Sicher, zwei hatten diese Schussverletzungen an der Hand. Aber waren das nicht auch glückliche Fügungen des Schicksals? Es hatte beide vor ihrem weiteren Einsatz in Russland bewahrt, und wer weiß, was ihnen dort noch widerfahren wäre. Der Älteste war seitdem ein bisschen eingeschränkt beim Klavierspielen, der andere beim Tischtennis, so sagte er jedenfalls. Aber was machte das schon aus?

Die Männer sprachen über Bekannte und Verwandte, die ebenfalls Glück gehabt hatten. Über ihren Cousin Helmut, der bei einer Fernmeldeeinheit in Italien funkte. Er war mit seinen Leuten in einer Villa in der Toskana einquartiert und verschickte Nachrichten, die sie mit der allergeheimsten Codiermaschine Enigma verschlüsselt hatten. Sie wurden immer häufiger von amerikanischen Bombern überflogen, die aus Süden auftauchten und weiterflogen, ohne sie anzugreifen. Später erfuhren sie, warum: Die Amerikaner hatten längst den Code geknackt und horchten alle Nachrichten ab.

Sie sprachen über ihren Nachbarn Otto, den Schornsteinfeger. Der war in Russland in Kriegsgefangenschaft geraten und hatte sich dort nützlich machen können. Er setzte das kaputte Militärbadehaus wieder in Gang und war von da an zuständig für die Heizungs- und Wassertechnik. Er bekam genug zu essen und ab und zu sogar etwas Besonderes zugesteckt, denn er konnte die Abläufe so organisieren, dass zahlende männliche Gäste durch kleine Astlöcher zuschauen konnten, wenn die weiblichen Armeeangehörigen badeten oder in der Sauna saßen.

Sie sprachen über Günther, der mit dem letzten Schiff aus Danzig kam, total überfüllt mit Tausenden Passagieren, Soldaten, Flüchtlingen. Der Dampfer wurde von U-Booten getroffen, sank, mitten im Winter in der Ostsee, fast alle an Bord ertranken, 9000 Menschen, Günther aber nicht, obwohl er doch sogar ein Bein in Gips hatte, weswegen er von der Front wegtransportiert werden sollte, Wahnsinn, so ein Glück. Ja, genau, die „Gustloff".

Sie sprachen auch über ihre Cousins, die vor dem Krieg in die Vereinigten Staaten ausgewandert waren und längst die amerikanische Staatsbürgerschaft besaßen. Hatten sie womöglich auf der anderen Seite gekämpft? Hatten sie vielleicht sogar einander gegenüber gestanden, mit dem Finger am Abzug, ohne es voneinander zu wissen, Cousin gegen Cousin?

Sie sprachen auch über andere, die nicht so viel Glück hatten. Schulkameraden, Kollegen, Kriegskameraden, die als Versehrte zurückgekommen waren. Ohne Bein. Ohne Arm. Ohne Auge. Oder von denen man gar nichts wusste.

Sie sprachen auch über ihre Cousine Martha. Sie und Heinrich hatten per Fernhochzeit geheiratet. Martha zu Hause vor dem Schreibpult des Standesbeamten, Heinrich am selben Tag irgendwo in Russland vor dem Kartentisch seines Offiziers. Offizielle Briefe gingen hin und her und damit war die Heirat besiegelt. Als das Kind zur Welt kam, war sein Vater schon tot. Gefallen an der Ostfront, hieß es. Das Hochzeitsfoto zeigte Martha allein. Auf dem Stuhl neben ihr ein Stahlhelm, als Stellvertreter des Bräutigams. Jetzt war Martha Witwe.

Charlotte wusste von unzähligen Frauen, die ihre Männer oder ihre Söhne verloren hatten. „Nach einer langen Zeit der Ungewissheit erhielten wir heute die traurige Nachricht, dass mein treuer Ehemann ...“ „Nach langem, vergeblichem Hoffen auf ein Wiedersehen wurde uns mitgeteilt, dass unser einziger Sohn ...“ Die Zeitungen waren voll von solchen Traueranzeigen.

Dann die Suchanzeigen: „Wer weiß etwas über meinen Sohn ..., zuletzt in Russland, ...“ Es waren schließlich so viele, dass die Redaktionen sich darauf beschränken mussten, nur den Namen und die letzte Adresse zu veröffentlichen, um Platz zu sparen.

Und jeden Abend im Rundfunk die Meldungen des Suchdienstes. „Wer kann Auskunft geben über ...?“ Familien suchten ihre Angehörigen, die sie im Krieg oder in den nachfolgenden Wirren aus den Augen verloren hatten und deren Schicksal ungewiss war. Eltern suchten ihre Kinder, Kinder ihre Eltern. Ausgebombt, vermisst, verschollen: Diese Wörter hörte man immer und immer wieder. Jeden Tag. „Sie hören den Suchdienst. Wir bitten die Hörer, die Auskunft über den Verbleib der Genannten geben können, an die Suchdienststelle ...“

Nie würde Charlotte diese Stimmen vergessen. Die Sprecher lasen ihre endlos langen Listen betont langsam und überdeutlich vor.

In ihrer Verzweiflung liefen die Leute sogar zu einem Hellseher. Bis zu dreihundert briefliche Anfragen täglich aus dem In- und Ausland bekam ein Steinmetz, der von sich behauptete, das Schicksal von vermissten Soldaten erspüren zu können. Er kassierte zigtausende Reichsmark, bis ihm die alliierte Militärverwaltung das Handwerk legte.

Charlotte dankte ihrem Herrgott in ihren persönlichen Gebeten und in jeder Messe, die sie besuchte. Sonntags, wenn sie mit ihren erwachsenen Kindern zur Kirche ging, glaubte sie, die neidischen Blicke aus den Bänken in ihrem Rücken zu spüren. Das konnte sie ihren Mitmenschen nicht verdenken.

Als die Fragebögen kamen, machte meine Oma Friedel sich große Sorgen. Ihre Familie hatte den Krieg unversehrt überstanden, auch die schlimme Zeit der Stunde null, als niemand wusste, wie es weitergehen würde. Und jetzt drohte ihnen neues Unheil.

Friedel kannte viele, die in jüngster Zeit ihre Arbeitsstelle plötzlich verloren hatten. Sie hörte von anderen, die verhaftet worden waren und jetzt, von ihren Familien getrennt, irgendwo in einem Umerziehungslager interniert waren. Einigen drohte sogar ein Prozess.

Hatten sie nicht schon genug mitgemacht? Waren sie nicht schon genug durchgeschüttelt worden vom Auf und Ab, von den Notzeiten und Ungewissheiten in all den Jahren? Von den Sorgen um die Zukunft? Von Obrigkeiten, die vieles versprachen und es dann doch nicht wahr machten?

Jetzt sollte jeder Deutsche über achtzehn dieses Formular ausfüllen. Zwei Seiten voller Fragen. Zuerst: Name, Vorname, Adresse und so weiter. Aber es war klar, worum es den Besatzungsmächten ging: Sie wollten alle herausfinden, die in der Partei gewesen waren. Oder etwas Ähnliches. Sie wollten alle schnappen. Keiner sollte ihnen entgehen.

Was konnte man dagegen tun? Nichts. Es hatten doch so viele mitgemacht, zuerst bei der Bewegung und auch später, als die Bewegung in ihrem Siegeszug nicht mehr aufzuhalten war. Erst recht nach der Machtergreifung und als es dann wieder aufwärts ging mit Deutschland. Und dann, als der Krieg anfing, als die vielen Siegesmeldungen kamen, die Eroberungen, all die guten Nachrichten – da waren doch fast alle dafür, oder etwa nicht? Fast alle hatten Fahnen aufgehängt an Führers Geburtstag: Nachbarn, Kollegen, Verwandte, eigentlich fast alle, die man kannte, oder etwa nicht? Die meisten waren keine echten Nazis, jedenfalls keine Hundertprozentigen, bestimmt nicht, aber jetzt kriegten sie den Schwarzen Peter in die Hand gedrückt. Als ob sie an allem schuldig wären.

Die führenden Parteigenossen hatten sich längst aus dem Staub gemacht. Das Braune Haus, ein paar Hundert Meter weiter an der Bahnhofstraße, stand leer. Alle waren plötzlich weg, alle, die kürzlich noch von den Wunderwaffen und vom Endsieg geredet hatten. Nicht sie kamen vor den Kadi, nein, stattdessen sollten die kleinen Leute büßen.

Friedel fand es ganz und gar ungerecht, was jetzt passierte.

Die Erinnerung an schlechte Zeiten steckte tief in ihr. Die große Enttäuschung nach ihrer Banklehre. Die Wirtschaftskrise, derentwegen sie nicht weiterbeschäftigt wurde. Die Stellen als Verkäuferin oder Buchhalterin in irgendwelchen Geschäften, damit sie überhaupt Arbeit hatte. Die französische Besatzungsmacht nach dem ersten Krieg, die immer wieder mit Schikanen in den Alltag hereinfunkte. Das große Durcheinander in Berlin.

Und dann endlich die Saarabstimmung. Heim ins

Reich. Von da an wurde vieles wieder besser. Die Kinder waren da, wuchsen auf und Otto hatte seine sichere Arbeit auf der Grube. Sie hatten die schöne Dienstwohnung, sie hatten Kohle, Wasser und Strom umsonst, eine gute Krankenversicherung und noch dazu allerhand andere Vorteile, wie alle Bergleute.

Arbeitslose sah sie keine mehr, seitdem Hitler mit den Autobahnen angefangen hatte. Und dass keine Roten an der Regierung waren und dass der Führer dem Chaos in der Politik den Garaus gemacht hatte, das hatte sie beruhigt.

Aber dann kam dieser furchtbare Krieg, der so viele Tote und so viel Zerstörung mit sich brachte und doch verloren wurde.

Und jetzt war das Saargebiet schon wieder von den Franzosen besetzt. Und die spielten sich schon wieder als die Herren auf.

Die Förderung lief längst wieder, aber die meiste Kohle wurde direkt nach Frankreich abtransportiert. Die Bergleute waren deswegen in Wut. Hinzu kam, dass ihnen die Zuteilungen für den privaten Hausbrand gekürzt wurden.

Friedel und Otto überlegten, ob er wirklich alles ausfüllen sollte. Man könnte vielleicht die eine oder andere Zeile leer lassen. Sie kannten aber schon genug Beispiele von Leuten, die angeschwärzt worden waren. „Warnung! Unvollständige Angaben werden gerichtlich verfolgt", stand in fetter Schrift auf dem Formular.

Die Fragebögen wurden eingesammelt und dann kam jeder Deutsche in eine von fünf Kategorien. Es gab: Unbelastete, Mitläufer, Minderbelastete, Belastete oder Hauptschuldige.

Mit seiner Einstufung bekam Otto schwarz auf mitgeteilt, dass er ab sofort degradiert wurde. Er konnte seinen Posten als Grubensteiger behalten, aber sein Gehalt wurde drastisch gekürzt. Gleiche Arbeit wie vorher, aber nur für einen Hauerlohn.

Und aus welchem Grund? Mein Opa Otto war Mitglied der NSDAP. Und außerdem der Kassenführer der Ortsgruppe. Die Ortgruppe war klein, weil die Grubensiedlung klein war. Und Otto saß viel lieber zu Hause auf seiner Gartenbank als dass er bei irgendwelchen Aufmärschen oder Kundgebungen angetreten wäre. Das half ihm aber nichts. Er war nun einmal Parteigenosse und Funktionär. Daran gab es nichts zu deuteln.

Für meine Oma Friedel hieß das: Ihr Haushaltsgeld wurde noch knapper. Kaufen konnte man von der Reichsmark sowieso fast nichts mehr. Mehl und Salz und Zucker und Waschpulver waren nur noch auf dem Schwarzmarkt zu bekommen, vielleicht, und dann auch nur zu horrenden Preisen.

Zum Glück brachte Otto jeden Tag in seinem Blechgeschirr eine Portion Nudelsuppe nach Hause. Die bekamen die Bergleute auf der Schicht umsonst. Friedel verteilte sie an die beiden Mädchen. Christel sah gesund aus, aber Hilde war für ihre zwölf Jahre viel zu dünn.

Als die Deutschen hungerten, packten Amerikaner Pakete. Sie schickten Lebensmittel in das Land, gegen das sie Krieg geführt hatten, weil sie nicht wollten, dass Menschen an Hunger starben. Die ersten Lieferungen kamen aus den USA direkt an Verwandte oder Bekannte in der alten Heimat. Dann, zu Hunderttausenden, die begehrten CARE-Pakete mit ihrer Standardausstattung von sagenhaften 40 000 Kilokalorien aus Fleisch, Fett, Honig und Schokolade.

Im neutralen Schweden wurden Spendengelder gesammelt und nach Deutschland weitergegeben. Für Kleinkinder in den am meisten zerstörten Großstädten wurde davon die „Schwedensuppe" finanziert. Auch im

Ruhrgebiet, wo die Säuglingssterblichkeit zeitweise bei zwanzig Prozent lag, erhielten tausende Kinder täglich eine warme Mahlzeit. Die Schweden hatten zu Hause selbst mit einer Lebensmittelrationierung auszukommen.

Britische Quäker organisierten die „Quäkerspeise". Die Schulkinder mussten nur Teller und Löffel selbst mitbringen und ihre Portion an Ort und Stelle aufessen. Mitnehmen war ihnen verboten. Wenn es keine Suppe gab, dann Haferbrei und Kakao.

Die Briten hätten allen Grund gehabt, die Deutschen ihrem Hunger zu überlassen. Auch in Großbritannien galt strenge Lebensmittelrationierung und es herrschte Knappheit an allem. Jeder, ob klein oder groß, jung oder alt, wusste, womit dieses Elend angefangen hatte: damit, dass Deutschland England angegriffen hatte. Unvergessen waren die Luftschlacht um England, die Raketen und Bomben auf London und Coventry, die vielen toten Zivilisten und Soldaten, die der Krieg das Inselreich gekostet hatte, zu Hause und an der Front auf dem Kontinent. Trotzdem spendeten die Mitglieder der Glaubensgemeinschaft Geld für Deutsche. Sie schickten Lebensmittel, Medikamente und Kleidung über den Kanal und verteilten sie an Bedürftige.

Barbara war eine von den Quäkern. Sie begleitete den ersten Hilfstransport nach Dortmund und kam in Kontakt mit meiner Großtante Else, die dort als städtische Fürsorgerin tätig war. Die beiden Frauen organisierten die Verteilung und lernten sich dadurch näher kennen. Sie schlossen Freundschaft und blieben brieflich in Verbindung.

Als die ersten Zeitungen erschienen, dünne Ausgaben, die von der Militärregierung überwacht wurden, füllten vor allem zwei Themen die Seiten: die politische

Entwicklung in Deutschland und die Ernährungsfrage. Alles Übrige waren Randnotizen.

Auch der Sport. Die Neue Westfälische Zeitung berichtete über die Rugby-Ergebnisse in der britischen Liga. Aber wen interessierte das schon? Dann schon eher die Ankündigung, dass in Berlin eine neue Radrennbahn geplant wurde. Schade allerdings um die schönen Holzplanken; die wurden eigentlich für andere Aufgaben dringender benötigt.

Im Fußball spielte Schalke gegen Preußen Münster 6:0.

Der 1. FC Saarbrücken gewann die Meisterschaft in der französischen Zone.

Die deutsche Fußballmeisterschaft wurde zwischen Nord-, West- und Süddeutschland ausgetragen, wobei aus jeder Zone die sechs besten Mannschaften teilnahmen.

Meine Mutter schnitt die Zeitungen in handliche Stücke, zog ein Stück Schnur hindurch und hängte die Paketchen an einem Nagel in der Toilette auf. Das war ihre Aufgabe im Haushalt.

Als mein Opa Matthias einen andern Posten in der Kreisverwaltung übernahm, wurde ihm eine näher gelegene Wohnung zugewiesen. Die Familie zog um in ein kleines Dorf in der Nähe der Kreisstadt St. Wendel. Dort stand ihr ein stattliches, intaktes Haus zur Verfügung, großzügig gebaut, mit zwei Stockwerken und Garten. Die Wohnung war viel größer als jene, die sie zuletzt in Essen bewohnt hatte.

Es war das Haus des Schulrektors. Er saß in Süddeutschland im Internierungslager. Seine Familie war ihm dorthin gefolgt und hatte die Möbel zurückgelassen.

Matthias saß am liebsten im Herrenzimmer an dem großen Schreibtisch. Dort rauchte er seine Zigarren, wenn er welche hatte organisieren können, und las in Ruhe die Zeitung.

Meine Oma Charlotte besorgte Küche und Haushalt, was nicht einfach war, denn es gab so gut wie alles nur gegen Bezugsscheine. „Aber", so sagte sie, „Hauptsache ist doch, dass wir ein Dach über dem Kopf haben und gesund sind".

Sie wusste von ihrer Tochter Margret, wie die Verhältnisse in Essen waren. „Einfach unbeschreiblich", so stand es in ihren Briefen. Essen war eine kaputte Stadt. Die Altstadt lag buchstäblich flachgelegt, auch die Münsterkirche mit allem Drumherum. Holsterhausen, wo sie gewohnt hatten, ebenso. Die Menschen hausten in Kellern und Blechhütten, in Ruinen und zerschossenen Baracken. Es gab überall Trümmerhaufen, aus denen ein Ofenrohr ragte, was anzeigte, dass sich darin Menschen verkrochen hatten.

Es dauerte endlos lange, um wenigstens die Straßen vom Schutt zu befreien. Dann wurden als nächstes provisorische Kleinbahnschienen verlegt, damit die Trümmer aufgeladen und weggefahren werden konnten. Das machten oft die Frauen. Die Männer waren noch in Gefangenschaft, vermisst, tot oder invalide. Oder sie hatten vielleicht im Pütt Arbeit gefunden. Wenn das so weitergeht, schrieb die Zeitung, wird es noch etwa dreißig Jahre dauern, bis der Schutt beseitigt ist.

Schlecht war auch die Nachricht, dass im Ruhrgebiet wieder ein Zementwerk abgebaut und ins Ausland gebracht wurde. Baustoffe waren Mangelware, sogar Nägel und Dachpappe. Es gab einfach nichts, um die zerstörten Häuser wenigstens provisorisch wieder herzurichten.

Abends, wenn Matthias von seiner Arbeit zurück war, erzählte er von den Verhältnissen, mit denen er zu kämpfen hatte. Als Amtsbürgermeister war Matthias für die Verwaltung mehrerer Landgemeinden verantwortlich.

Die Wohnungsnot war auch hier allgegenwärtig. Die Bevölkerungszahl stieg stark an, weil Flüchtlinge und Vertriebene in die Gegend kamen, außerdem Familien, die durch Bombenangriffe auf Saarbrücken oder andere Städte ihre Wohnung verloren hatten. Die Behörde sah keine andere Möglichkeit, als Zwangsmittel anzuwenden. Wer ein Haus hatte, musste Zimmer räumen und fremde Menschen aufnehmen. Das führte immer wieder zu Auseinandersetzungen. In sehr vielen Fällen wurde die Polizei gerufen, um den häuslichen Frieden wieder herzustellen.

Auch das Standesamt gehörte zu den Obliegenheiten des Amtsbürgermeisters. Matthias hatte mehr Sterbefälle als Geburten einzutragen. Lichtblicke waren für ihn die Trauzeremonien. Es wurde wieder mehr geheiratet.

Als der Schulrektor aus der Entnazifizierung zurückkehrte, bezog die Lehrerfamilie das Erdgeschoss. Meine Großeltern mussten sich von da an auf die obere Etage beschränken. „Es passen aber viele geduldige Schafe in einen Stall", sagte meine Oma Charlotte wieder einmal. Nach und nach zogen die letzten Kinder aus, um sich eine eigene Existenz aufzubauen. Und mein Opa Matthias war schon lange nicht mehr Amtsbürgermeister. Diese Station seines Berufsweges hatte nur zwei Jahre gedauert. Jetzt wurde er, der Quereinsteiger, nicht mehr gebraucht. Die kommunale Verwaltung lief auch ohne ihn wieder. Und im Rentenalter war er ohnehin.

Als in der Rhön endlich der letzte Schnee geschmolzen war, lag ein langer, harter Winter hinter den Leuten im Dorf. Auch die Ältesten konnten sich kaum daran erinnern, dass jemals so lange strenger Frost geherrscht hatte. Der zweite Frühling im Frieden kam dementsprechend später als sonst.

Adalbert und Luise hatten die Saatkartoffeln weit

hinten im Keller versteckt. Es war ihr eiserner Bestand, unantastbar, auch wenn es schwer fiel. Manchmal waren sie in Versuchung, davon zu essen. Oder an Bedürftige etwas abzugeben. Aber dann hätten sie selbst nichts mehr zum Einpflanzen und für die nächste Ernte gehabt. Die Hamsterleute kamen von weither, sogar von Kassel und von Frankfurt, in das abgelegene Dorf, um zu tauschen oder zu betteln. Einige wenige waren dreist und frech, die meisten aber erbarmungswürdige, armselige Gestalten, durchgefroren, dünn und hohläugig.

Adalbert und Luise hatten es sich zur Gewohnheit gemacht, jedem, der danach fragte, drei Kartoffeln zu geben. Sie wollten niemanden bevorteilen und niemanden leer ausgehen lassen. Sie wollten helfen und mussten doch auch an ihre Familie denken. Drei Kartoffeln. Nicht mehr und nicht weniger.

Die Feldarbeit war mühselig. Es gab kaum Zugtiere im Dorf. Einer hatte einen Pflug mit einer kleinen Schar, vor den sich ein Mann einspannen konnte. Ein anderer hatte ein Pferd mit einem schlecht verheilten Loch in der Hinterbacke, so groß, dass eine Faust hineinpasste. Sie nannten es das russische Pferd. Warum, wusste niemand so genau. Man konnte es gebrauchen, aber wenn in der Ferne am Himmel ein Flugzeug zu hören war, was selten genug vorkam, bäumte es sich sofort auf und machte Anstalten, durchzugehen, egal ob mit Pflug oder mit Wagen dahinter. „Schnell losmachen", schrie dann einer, und wenn es aus dem Geschirr war, lief das Tier in rasendem Galopp bis zum nächsten Waldrand, wo es unter einem Baum zitternd und nassgeschwitzt stehen blieb und sich nur langsam beruhigte.

Sicher, sie hatten das Gemüse aus dem Garten. Aber ansonsten fehlte es an fast allem. Sogar an Pilzen und Beeren im Wald, weil die Städter schon alles absuchten.

Die Frankfurter sammelten auch noch die Bucheckern, um daraus Speiseöl zu pressen.

Sie hatten die Kühe und ein paar Schweine im Stall, aber von den amerikanischen Behörden war genau vorgeschrieben, wieviel Milch und Fleisch sie abgeben mussten und was sie behalten durften. Schwarzschlachtungen waren verboten und wurden streng bestraft.

Adalbert hatte immer noch keine richtige Arbeit gefunden. Mal hier, mal da konnte er auf irgendwelchen Baustellen etwas verdienen, aber an eine Anstellung als Ingenieur war nicht zu denken.

Aus den Zeitungen wussten sie, dass anderswo die Lage kaum besser war. Im Rheinland und in Westfalen nahm die Unruhe zu. Die Tagesration für Erwachsene wurde erneut gesenkt und lag jetzt nur noch bei 750 Kalorien. Wegen der Hungersnot streikten die Bergleute in Bochum. In Düsseldorf gingen 80 000 auf die Straße und verlangten eine bessere Versorgung mit Nahrungsmitteln und die Abschaffung der Besatzungszonen. Jugendliche warfen Fensterscheiben in einem Gebäude der Militärregierung ein und stürzten ein britisches Fahrzeug in einen Teich. Der Ernährungsbeauftragte teilte mit, dass Bayern keine Zuckerlieferungen aus Westfalen bekommen würde, wenn es nicht endlich die geplante Menge an Kartoffeln nach Westfalen liefern würde. Französische Eisenbahner verhinderten die Abfahrt eines Zuges mit Nahrungsmitteln nach Deutschland, weil diese in Frankreich dringender gebraucht würden.

In verschiedenen Städten fanden große Demonstrationen und Kundgebungen statt, in den Gotteshäusern Bittgottesdienste. Eine gemeinsame Kanzelerklärung aller Kirchen, die im ganzen Ruhrgebiet verlesen wurde, brachte zum Ausdruck, das Volk stehe am Rande der Verzweiflung. Ungezählte Menschen seien ohne Ernährung, Kleidung, Heizung und Wohnung, vielfach krank. Sie würden nur noch hoffnungslos vegetieren.

Essen war verwüstet.

Luise, inzwischen siebenundzwanzig Jahre alt, lebte nun schon seit drei Jahren in dem Dorf in der Rhön. Ob sie wollte oder nicht, sie musste in diesem Bauernhof ihren Platz einnehmen und ihren Pflichten als Hausfrau nachkommen. Sie hatte eine Verantwortung für die Menschen, die das Schicksal in diesem Haus zusammengewürfelt hatte: neben ihrem Mann Adalbert die beiden kleinen Kinder und die Schwägerin, die mit ihrem Kind auf ihren Mann wartete. Und eine vierköpfige Familie aus Schlesien, der zwei Räume zur Verfügung gestellt werden mussten. Und die Schwiegermutter Mathilde, die sich innerlich zurückgezogen hatte und die eines Tages aus dem Fenster springen wollte, oben im ersten Stock. Aber das hatte jemand rechtzeitig bemerkt. Sie saß von nun an meistens in der Küche und sah ins Leere. Auch die Elektroschockbehandlung konnte sie nicht heilen von der Trauer um ihre Söhne.

Luise ahnte, dass es kein Zurück für sie gab. Sie würde nie wieder in Essen wohnen.

Als die Zeiten nicht besser wurden, traf meine Großtante Katharina eine Entscheidung. Sie packte einen Koffer, verabschiedete sich von allen Verwandten und Bekannten in dem Bergmannsort an der Saar und fuhr mit der Eisenbahn nach Bremerhaven. Dort schiffte sie sich nach Amerika ein.

Katharina war vierundsiebzig Jahre alt. Ihr Mann, ein Bergmann, war an Staublunge gestorben. Katharina hatte fünfzehn Kindern das Leben geschenkt. Fünf von ihnen waren vor vielen Jahren in die Vereinigten Staaten ausgewandert. „Komm doch zu uns", hatten sie geschrieben, „hier hast du es besser als in der Heimat".

Während der Überfahrt begann sie mit ihren Tagebuchnotizen. Sie benutzte dafür die Rückseiten von Kalenderblättern und beschrieb sie eng, um Platz zu sparen.

Ich ging an Deck und schaute zurück. Ich habe geweint. Ich möchte dem Schiff befehlen, mich zurückzufahren, doch es war zu spät. Ich schaute in die Wellen und dachte: Du fährst mich in die weite, weite Welt, zu neuen Ufern, und zeigst mir den Weg zu einer anderen Heimat. Dann nahm mich die Seefahrt mit ihren Erlebnissen gefangen.

Katharina war sich nicht darüber im Klaren, ob sie nur eine Besuchsreise machen wollte oder für immer umziehen sollte.

„Bleib doch", sagten die Kinder in Pennsylvania und in Wisconsin, „hier hast du es doch gut. Was willst du noch in Deutschland?"

Katharina blieb drei Jahre in den Vereinigten Staaten. Dann war ihr Heimweh so stark, dass sie zurückfuhr.

Sie staunte, als sie nach Deutschland kam. In Bremerhaven war viel mehr geschäftiges Treiben als damals, als sie abreiste. Bei ihrer Fahrt durch das Land sah sie, dass überall wieder Häuser repariert oder neu gebaut wurden. Die Bahnhöfe waren aufgeräumt, die Züge fuhren nach Fahrplan und hatten sogar Speisewagen. Die Schaufenster waren voll mit Auslagen. Es gab anscheinend wieder alles zu kaufen, sogar Dinge, die sie nur aus Amerika kannte. Neue Automodelle fuhren herum, die sie noch nicht gesehen hatte. Und auf einem Reklameschild stand: „Fewa Feinwaschmittel – ich bin wieder da!"

Zuhause hatten fast alle Männer wieder Arbeit. Die Grube förderte in großen Mengen die Kohle zu Tage, die Kokerei war in Betrieb und die Kraftwerke lieferten regelmäßig Strom.

„Im Reich haben sie jetzt eine richtige Demokratie. Und wir? Wir haben immer noch die Franzosen", beschwerten sich die Verwandten. Es wurde auch vom Marshall-Plan geredet, vom Saarstatut, vom Ruhrstatut, von der Montanunion, aber das waren für Katharina böhmische Dörfer. Und Bonn, ach ja, Bonn war neuerdings die Hauptstadt von Deutschland. Was für ein Witz.

An der Saar ging es aufwärts. Es gab wieder Waren, die man lange entbehrt hatte, vor allem preiswerte Lebensmittel aus Frankreich. Die Verwaltung lag wieder in deutscher Hand und die Sperrstunde war schon lange abgeschafft.

Auch Katharina hatte sich verändert. Sie trug bei ihrer Ankunft in der alten Heimat einen neuen Mantel und ein schickes Hütchen. Und außerdem, und das beeindruckte ihre Nachbarinnen am meisten, nicht mehr selbstgestrickte Socken, sondern Nylonstrümpfe.

Als der Krieg schon lange zu Ende war und die Schlote wieder rauchten, saß meine Schwiegermutter Gerda von früh bis spät an der Nähmaschine, denn sie hatte alle Hände voll zu tun. Tagsüber arbeitete sie in der Änderungsschneiderei in Bottrop, abends erledigte sie Gefälligkeiten für Verwandte und Bekannte und verdiente sich damit noch eine Mark dazu. So mancher Rock saß schon wieder zu knapp auf der Hüfte, so manche Hose war zu eng geworden.

Die Leute kauften wieder neue Sachen. Oder sie brachten ihr neue Stoffe, aus denen sie ihnen nach modernen Schnitten etwas schneidern sollte. Das war viel schöner als die elende Flickerei und Trickserei, mit der sie sich in den ersten Nachkriegsjahren hatte abplagen müssen. Nicht nur während der Schneiderinnenlehre, sondern auch noch danach.

Was hatten sie nicht alles zaubern müssen! Aus Nazifahnen Blusen nähen, aber bitte so, dass man es nicht merkte. Aus Wehrmachtsdecken Wintermäntel anfertigen, aber die mussten vorher noch umgefärbt werden, weil die Engländer das so vorschrieben. Aus karierten Bettbezügen Dirndlkleider für die Mädchen entwerfen. Und aus einem alten Stück Stoff nicht eine, sondern bitte zwei Schürzen fertigbringen. Und dann die vielen, vielen kaputten Uniformstücke, die mehr aus Zellulose bestanden als aus vernünftigem Tuch, kaum zu gebrauchen, es war ja nichts anderes da, aber daraus sollte alles Mögliche gemacht werden.

Gott sei Dank war diese Zeit vorbei.

Gerda schaltete das Licht ein und zog einen neuen Faden auf. Sie musste sich die Augen reiben, aber sie wollte noch durchhalten. Ein Kleid war bestellt und das musste in ein paar Tagen fertig sein. Sie sah aus dem Fenster, sah die Rauchfahnen über der Zeche, das rote Glühen vom Stahlwerk, ein paar späte Schwalben.

Sie war froh, dass sie ihre Arbeitsstelle hatte, aber von dem Lohn allein konnte sie kaum etwas zurücklegen. Sie wollte für ihre Aussteuer sparen und bald heiraten. Wie gut, dass sie am Abend zusätzlich verdienen konnte! Es war nicht ganz leicht gewesen, einen Mann zu finden. Es gehörte schon ein bisschen Glück dazu. Männer waren knapp.

Die Nachbarin fiel ihr wieder ein, die mit dem rotgeblümten Kleid, an dem sie den Saum kürzen sollte. Die stickte für ihr Leben gern und traute sich sogar an komplizierte Sachen heran. Die Kundin hatte ihr gestern ein kolossales Bild gezeigt. Es schmückte die Wand hinter ihrem Sofa. Hitlers Berghof in Obersalzberg, mit allem Drum und Dran, mit allen Gebäuden und allen Bergen im Hintergrund. Auf dem Dach wehten sogar die Fahnen. „Die hab ich einfach überstickt", sagte die mit dem rotgeblümten Kleid, „sehen Sie mal, die Hakenkreuze sind alle weg." Man musste schon sagen, das sah richtig gut aus. Dieses herrliche Panorama, die Berchtesgadener

Alpen mit dem Schnee obendrauf. Und alles sehr sauber gearbeitet.

Es musste ja auch mal Schluss gemacht werden mit den ganzen Nazisachen. Man sah nichts mehr davon. Es war sowieso verboten. Gut, dass auch das vorüber war.

Die Nachbarin links, die hatte noch was. Hitlers Büste. Man sollte es nicht glauben. In Metall gegossen, als flaches Relief, so groß wie ein Teller. Sie war eine Hausfrau, die praktisch dachte. „Kann man doch noch gebrauchen", hatte sie gesagt und das Ding in den alten Aluminiumtopf gelegt, aus dem die Hühner im Hof tranken, „damit der leichte Pott nicht mehr bei jedem Wind durch die Gegend fliegt."

Gerda wendete den Stoff auf rechts und säuberte die Nähte, prüfte Borte und Puffärmelchen, kontrollierte ein Knopfloch.

Sie sah einen alten Mann die Straße heraufkommen. Er ging langsam, trug einen Beutel über der Schulter.

Sie suchte in der Schublade nach dem Garn für eine Zierstepperei, nahm die Schere in die Hand.

Der Mann ging immer langsamer, blieb stehen, schaute sich um, ging ein paar Schritte weiter. Die Schultern hingen herunter, er sah todmüde aus, abgerissen.

Etwas an ihm kannte sie. Vielleicht die Art, wie er den Kopf drehte, wie er die Hand gegen die letzten Sonnenstrahlen hob – mein Gott, dachte sie, als sie ihn erkannte. Bernd.

Ihr Bruder Bernd.

Bernd, auf den sie schon so lange warteten. Von dem sie nur wussten, dass er in Russland in Gefangenschaft war. Ein, zwei Briefe hatten sie in all den Jahren von ihm bekommen, mehr nicht.

Es war Bernd.

Er stand da, ein, zwei Häuser weiter, als ob er nicht wüsste, was er machen sollte. Dünn sah er aus.

Gerda ließ Garn und Schere fallen. Das Herz schlug ihr bis in den Hals. Sie saß wie versteinert. Es brauste in ihren Ohren.

Bernd, der Älteste, der große Bruder, der Lustigste von allen. Er war kaum wiederzuerkennen.

Sie wusste nicht, wie sie ihn begrüßen sollte.

Sie zögerte, ging dann doch zur Tür und auf die Straße hinaus, ihm entgegen.

Bernd, der Spätheimkehrer, kam sechs Jahre nach dem Krieg aus Sibirien nach Hause.

Er war ein gebrochener Mann. Es fiel ihm schwer, in der Heimat Fuß zu fassen. Seine Leichtigkeit war dahin. Bernd, der Witzbold, der mit seiner guten Laune jeden hatte anstecken können, sprach nicht mehr viel. Unterhaltungen mit ihm verliefen stockend. Wenn die Tanzkapelle spielte, blieb er sitzen. Am Liebsten war er bei seiner Mutter zu Besuch, saß mit ihr am Herd und aß vielleicht einen von ihren Pfannkuchen.

Wenn Bruder oder Schwester ihn fragten, wie es ihm in Russland und in der Gefangenschaft ergangen sei – dann sah er einen zuerst mit großen Augen an und dann fing er an zu weinen. Jedes Mal, hemmungslos, er konnte nichts dagegen tun. Und dann sagte er gar nichts mehr.

Und während Bernd sich immer mehr und immer häufiger betrank, nahmen um ihn herum die Dinge ihren Lauf.

Als Cornelia Froboess ihre Badehose einpackte, sang Heinz Erhard: „Wir wollen uns wieder vertragen" und „Das soll uns nicht noch mal passiern". Horst Winter wurde berühmt mit dem Schlager: „Es wird ja alles wieder gut." Und René Carol mit „Rote Rosen, rote Lippen, roter Wein." Und überall hörte man: „Wenn bei Capri die rote Sonne im Meer versinkt ..."

Neue Lieder, neue Sachen, neuer Schwung erfassten

das Land. Tanzabende und Hochzeiten, Kaugummis und Volkswagen und Kühlschränke und Zigarettenautomaten und Fernsehgeräte und Sommerschlussverkauf. Lange Güterzüge und lärmende Fabriken. Die Fußballliga und die Nierentische und die Leuchtreklamen. Und über allen Errungenschaften wölbte sich dieses Allumfassende. Es wuchs und schien alle mitzunehmen, es gab ein gutes Gefühl und es vereinte die Menschen auf eine bisher unbekannte Weise, schenkte ihnen wieder Träume und Sehnsüchte und beflügelte sie, sich anzustrengen. Etwas Großes war es, fast etwas Religiöses, das sogar einen eigenen Namen hatte, ein neues Wort gab es dafür, ein deutsches Wort, das auch im Ausland verstanden und sogar in andere Sprachen aufgenommen wurde, weil es so unglaublich gut klang: das Wirtschaftswunder.

Wiedergutmachung

„Fräulein Scholten, es ist mir schrecklich, Ihnen sagen zu müssen: Sie sind mit dem heutigen Tage fristlos entlassen."

Die Oberfürsorgerin seufzte und rutschte auf ihrem Schreibtischstuhl hin und her. Sie hielt ein Schreiben in der Hand, nur am Rand fasste sie es an, mit spitzen Fingern, so, als ob das Papier schmutzig wäre.

„Ich zitiere", sagte sie. „Es können nur solche Personen im öffentlichen Dienst beschäftigt werden, die sich jederzeit rückhaltlos für die Ziele der nationalsozialistischen Bewegung und für den nationalsozialistischen Staat einsetzen."

Else war nicht überrascht und doch tief getroffen. Sie sah über den Stempelhalter hinweg, der auf der Schreibtischplatte stand, hinweg über den schweren Locher und den Tintentrockner. Sie schaute durch ihre Vorgesetzte hindurch und durch den Aktenschrank, in dem die Leitzordner in Reih und Glied standen, nach Nummern und Buchstaben geordnet. Sie sah Thea in einer Gefängniszelle, die kleine, zarte Thea, und sie konnte ihre Tränen kaum unterdrücken.

Sie hatte es kommen sehen.

„Und, Fräulein Scholten, Sie müssen Ihre Diensträume unverzüglich verlassen."

Else hatte illegale Schriften verbreitet. Sie hatte Vervielfältigungen erstellt mit den Mitteln, die ihr zur Verfügung standen. Dünnes Durchschlagpapier und Kohlepapier abwechselnd hintereinander in die Schreibmaschine eingespannt, so viele Blätter, wie die Walze aufnehmen konnte. Und dann Wort für Wort abgetippt, so gut sie konnte. Die Seitenränder hatte sie so knapp wie möglich eingestellt, um Platz zu sparen, den einzeiligen Abstand gewählt, die Tastatur kräftiger angeschlagen als üblich, aber doch möglichst gleichmäßig und nicht zu gewaltsam, damit die Typen die Buchstaben nicht aus dem Papier stanzten.

Mehr als fünf Durchschläge auf einmal – das ging nicht. Auf dem Bogen ganz hinten verschwammen schon die Buchstaben, sie waren kaum noch zu lesen.

Der Text hatte etliche Seiten. Am Ende angekommen, begann sie die Prozedur von vorn. Sechs Bögen Papier, dazwischen fünf Bögen Kohlepapier.

Tippfehler waren ihr peinlich. Korrekturen fielen gnadenlos auf. Ganze Wörter konnte man notfalls mit xxxxx überschreiben, wenn man es sofort bemerkte, aber wie sah das aus? Es ging schließlich nicht um irgendwelche Bagatellnotizen, sondern um die Worte einer hochgestellten Autorität. Vertippte Blätter warf sie lieber weg. Und begann ungeschickt wieder von vorn.

Else hatte eine große Verwandtschaft, einen weiten Bekanntenkreis und etliche Kollegen, von denen sie wusste, dass sie auf ihrer Seite standen.

Die Abschriften fanden dankbare Abnehmer. Sie wanderten von Hand zu Hand, als stille Botschaften unter Gleichgesinnten. Sie gaben Zuspruch, Trost und Ermutigung in bedrohlichen Zeiten.

Das ging ein paar Monate lang gut.

Bis Else aufflog.

Die Geheime Staatspolizei leitete ein Ermittlungsverfahren gegen sie ein, *wegen Verbreitung von hetzerischen und volkszersetzenden Reden.*

Else war nicht allein.

Sie waren zu fünft. Alle Fürsorgerinnen, alle angestellt bei der Stadt Dortmund.

Therese hatte die Predigten des Bischofs von Münster über einen Geistlichen aus Aachen bekommen. Therese wohnte mit Thea zusammen in einer Wohnung und beide machten sich sofort daran, die Texte abzuschreiben und die Kopien weiterzureichen. Maria und Anita beteiligten sich ebenso. Und auch Else.

Was sie nicht wussten: Der Aachener Kaplan, von dem Therese die Predigten des Clemens August Graf von Galen zugeschickt bekam, stand längst unter der Beobachtung der Geheimen Staatspolizei. Ein Brief an Therese wurde abgefangen.

Eines Tages schellten zwei Männer in Dortmund an ihrer Wohnung. „Durchsuchungsbefehl!"

Nur Therese war zu Hause. Die Gestapo-Leute fanden nichts. Bis Thea von der Arbeit nach Haus kam. Sie wurde aufgefordert, ihre Aktentasche abzugeben. Darin befanden sich die gesuchten Briefe.

Thea wurde auf der Stelle verhaftet.

Und ausgerechnet dieses zarte Mädchen ist in die Steinwache gekommen, ist mehrere Tage lang mehrmals mit der grünen Minna zur Benninghofener Straße rausgefahren worden, da, wo die Gestapo ihr Quartier hatte, und ist da vernommen worden. Und dann sollte sie sagen, von wem sie die Briefe gekriegt hätte und wem sie die gegeben hätte. Und da hat sie sich geweigert. Sie hat nichts gesagt.

Dann haben wir uns mit dem katholischen Gefängnispfarrer in Verbindung gesetzt und ihm gesagt, er soll Thea ausrichten: Wenn sie unsere Namen nicht nennt, dann nen-

nen wir uns selbst, um sie zu entlasten. Das Kassiber hat
der Pfarrer dann mitgenommen. Und daraufhin hat sie den
Gestapo-Leuten unsere Namen gegeben. Wir wurden dann
alle in der Benninghofener Straße einzeln vernommen. Dann
wurde ein Protokoll aufgenommen und der Schlusssatz hieß:
Sollte ich in dieser oder in einer ähnlichen Sache noch einmal
in Erscheinung treten, ist mit dem Tode zu rechnen. Und das
mussten wir dann unterschreiben.

Am 16. Januar 1942 erhielten alle fünf Fürsorgerinnen
vom Oberbürgermeister der Stadt Dortmund die Kündigung mit sofortiger Wirkung – „gegen Behändigungs-
schein", wie es auf dem Schreiben aus dem Zimmer 117
angeordnet war.

Der Oberbürgermeister reagierte damit postwendend
auf das Ermittlungsverfahren der Gestapo gegen die
fünf Beschuldigten aus seiner städtischen Behörde. Ihm
missfiel außerdem, dass das volkszersetzende Vergehen
seiner Fürsorgerinnen auf städtischen Schreibmaschi-
nen und auf städtischem Papier stattgefunden hatte.
Er ließ es deswegen nicht bei den Kündigungen allein
bewenden. Er schlug mit aller Macht zurück und veran-
lasste eine zusätzliche Bestrafung. *Dem Arbeitsamt habe*
ich wegen Ihres weiteren Arbeitseinsatzes bereits Mitteilung
gegeben.

Else wusste, was das bedeutete: Zwangsverpflichtung.
Zwangsarbeit.

Sie kannte die Kolonnen ausländischer Fremdarbei-
ter, die von ihren Lagern zu den Zechen und Industrie-
betrieben marschierten. Es waren vor allem Russen,
Franzosen und Polen, die aus ihrer Heimat in das Ruhrgebiet deportiert worden waren.

Für Else und ihre Freundinnen sah der Oberbürgermeister eine andere Verwendung vor. Die Fünf sollten im Raum Emden in der Rüstungsindustrie arbeiten.

Jetzt war ich zu Hause und konnte nichts anderes tun als heulen. Tja, wat nu? Da wurden wir ins Arbeitsamt einbestellt. Die Leiterin der Vermittlung kannten wir gut. Sie war sehr energisch uns gegenüber und wahrte den Schein. „Ja", sagte sie, „ich weiß auch noch nicht, ich muss mir das mal durch den Kopf gehen lassen, ich rufe euch auf jeden Fall wieder an."

Am nächsten Tag ging das Telefon. Sie sagte: „Das muss jetzt irgendwie aus körperlichen Gründen ..." und so weiter. Wir gingen zur Arbeitsamtsärztin. Tja. Ich war als erste dran. Als ich hereinkam, sagte sie in einem lauten Ton, den man überhaupt nicht an ihr kannte: „Was haben Sie denn für einen Blödsinn gemacht? Das ist ja unerhört. Wie können Sie sich so etwas erlauben?" – Na ja, so etwas Ähnliches sagte sie jedenfalls. Auch sie wahrte den Schein. „Machen Sie sich mal frei zur Untersuchung", und so weiter. „Ja, da werde ich überhaupt nichts machen können", sagte sie zum Schluss. „Ich muss jedenfalls ein Gutachten anfertigen."

Dann kamen die anderen dran, eine nach der anderen. Mit hängenden Ohren gingen wir schließlich alle wieder raus.

Am übernächsten Tag kam der erlösende Anruf: „Alles klar. Ihr seid alle nicht tauglich für Emden. Jetzt müsst ihr euch auf die Schnelle selbst was besorgen, hier gibt es ja auch Rüstungsindustrie, damit ihr hier bleibt, zu Hause."

Elses Laufbahn hatte so hoffnungsvoll begonnen. Sie hatte das Lyzeum in Essen mit der Obersekunda-Reife abgeschlossen, dann die Frauenschule und das Kindergärtnerinnen-Seminar. Sie hatte Erfahrungen gesammelt im Kindererholungsheim „Ruhreck" auf Borkum, als Kindermädchen in einem Privathaushalt in Boppard und als Volontärin in den Städtischen Krankenanstalten in Essen. Es folgte die dreijährige Ausbildung an der Niederrheinischen Frauenakademie in Düsseldorf zur Gesundheitsfürsorgerin. Ihr Examen als Fürsorgerin hatte sie mit guten Noten bestanden.

Dann, im Frühling 1931, die totale Ernüchterung: Else fand keine Arbeitsstelle. Überall in Deutschland herrschte Massenarbeitslosigkeit.

Die frisch absolvierte Fürsorgerin wollte nicht zu Hause herumsitzen, sondern etwas tun und selbst für ihren Lebensunterhalt aufkommen.

Sie verkaufte Zigarren in einem Tabakwarengeschäft am Steeler Tor, betreute behinderte Menschen im Franz-Sales-Haus, hatte Gelegenheitsarbeiten als Nachtschwester, putzte und wischte in verschiedenen Haushalten. Dann hatte sie ein Jahr lang eine Stelle als Sprechstundenhilfe in einer Arztpraxis. Der Doktor stellte ihr ein gutes Zeugnis aus. *Meine Bücher hat sie selbstständig und genau geführt. In Handreichungen bei Operationen war sie sehr gewandt; Narkosen führte sie selbstständig aus.*

Als Else drei Jahre nach ihrem Ausbildungsabschluss immer noch keine Anstellung in ihrem erlernten Beruf gefunden hatte, traf sie eine Entscheidung gegen ihr Gewissen.

Die Nationalsozialistische Volkwohlfahrt war eine Parteiorganisation der NSDAP. Sie organisierte Vorsorgeuntersuchungen und rassehygienische Belehrungen, Impfungen und Kinderspeisungen. Sie betrieb Kindergärten, Kindererholungsheime und den Bahnhofsdienst und sie zahlte Hilfeleistungen für bedürftige Familien.

Nach dem Verbot der Arbeiterwohlfahrt bedrängte die NSV, mit großen finanziellen Mitteln ausgestattet, die verbliebenen Wohlfahrtsverbände, insbesondere das evangelische Diakonische Werk und den katholischen Caritas-Verband.

Im Sommer 1934 trat Else eine Stelle als Volkspflegerin bei der NSV an. Ihr Dienstsitz war in der Kreisamtsleitung der NSV Essen, ihr Einsatzgebiet die Ortsgruppe Segeroth.

Alles sei voller Gestank, Lärm und Schmutz, so beschrieben Zeitzeugen das Elendsquartier neben der Zeche Victoria Mathias. In den alten Mietskasernen lebten die Menschen auf engstem Raum zusammengedrängt, die wenigsten in abgeschlossenen Wohnungen, vielmehr in Mehrraumetagen, deren Zimmer miteinander verbunden waren und kaum eine Privatsphäre zuließen. Sanitäre Einrichtungen waren in Segeroth kaum vorhanden.

Im Dezember wurde Else krank. Zwei Wochen lang konnte sie nicht zur Arbeit gehen. Der Arzt bescheinigte ihr „Erschöpfungszustände".

Ihr Arbeitsgebiet umfaßt wirtschaftsfürsorgerische, gesundheitsfürsorgerische und jugendfürsorgerische Aufgaben. Sie ist für die sachgerechte Bearbeitung der Anträge im Hilfswerk Mutter und Kind und im Winterhilfswerk verantwortlich, desgleichen für die Auswahl von Müttern und Kindern für die Mütter- und Kinderheimentsendung, Kinderlandverschickung und Heilverschickung sowie die nachgehende Betreuung der Entsandten. Die Abteilung Jugendhilfe einschließlich des Pflegekinder- und Vormundschaftswesens wurde in der letzten Zeit stark ausgebaut.

So formulierte es ihr Vorgesetzter, der Kreisamtsleiter, im Arbeitszeugnis. Und weiter:

Sie hat ihre Arbeit zu meiner vollsten Zufriedenheit ausgeübt. Ihre persönliche Einsatzbereitschaft und ihre gute Beobachtungsgabe sind hervorzuheben. Ihr sicheres Urteil

*macht sich günstig bemerkbar. Sie hat bei der Erledigung
sämtlicher Aufgaben mein vollstes Vertrauen. Heil Hitler!*

Drei Jahre lang war Else bei der NSV in Essen angestellt.
Dann schaffte sie den Absprung.

Elisabeth Hedwig Scholten, so lautete ihr vollständiger
Name. Sie wurde als das jüngste von sieben Kindern im
Jahr 1908 geboren. Der Vater war Inhaber eines Deli-
katessengeschäftes in Essen-West. Der Laden lief sehr
zufriedenstellend und die Familie konnte ein gutbürger-
liches Leben im eigenen Haus führen. Der wirtschaftli-
che Zusammenbruch des Geschäfts kam mit dem Ende
des Ersten Weltkrieges. Der kaisertreue Kaufmann hatte mehrfach Kriegsanleihen gezeichnet und sich davon
eine hohe Rendite versprochen, denn Deutschland würde ja den Krieg gewinnen. Aber es kam anders und er
verlor mit den Anleihen den Großteil seiner Ersparnisse.
Die Wirtschaftskrise der ersten Nachkriegsjahre dürfte
seinem Delikatessengeschäft den Rest gegeben haben.

Der Familienvater verdiente anschließend sein Einkommen als Handelsvertreter. Mit siebzig Jahren zog er
schließlich als Kleinrentner in eine enge Dachwohnung
im Essener Stadtteil Huttrop, zusammen mit seiner
Frau, mit Else und einer weiteren Tochter, Mia.

Else fühlte sich verantwortlich, etwas zum Familie-
neinkommen beizutragen, zumal ihre unverheiratete
Schwester keinen Beruf erlernt hatte und als erwerbs-
unfähig galt.

*Vielleicht ist Ihnen erinnerlich, was es heißt, zu den Klein-
rentnern gezählt zu werden,* gab sie später zu Protokoll.
*Jedenfalls musste ich alles tun, um meine Eltern zu ent- und
nicht zu belasten. So war ich nach jahrelanger Wartezeit
froh, eine bezahlte Tätigkeit in dem erlernten Beruf, und sei
es bei der NSV, zu erhalten.*

Im Herbst 1937 wechselte Else auf eigenen Wunsch zur Stadt Remscheid. Die Fürsorgerin hatte dort ein erheblich höheres Einkommen als bei der NSV. Außerdem war es ihr viel wohler dabei, nicht mehr hauptberuflich für eine NS-Organisation zu arbeiten, sondern für eine kommunale Verwaltung.

Else blieb zwei Jahre in der Stadt im Bergischen Land.

Anfang 1939 bewarb Else sich um eine Stelle als Fürsorgerin bei der Stadt Dortmund. Das Einstellungsverfahren zog sich in die Länge. Dann überschlugen sich die Ereignisse.

Else bekam endlich einen Arbeitsvertrag zugestellt, geltend ab 1. November. Else gab ihre Wohnung in Remscheid auf und zog wieder nach Essen.

Am 29. Oktober starb ihre Mutter im Alter von 75 Jahren, am 7. Dezember der Vater mit 76. Im Juli hatten die beiden alten Leute noch ein glückliches Familienfest anlässlich ihrer Goldenen Hochzeit gefeiert.

Else und ihre zehn Jahre ältere Schwester Mia blieben zunächst in Essen. Im darauf folgenden Jahr, 1940, lösten sie den Haushalt ihrer Eltern auf und zogen gemeinsam nach Dortmund. Als Dritte im Bunde kam Annemarie hinzu, eine Kollegin und Freundin von Else. Mia, ebenso unverheiratet wie die beiden Fürsorgerinnen, führte ihnen den Haushalt. Diese ungewöhnliche Wohngemeinschaft in der Kaiserstraße blieb Jahrzehnte lang bestehen.

Während die drei Frauen noch ihren Umzug vorbereiteten, forderte das Haupt- und Personalamt der Stadt Dortmund intern eine *rückhaltlose Äußerung über Führung, Fleiß, Leistungen und Charakter.* Die Oberfürsorgerin antwortete umgehend. *Führung, Fleiß und Leistungen der Fürsorgerin Elisabeth Scholten sind sehr gut. Ihre charakterliche Haltung wird als vorbildlich bezeichnet.*

Im Sommer 1941 kamen Predigten von Bischof Clemens August in Umlauf. Sie verbreiteten sich nicht über die Zeitungen oder das Radio, sondern nur über privat erstellte Abschriften, die heimlich weitergegeben wurden. Darin hieß es:

Wehe den Menschen, wehe unserem deutschen Volk, wenn das heilige Gottesgebot: „Du sollst nicht töten!", das der Herr unter Donner und Blitz auf Sinai verkündet hat, das Gott unser Schöpfer, von Anfang an in das Gewissen der Menschen geschrieben hat, nicht nur übertreten wird, sondern wenn diese Übertretung sogar geduldet und ungestraft ausgeübt wird!

Clemens August Graf von Galen residierte als Bischof in Münster. Er war nicht Elses Oberhirte, denn ihre Heimatstadt Essen gehörte zur Diözese Köln, ihr neuer Wohnort Dortmund zur Diözese Paderborn. Dennoch wurden die weitergereichten Texte von vielen Katholiken im Ruhrgebiet, wie überall in Deutschland, mit großer Aufmerksamkeit aufgenommen.

Erst im Juni hatte von Galen das gemeinsame Hirtenwort der deutschen Bischöfe in seinem Dom verlesen, in dem es hieß: *Gewiss gibt es nach der katholischen Sittenlehre positive Gebote, die nicht mehr verpflichten, wenn ihre Erfüllung mit allzu großen Schwierigkeiten verbunden wäre. Es gibt aber auch heilige Gewissensverpflichtungen, von denen niemand uns befreien kann, die wir erfüllen müssen, koste es, was es wolle, koste es uns selbst das Leben: Nie, unter keinen Umständen darf der Mensch außerhalb des Krieges und der gerechten Notwehr einen Unschuldigen töten.*

Galt das Tötungsverbot nur „außerhalb des Krieges und der gerechten Notwehr"? Die Bischöfe vermieden es, Stellung zu beziehen zu den Angriffskriegen, die die deutsche Wehrmacht bereits in vielen Ländern führte und die überall Leid und Tod verbreiteten. Sie hielten still gegenüber Hitlers Eroberungspolitik, die keine Grenzen zu kennen schien. Sie hielten ebenso still gegenüber der nationalsozialistischen Rassenlehre, die zwischen *Herrenmenschen und Untermenschen* unterschied.

Es war von Galen, der aus der schweigenden Gruppe der katholischen Bischöfe heraustrat und öffentlich die Politik des Nationalsozialismus angriff. Dies geschah im Rahmen von drei aufeinanderfolgenden Sonntagspredigten im Juli und August. Der adelige Bischof protestierte zuerst gegen die Beschlagnahme von Klöstern. Dann wendete er sich einem anderen Thema zu.

Seit einigen Monaten hören wir Berichte, dass aus Heil- und Pflegeanstalten für Geisteskranke auf Anordnung von Berlin Pfleglinge, die schon länger krank sind und vielleicht unheilbar erscheinen, zwangsweise abgeführt werden. Regelmäßig erhalten dann die Angehörigen nach kurzer Zeit die Mitteilung, der Kranke sei verstorben, die Leiche sei verbrannt, die Asche könne abgeliefert werden. Allgemein herrscht der an Sicherheit grenzende Verdacht, dass diese zahlreichen unerwarteten Todesfälle von Geisteskranken nicht von selbst eintreten, sondern absichtlich herbeigeführt werden, dass man dabei jener Lehre folgt, die behauptet, man dürfe sogenanntes lebensunwertes Leben vernichten, also unschuldige Menschen töten, wenn man meint, ihr Leben sei für Volk und Staat nichts mehr wert. Eine furchtbare Lehre, die die Ermordung Unschuldiger rechtfertigen will, die die gewaltsame Tötung der nicht mehr arbeitsfähigen Invaliden, Krüppel, unheilbar Kranken, Altersschwachen grundsätzlich freigibt!

Solche Sätze trafen bei Else einen Nerv. Sie wusste, von welchen Menschen die Rede war. Sie kannte den Umgang mit Schwachsinnigen, Krüppeln und Idioten, wie sie damals genannt wurden. Sie hatte selbst in einer katholischen Einrichtung gearbeitet, in der behinderte Menschen gepflegt und versorgt wurden.

Else war überzeugte Katholikin. Sie hatte als Kind die Sakramente ihrer Kirche empfangen, Taufe, Kommunion und Firmung. Sie war in einem Elternhaus aufgewachsen, in dem das tägliche Gebet, die zehn Gebote und die Sonntagsmesse zum festen Bestandteil des Familienlebens gehörten. Der Vater stammte aus Marienbaum, dem Wallfahrtsort am Niederrhein. Für ihn war der Katholizismus genauso eine gottgegebene Realität und eine innere Heimat wie für die Mutter, die von einem großen Bauernhof im Sauerland kam. Beide Eltern galten in der Verwandtschaft als ausgesprochen gläubig.

Genauso wie ihre vier Töchter. Muntere Frauenzimmer, die eine gute Tasse Bohnenkaffee über alles liebten und die auf die Kirche nichts kommen ließen, hieß es über sie.

Was ihre Brüder betraf, allesamt Geschäftsleute, war Else sich nicht so sicher. Der älteste hatte den gesamten ersten Weltkrieg an der Westfront verbracht. „Meinen Glauben – den habe ich in den Schützengräben verloren", hatte er einmal leise zu ihr gesagt. Der zweite hatte nach dem Weltkrieg eine lange Zeit in der Fremdenlegion in Marokko gegen die Aufständischen gekämpft oder in irgendwelchen Kasernen in der Wüste Wache geschoben. Ob das seiner Unerschütterlichkeit im Glauben zuträglich war, musste Else bezweifeln. Und der jüngste? Der lebte für die Deutsche Bank in Essen und wohnte sogar in einer ihrer Niederlassungen.

Vielleicht war für alle drei Brüder der Sonntagsgottesdienst nur ein Ritual der bürgerlichen Gesellschaft, das sie über sich ergehen ließen, mehr nicht.

Gebt dem Kaiser, was des Kaisers ist, aber gebt Gott, was Gottes ist.

Alle kannten diesen Satz aus der Bibel. Immer wieder wurde er zitiert: im Katechismusunterricht, in den Sonntagslesungen, in Predigten und Schriften. Jeder Christ sollte dem Staat pflichtgemäß Steuern zahlen und Waffendienst leisten, wenn dies verlangt wurde, und sich nicht gegen die Obrigkeit stellen. Und ebenso pflichtgemäß die Gebote der Kirche einhalten, ihr dienen, ihr die Treue halten und ihre Autoritäten gehorsam achten.

Kirche und Staatswesen waren zwei verschiedene Welten, die nebeneinander existierten, jede mit ihren eigenen Ansprüchen an den Einzelnen. So wurde die Stelle aus dem Matthäus-Evangelium traditionell gedeutet.

Bedeutete das die Pflicht zum unbedingten Gehorsam gegenüber dem Staat? Auch, wenn der „Kaiser" Hitler hieß? Sollten die Gläubigen sich bedingungslos dem Nationalsozialismus unterstellen, obwohl die Nazis schon seit Jahren gegen die katholische Kirche vorgingen? Verlangte das Evangelium vom folgsamen Gläubigen, sich der staatlichen Obrigkeit auch dann zu fügen, wenn diese wider die christliche Moral handelte?

Bischof von Galen übte in den drei Predigten, die in Kirchenkreisen schnell berühmt wurden, keine Fundamentalkritik an der nationalsozialistischen Diktatur. Er verwahrte sich zunächst nur gegen die Beschlagnahme von kirchlichen Liegenschaften. Er verurteilte nicht die Inhaftierung von Kommunisten, nicht die Verfolgung von Juden, nicht die Eroberungskriege, die Hitlers Truppen in allen Himmelsrichtungen führten. Der Bischof leitete am 3. August 1941 die Aufmerksamkeit seiner Zuhörer im voll besetzten Dom von den behinderten Menschen weiter zu einem Thema, das fast alle Familien betraf.

Wenn man die unproduktiven Mitmenschen gewaltsam beseitigen darf, dann wehe unseren braven Soldaten, die als schwer Kriegsverletzte, als Krüppel, als Invaliden in die Heimat zurückkehren!

Else hatte keine Kinder. Ihre Brüder waren schon zu alt für diesen Krieg. Sie dachte an ihre Neffen aus Essen, alles junge Kerle, manche noch halbe Kinder. Mehrere dienten schon in der Wehrmacht. Zwei waren gerade gemustert worden, ihre Einberufung in Kürze zu erwarten. Und die jüngsten mussten mit der Hitlerjugend ins Sommerlager, zur vormilitärischen Ausbildung.

Else hatte Angst um sie.

Man hielt Verbindung in der großen Familie, nahm Anteil am Leben der Geschwister und ihrer Angehörigen. Zwischen Dortmund und Essen gingen viele Briefe hin und her, Telefonate, Besuche.

Sicher, die Wehrmachtsberichte im Radio sprachen immerzu von Erfolgen, Überraschungsangriffen und Blitzsiegen. Aber wenn man in der Stadt unterwegs war und mit Bekannten sprach, hörte man überall von Gefallenen und Verwundeten. Viele Familien hatten Opfer zu beklagen. In den Zeitungen häuften sich die Todesanzeigen. Niemand wusste, wie lange dieser Krieg noch andauern und wie viele Tote und Verstümmelte er noch kosten würde.

Vor allem die dritte Predigt vom Sommer 1941 sprach deswegen Else aus der Seele. Was der Bischof verkündet hatte, war ein Ventil für ihre Gedanken und ihre Gefühle. Endlich war da mal einer, der den Mut hatte, den Nazis die Stirn zu bieten und klare Worte zu sprechen. Endlich einmal eine hoch gestellte Person der Kirche, die von ihrer Position Gebrauch machte, die ein öffentliches Bekenntnis ablegte und den Nazis nicht das Feld überließ!

Was sollte sie nun mit den Predigten des so genannten Löwen aus Münster machen? Für Else gab es nicht viel zu überlegen. *Dann haben wir uns gesagt: Mal nix wie vervielfältigen!*

Dieses Vervielfältigen brachte Else und ihren Freundinnen die fristlose Kündigung ein. Und dazu die Dienstverpflichtung in der Rüstungsindustrie. Alle Fünf konnten sich jeweils ein ärztliches Attest beschaffen, wonach sie aus gesundheitlichen Gründen für eine Tätigkeit an der Küste nicht in Frage kamen. Die zuständige Mitarbeiterin des Dortmunder Arbeitsamtes riet ihnen anschließend, sich möglichst schnell selbst um eine entsprechende Stelle zu bemühen.

Dann sind wir unterschiedlich untergekommen. Bei den Vereinigten Stahlwerken kannten wir eine, die auch Widerstandskämpferin gewesen ist. Die stand auch auf der schwarzen Liste und mit all den Leuten in Verbindung, die insgeheim kontra waren. Die sagte zu mir: „Ich habe schon mit dem Direktor gesprochen; da können Sie morgen früh hinkommen. Ich weiß nicht, was er Ihnen anbietet, aber er weiß Bescheid."

Da kam ich in ein Riesenzimmer, sehr vornehm eingerichtet, er die Vornehmheit in Person. Er kam hinter seinem Schreibtisch hervor und mir entgegen. Dann kam eine sehr herzliche Unterhaltung zustande. Er sagte: „Ich bin genauestens im Bilde. Und im Übrigen: Lassen Sie den Direktor mal weg." Ich sagte ihm: „Ich kann weder Schreibmaschine schreiben noch stenographieren."

Dann wurde der Personalchef hinzu gerufen. Ohne eine Grund anzugeben, sagte der Chef zu ihm: „Wir stellen Fräulein Scholten in Kürze ein und ich dachte an die statistische Abteilung." Da wurde mir schon schlecht.

Dann kam der Leiter der Abteilung, der ich zugeteilt werden sollte. Zu dem sagte er: „Seien Sie erst mal etwas nachsichtig mit Fräulein Scholten. Sie wird sich hier schon einarbeiten."

Bei den Vereinigten Stahlwerken war ich eine von den ganz kleinen Anti-Nazis. Die hatten im Betrieb überall so Leute sitzen, Leute, die entlassen worden waren oder die irgendetwas gesagt hatten oder die sonst etwas auf dem Kerbholz hatten. Die wurden aufgenommen, bis sie untertauchen konnten.

Else war glücklich, einem ungewissen Schicksal entronnen zu sein. Der Anfang fiel ihr allerdings schwer.

In den ersten sechs Wochen bin ich heulend nach Hause gekommen, also wirklich, ich konnte dort ja überhaupt nichts. Es hat furchtbar lange gedauert, bis ich eingearbeitet war. Es war ja so ein trockener Betrieb!

Dann merkte ich, dass es allmählich besser ging und ich das oben rein kriegte. Das hat mir nachher so viel Freude gemacht, dass ich da sogar sehr gerne gewesen bin.

Und auf allem stand der dicke Stempel: Kriegswichtig – geheim!

Die dienstverpflichtete Else tauchte keineswegs unter. Im Gegenteil. Sie eröffnete einen Rechtsstreit gegen die Stadt Dortmund und klagte auf Wiedereinstellung.

Sie verlor den Prozess und ging in die nächste Instanz. Jetzt befasste sich das Landesarbeitsgericht mit ihrem Fall.

Ihr Chef bei den Vereinigten Stahlwerken unterstützte sie dabei mit seinen Möglichkeiten. *Dann kamen die Gerichtsverhandlungen dazwischen oder mal ein Termin beim Arbeitsamt oder oder ... Er sagte: „Sie müssen mir nur den Termin sagen und dann stelle ich meinen Chauffeur und meinen Wagen zur Verfügung." Jetzt müssen Sie sich mal vorstellen, was da im Haus rumging. Was die, die überhaupt nichts kann, wohl mit dem zu tun hat.*

Wochenlang standen zwei Männer auf der anderen Straßenseite vor ihrer Wohnung. Wenn Else das Haus verließ, folgten sie ihr.

Else nahm an, dass auch ihre Post und ihr Telefon überwacht wurden. Im Herbst, als sie endlich den Eindruck hatte, nicht mehr ständig von der Gestapo kontrolliert zu werden, folgte der nächste Tiefschlag. Das Regierungspräsidium Arnsberg entzog ihr nachträglich die staatliche Anerkennung als Fürsorgerin. Beantragt hatte dies der Dortmunder Bürgermeister, als zusätzliche Strafmaßnahme.

Ohne die staatliche Anerkennung als zweiter Bestandteil ihrer beruflichen Qualifikation war der erste Teil, das Examenszeugnis, kaum etwas wert. Der Entzug sollte auf Dauer verhindern, dass sie jemals wieder in ihrem erlernten Beruf würde arbeiten können.

Else legte dagegen Widerspruch ein. Dieser wurde abgelehnt. Auch ein hinzugezogener Rechtsanwalt konnte nichts erreichen.

Daraufhin reichte Else in Berlin Beschwerde beim Minister für Wissenschaft, Erziehung und Volksbildung ein. Sie nahm dafür die Hilfe einer Berliner Rechtsanwältin in Anspruch. Ohne Erfolg.

Im Herbst 1943 verhandelte das Landesarbeitsgericht Elses Klage auf Wiedereinstellung. Die Klage wurde abgewiesen.

Else und ihr Rechtsanwalt strengten das Revisionsverfahren an. Die Verhandlungen zogen sich in die Länge.

Als 1945 das gesamte Staatswesen zusammenbrach, standen beide Rechtsverfahren noch offen: das auf Wiedereinstellung bei der Stadt Dortmund und dasjenige auf Wiedererteilung der staatlichen Anerkennung. Und es gab noch ein drittes, nicht abgeschlossenes Verfahren, eines, das noch folgenschwerer war, was sich aber erst später herausstellte. Ein Ausschlussverfahren.

Aber zuerst einmal war das Wichtigste: Else lebte! Sie hatte den Krieg überstanden, wie auch ihre beiden Mitbewohnerinnen und alle Angehörigen ihrer großen Familie.

Die britische Besatzungsmacht übernahm in Dortmund das Kommando.

Drei Tage nach der Kapitulation bat Else in einem Schreiben an die Stadtverwaltung um ihre Wiedereinstellung als Fürsorgerin. Schon im Juli konnte sie ihren Dienst wieder aufnehmen.

Wiedergutmachung war ein Wort, das es schon immer gab. Wenn das Kind einem anderen etwas kaputt gemacht hatte, dann sagte die Mutter: „Das musst du aber wiedergutmachen." Der Ehemann, der seine Frau enttäuscht hatte, schenkte ihr Blumen und sagte: „Als Wiedergutmachung."

Das private Wort wurde zu einem politischen, als die Juristen und die Parlamentarier es sich zu Eigen machten. Der Deutsche Bundestag dachte dabei zuerst an die Juden, denen in der NS-Herrschaft Unrecht geschehen war, durch Beschlagnahme, Enteignung, Diebstahl, Raub, Zerstörung, Brandschatzung. Durch Berufsverbot, Misshandlung, Haft, Vertreibung, Totschlag, Mord und Massenvernichtung.

Nach und nach kamen weitere Opfergruppen in den Blick: Kommunisten, Sozialdemokraten, Roma, Zwangssterilisierte, ...

Der Gesetzgeber in Bonn wollte verbindliche und großzügige Regelungen schaffen, um die Verfolgten des Nationalsozialismus finanziell zu entschädigen. Die internationale Öffentlichkeit beobachtete aufmerksam, wie sich die Dinge in Westdeutschland entwickelten. „Wiedergutmachung" wurde zu einem zentralen Begriff, zu einer Überschrift für eine lange Reihe von Verwaltungsmaßnahmen, Landes- und Bundesgesetzen. „Wiedergutmachung" wurde beinahe zum Synonym für „Vergangenheitsbewältigung".

KZ-Insassen, zum Beispiel, die ihre Antragsunterlagen form- und fristgerecht eingereicht hatten, bekamen fünf D-Mark pro Tag im Lager, als Wiedergutmachung.

Die befassten Behörden standen vor der Aufgabe, möglichst schnell die zahlreichen Anträge zu bearbeiten, andererseits alles genau zu kontrollieren und nicht zu großzügig zu entscheiden. Das nordrhein-westfälische Innenministerium verschickte ein internes Schreiben an die Dienststellen. Demnach *dürfte bei einer Feststellung der aktiven Bekämpfung des Nationalsozialismus und einer deswegen erlittenen Verfolgung ein besonders strenger Maßstab anzulegen sein.*

Else schrieb im Juli 1951 an das Personalamt der Stadt Dortmund: *Am 16. Januar 1942 wurde ich wegen politischer Unzuverlässigkeit fristlos aus dem Dienst der Stadt Dortmund entlassen. Ich bitte um Wiedergutmachung im Sinne des oben genannten Gesetzes.*

Der Bundestag hatte wenige Zeit vorher einen Beschluss gefasst, der zu ihrem Fall zu passen schien: das *Gesetz zur Regelung nationalsozialistischen Unrechts für Angehörige des öffentlichen Dienstes.*

Else war gerade 43 Jahre alt geworden. Eine große, schlanke Frau mit selbstbewusstem Blick. Das braune, leicht gelockte Haar trug sie mittellang mit einem seitlichen Scheitel. Weiße Bluse mit Kragen, darüber ein schlichtes Jackett. Wenig Schmuck.

In einer Aktennotiz bescheinigte ihre Vorgesetzte,

die Oberfürsorgerin, dieselbe Person wie schon vor dem Krieg: *Frl. Scholten ist eine durchaus glaubwürdige und zuverlässige Fürsorgerin.*

Else beantragte keine großen Summen. Sie erwartete lediglich die Erstattung ihrer Anwaltskosten in den Jahren 1942 bis 1945, außerdem einen Ausgleich für ihren Lohnausfall im gleichen Zeitraum.

Die Stadtverwaltung lehnte ihren Antrag ab.

Else gab nicht nach. Sie legte Widerspruch beim Regierungspräsidium ein, legte Begründungen und Stellungnahmen vor und wurde auch dort zurückgewiesen.

Daraufhin klagte sie gegen das Land Nordrhein-Westfalen. Sie sah das Bundesentschädigungsgesetz auf ihrer Seite.

Am 21. April 1960 entschied die 2. Entschädigungskammer des Landgerichts Arnsberg *im Namen des Volkes: Die Klägerin ist von der Entschädigung nach dem BEG ausgeschlossen, weil sie Mitglied der NSDAP war und den Nationalsozialismus nicht unter Einsatz von Freiheit, Leib oder Leben bekämpft hat.*

Die Verbreitung einzelner Hirtenbriefe des Kardinals von Galen stellt noch keinen Kampf gegen den Nationalsozialismus unter Einsatz von Freiheit, Leib oder Leben dar, der geeignet ist, die durch eine auch nur nominelle Mitgliedschaft erfolgte Förderung des Nationalsozialismus auszugleichen. Es ist dem Gericht bisher kein Fall bekannt geworden, dass aus diesem Grunde Personen in Haft genommen worden wären.

Gegen dieses Urteil ist das Rechtsmittel der Berufung zulässig.

Und tatsächlich: Else war Mitglied der NSDAP. Seit 1937. Else hatte einen Aufnahmeantrag unterschrieben und ein Parteibuch bekommen. Sie gehörte zur Partei Adolf

Hitlers. Sie wurde wie alle anderen Parteigenossen betrachtet als eine seiner Getreuen, als eine, die seiner Politik, seinem Krieg, seiner Rassenlehre zustimmte und die daran aktiv mitwirken wollte. Sie war eine von Millionen, die zum harten Kern des Nationalsozialismus gezählt wurden.

Nach dem Krieg wollten die alliierten Siegermächte die Entnazifizierung der ganzen Nation einleiten. Alle erwachsenen Deutschen mussten einen Fragebogen ausfüllen. Else trug ihre Parteimitgliedschaft korrekt ein. Der Fragebogen wurde in ihre Personalakte aufgenommen und blieb darin. Unwiderrufbar. Ein Betonklotz zwischen Aktendeckeln. Ein Makel, mit dem man leben konnte, mit dem man weiterarbeiten konnte, mit dem Millionen weiterleben konnten. Aber für den Gerichtsprozess um Wiedergutmachung war dieser Brocken aus Elses Vergangenheit ausschlaggebend – zu ihren Lasten.

Else wehrte sich durch die Instanzen hindurch. Sie gab an, dass die Nationalsozialistische Volkswohlfahrt als damaliger Arbeitgeber von ihr verlangt hätte, der NSDAP beizutreten. Dass sie dies drei Jahre lang aufschieben konnte, dass dann aber der Verlust der Stelle gedroht hätte und sie nur deshalb eingetreten sei. Sie betonte, nur nominelles Mitglied gewesen zu sein; sie hätte sich in keiner Weise aktiv für die Ziele des Nationalsozialismus eingesetzt. Im Gegenteil. Sie habe den Nationalsozialismus bekämpft und das könne man doch daran erkennen, dass sie die Briefe des Bischofs von Galen vervielfältigt habe. Dass ihr fristlos gekündigt wurde, sei ein weiterer Beweis dafür, dass sie gegen die NS-Herrschaft tätig gewesen sei.

Und sie gab auch an, dass der Kreisleiter der NSDAP ein Parteiausschlussverfahren gegen sie eingeleitet hätte, was aber wegen der Wirren der Zeit nicht zum Abschluss gekommen wäre.

Ein Parteiausschluss – der hätte das Blatt vielleicht wenden können und das Landgericht zu einer anderen Auffassung kommen lassen. Else konnte allerdings keine Beweise für ein Ausschlussverfahren vorlegen.

Das Parteibuch blieb ihr Lindenblatt, ihre angreifbare, verwundbare Stelle.

Else hatte an den fortgesetzten juristischen Niederlagen schwer zu tragen. Sie fand, dass sie nicht zu viel verlangte, sie war bereit, dafür zu kämpfen und sie bewies Ausdauer und Hartnäckigkeit. Neun Jahre lang formulierte und argumentierte sie nüchtern und sachlich und sprach doch von einer „Schockwirkung", als sie die Ablehnung durch die Wiedergutmachungsstelle kassierte. Sie bekam ein Herzleiden, dessentwegen sie mehrmals Monate lang am Arbeitsplatz ausfiel.

Als das Landgericht Arnsberg sein Urteil verkündete, war sie nicht anwesend. Auf eine Berufung verzichtete sie. Sie gab ihren Rechtsstreit um Wiedergutmachung auf.

Else ging mit 64 Jahren in den Ruhestand, etwas früher als üblich, *auf gesundheitlichen Wunsch.*

Die Ereignisse von damals wären fast in Vergessenheit geraten. Doch die Stadt Dortmund beschloss ein Forschungsprojekt zum Thema *Widerstand und Verfolgung im öffentlichen Dienst.* 1985 beauftragte die Verwaltung einen Historiker damit.

Der junge Mann fuhr mit seinem Fahrrad zur Kaiserstraße, legte einen Kassettenrecorder auf den Wohnzimmertisch und wollte seine Interviewfragen stellen. Doch er kam kaum zu Wort. Else und Annemarie – die beiden wohnten immer noch zusammen und waren inzwischen siebenundsiebzig – legten sofort los. Was vor und nach der fristlosen Kündigung geschah, das erzählten sie in einem Fluss. Oft sprachen beide gleichzeitig ins Mikrofon. Sie spielten sich die Stichworte gegenseitig zu, unterbrachen und korrigierten sich. Trockener Witz und Selbstironie statt Trauer und Verbitterung.

Else mit dunkler Stimme, die etwas rauchig klang. Ruhrakzent. Quicklebendig. Altersweise.

Als die Kassette vollgesprochen war und es draußen zu regnen anfing, verabschiedete sich der junge Forscher.

Es war Elses Neffe Helmut, mein Onkel Helmut, der mich auf die Spur zu meiner Großtante Else gebracht hatte. „Sie war Fürsorgerin, schrieb von Galens Predigten ab, wurde gekündigt, sollte Zwangsarbeit verrichten und überlebte, weil man ihr half." Das war alles, was Onkel Helmut wusste und was er mir mitgab. Er wiederholte seine Nachricht bei jedem unserer Treffen. Er musste gespürt haben, dass mich die Geschichte nicht wieder loslassen würde.

Ich machte mich auf die Suche und stieß auf die Kassette, ihre Personalakte und die Prozessunterlagen.

Soviel ich weiß, hat Tante Else in der großen Verwandtschaft mit niemandem über ihre besondere Geschichte gesprochen.

Es liegt ja nun alles ein Menschenalter zurück. Man kann es den jungen Menschen nicht verdenken, dass sie es nicht begreifen können. Das sagt sie am Ende der Tonbandaufnahme.

Ich hätte sie gern kennengelernt. Ich kann mich nicht an sie erinnern. Wir sind uns so gut wie nie begegnet. Wenn ich heute an sie denke, stelle ich mir eine starke, selbstbewusste, unabhängige und mutige Frau vor.

Meine Großtante Else starb in Dortmund im Alter von 86 Jahren nach einem Schlaganfall.

Auf dem letzten Foto, das ich von ihr besitze, ist sie

zusammen mit ihrem jüngsten Bruder zu sehen. Zwei alte Leute, die sich untergehakt haben und fröhlich in die Kamera sehen.

Vater hat nie geschossen

Ich hab eine Lasagne im Backofen. Ist gleich fertig.

Nicht schlecht, wo wir doch nur eine kleine Orga-Besprechung machen wollen.

Das auch. Aber ich dachte, weil wir uns so lange nicht gesehen haben –

Tja, 40 Jahre Abi, das hinterlässt Spuren. Früher fand ich Klassentreffen spießig. Und jetzt bereite ich selbst eins vor. Ist das jetzt mein sozialer Aufstieg?

Quatsch nicht so blasiert. Wir sind nur zu zweit. Da werden wir doch schnell zu Potte kommen. Erst essen, dann gehen wir die Punkte der Reihe nach durch. Was willst du trinken? Bier oder lieber ein Glas Wein?

Weiß noch nicht.

Was ist los? Was findest du denn an dem Foto so interessant?

Nichts. Gar nichts. Ich wundere mich nur, dass du's aufgehängt hast. Und dann auch noch im Wohnzimmer.

Ich hab sonst kaum Bilder von ihm, als er noch jung war.

Aber ausgerechnet so eines! Diese Uniform, diese Pose ... Meine Oma hatte davon jede Menge in ihrer Wohnung. Alle möglichen Männer aus der Verwandtschaft und was weiß ich woher, alle in Uniform. Alle im Bilderrahmen an der Wand. Und dann noch jede Menge in der Schublade. Und dann, ach

Gott, ja, dann auch noch diese unsäglichen Totenzettel, stapelweise. Ehrlich gesagt, für mich sahen die Soldaten alle gleich aus.

Aber das ist mein Vater! Damals war er kaum achtzehn. Von den ersten Jahren danach hab ich nur die üblichen Hochzeitsfotos –

Und dann die Babyfotos und dann die von Weihnachten mit der Familie unterm Tannenbaum. Danach Einschulung, Konfirmation, Urlaub und so weiter. Ja, das kenn' ich auch.

Vom Krieg hatte er keine Fotos. Nur dieses eine, wo er selbst drauf ist.

Von meinem Vater gibt's nicht mal so eines. Der hat alles gründlich verschwinden lassen. Alles, was ihn daran erinnerte. Nix mehr von da.

Aber bestimmt habt ihr mal darüber gesprochen. Ich meine, über den Krieg und so.

Nöö. Nie.

Echt nicht? Das wundert mich. Er hat doch bestimmt mal was erzählt.

Fehlanzeige. Er hat nie was gesagt. Jedenfalls: Mit uns Kindern hat er nie darüber gesprochen. Wenn wir ihn mal was gefragt haben, hat er so eine Handbewegung gemacht, so zur Seite weg nach hinten, und ist aus dem Zimmer gegangen.

Meiner hat schon was erzählt. Wie es war auf dem Boot, zum Beispiel. Und von der Bretagne. Und auch sonst so einiges.

Ich weiß nichts. Nur, dass er in Russland war. Das hat mir meine Mutter in der Küche gesagt, nachdem ich sie mal richtig bekniet hatte. Und dass ich ab jetzt keine Fragen mehr stellen sollte, hat sie gleich dazu gesagt. Das wäre besser so.

Und später auch nicht?

Alles zwecklos. Er rückte mit nichts heraus. Nahm

alles mit ins Grab, wie man so sagt.

War er denn was Besonderes? Einer von den wichtigen Leuten? Oder vielleicht was richtig Schlimmes, SS oder so was?

Ach was. Er war ein stinknormaler Landser, hat meine Oma gesagt. Einer von hunderttausend, von Millionen, die die Drecksarbeit machen mussten.

Meiner ist ganz schön herumgekommen. War lange in Frankreich stationiert, ist vor Norwegen herumgekurvt, war in Richtung Brasilien und bis kurz vor den Vereinigten Staaten mit seinem Boot.

Ich weiß nicht, wo meiner war. Russland ist groß. Keine Ahnung.

In Frankreich hat er zum ersten Mal im Leben Muscheln gegessen, einmal sogar eine Auster. Und in Norwegen Lachs. Ich glaube, dem ging es gar nicht so schlecht, jedenfalls wenn sie Landgang hatten.

Briefe sind auch keine da. Ich weiß nicht, ob mein Vater überhaupt welche geschrieben hat. Vielleicht wusste er auch nicht, was er schreiben sollte. Wurde ja alles kontrolliert.

Wenn er mal frei hatte oder Heimaturlaub und mit seinen Kameraden bei irgendeiner Tanzveranstaltung auftauchte, Menschenskind, sagte er immer, dann hatte man immer eine zum Tanzen. So eine Marineuniform, die machte regelmäßig Eindruck bei den Mädels.

Meiner muss schreckliche Sachen erlebt haben. Wir haben's ja in der Schule durchgenommen. Weißt du noch: der Referendar mit dem Vollbart und dem Palästinensertuch? An den wirst du dich doch noch erinnern? Und später gab's im Fernsehen die ersten Dokumentationen. Ich meine jetzt nicht bloß diese Nazi-Wochenschauen, sondern Aufnahmen, die zeigen, wie es wirklich war. Dann denke ich immer: Und irgendwo dazwischen war mein Vater dabei.

Er hat mir auch über die ganze Technik gesprochen. Batterieantrieb gabs ja damals schon. Dann die ganze Sonarpeilung, Navigation und so weiter. Ich hab nichts Genaues von der Technik behalten. Ehrlich gesagt, verstehe ich nichts davon. Zum Bund musste ich ja auch nicht, als Frau. Aber er konnte so spannend erzählen.

Ich glaube, in Russland ging es einzig und allein um die Frage: Wer bleibt am Leben? Er oder ich? Wer schießt zuerst? Wer von beiden schafft es und wer bleibt auf der Strecke?

Mein Vater hat mir auch von den schönen Sonnenuntergängen über dem Meer erzählt. Es muss fantastisch ausgesehen haben. Er hat sogar Wale gesehen. Er hat mir auch beschrieben, wie sich das Boot unter Wasser anhörte. Jeder Ton und jedes Geräusch – alles hatte eine Bedeutung.

Mein Vater hat wahrscheinlich mit dem Gewehr in der Hand geschlafen. Ständig musste man auf der Hut sein. Vor der Roten Armee hatten sie richtig Angst. Und dann gab es auch noch überall Partisanen. Das war ständiger Stress, denke ich mir.

So ein U-Boot war etwas Besonderes. Man muss sich das mal vorstellen: tausende Kilometer von der Heimat entfernt, manchmal monatelang unterwegs. Die Männer mussten auf engstem Raum zusammenleben und zusammenhalten. Ich glaube, ich könnte das nicht. Alle waren irgendwie stolz darauf, U-Boot-Fahrer zu sein. Er auch. Das konnte man spüren, wenn er darüber sprach.

Ich weiß nicht, ob mein Vater auf irgendwas stolz war. Sollte er sich etwas darauf einbilden, dass er so und so viele Russen abgeschossen hat? Das war doch pure Selbsterhaltung. Garantiert hat er etliche auf dem Gewissen. Sonst hätte er den Krieg nicht überlebt. Keiner in Russland hätte überlebt.

Ich stelle es mir schrecklich vor, wenn man mit einem Gewehr auf einen Menschen zielt, so mit Kimme und Korn oder mit Fadenkreuz, den Kopf oder die Brust im Visier, und dann soll man abdrücken. Furchtbar.

Wie stellst du dir das sonst vor? Für Leute wie meinen Vater war das Alltag. Immer noch besser als 14/18, als sie in die Schützengräben der anderen Seite gesprungen sind, mit ihren Bajonetten und mit ihren scharf geschliffenen Spaten. Dann haben sich alle im Nahkampf gegenseitig niedergemetzelt. Aber eigentlich ist es doch egal, oder? Ob man sich direkt in die Augen sieht oder auf hundert Meter Entfernung auf einen anderen schießt. Es ging doch nur ums Abschlachten!

Mein Vater hat uns Kindern immer gesagt, dass er nie auf einen Menschen schießen musste. Während des ganzen Krieges nicht. Dass er also ganz großes Glück hatte und dass er heilfroh darüber ist.

Das glaubst du doch selbst nicht!

Doch, das hat er uns Kindern immer erzählt. Auch zuletzt noch, in seinen letzten Lebensjahren. Mein Vater hat nie geschossen.

Das redest du dir schön!

Nein, überhaupt nicht. Mein Vater war durch und durch ehrlich. Er hat uns das immer wieder gesagt: Er hat nie auf einen Menschen geschossen. Für mich gibt es keinen Grund, daran zu zweifeln, dass er die Wahrheit sagt. Das haben wir auch an unsere Kinder weitergegeben: dass ihr Opa nie geschossen hat.

Aber überleg doch mal. Was hat er denn gemacht mit seinem U-Boot?

Er war ein einfacher Matrose. Er hatte seine Aufgabe an Bord, so wie jeder andere.

Und was war der Zweck des Ganzen? Wofür war

sein U-Boot denn da? Das muss ich dir doch nicht erklären.

Ich weiß, was du meinst. Aber das Boot meines Vaters fuhr hauptsächlich Geleitschutz. Also als Absicherung neben anderen Schiffen, zum Beispiel neben Frachtern oder Mannschaftstransportern, damit denen nichts passierte.

> Dass ich nicht lache! Jedes Kind weiß doch, wofür ein U-Boot da ist: Es soll andere Schiffe versenken. Also Torpedos abschießen und rums! Ob dadurch zehn, hundert oder tausend Leute elend absaufen, spielt keine Rolle. Hauptsache: Volltreffer.

So hat mein Vater nie geredet. Ich weiß, viele U-Boot-Fahrer haben mit Zahlen geprahlt. Die redeten immer über Feindfahrten und Tauchzeiten, über versenkte Schiffe, Gesamttonnagen und so weiter. Damals und sogar später noch. Für meinen Vater stand das nicht im Vordergrund. Er hat immer zuerst seine Aufgabe gesehen und die wollte er gewissenhaft erledigen. Er war auch nur ein kleines Rädchen im Getriebe.

> Aber er war auch ein Teil der großen Kriegsmaschine! Auf den Schiffen, die er versenkt hat, waren Menschen! Dein Vater hat Menschenleben auf dem Gewissen!

Und wenn du dich noch so aufregst – ich bleibe dabei: Er hat nie auf einen Menschen geschossen.

> Dein Vater hat dir das eingetrichtert, weil es sich angenehmer anhört. Und du bist drauf reingefallen. Weil du die Wahrheit nicht wissen willst. Und die ist ganz einfach: Dein Vater hat Menschen umgebracht. Genauso wie allen anderen. Weil keiner Soldat sein kann, ohne Mörder zu sein.

Jetzt hör endlich auf damit! Du bringst mich immer mehr dazu, meinen Vater zu verteidigen. Dabei will ich das gar nicht. Es sind nicht alle Soldaten Mörder! Der Vater meiner Freundin, zum Beispiel, hat immer über die Köpfe der Gegner hinweggeschossen, absichtlich, weil er niemanden töten wollte. Also extra daneben gezielt. Das hat niemand bemerkt. Und er – er war zwar dabei, aber er hat niemanden umgebracht.

Du glaubst an Märchen. Jetzt fehlt nur noch der Satz, dass dein Vater kein Nazi war.

Stimmt. Mein Vater war kein Nazi.

Das hätte ich mir schon denken können, dass du das auch noch glaubst. Und – bist du dir da genauso sicher?

Auf jeden Fall. Sein Elternhaus war streng katholisch. Schon deshalb. Die Eltern waren gegen Hitler. Sie konnten es nur nicht so laut sagen. Was war denn mit deinem Vater? War der ein Nazi?

Keine Ahnung. Er hat immer die CDU gewählt, nie die NPD. Aber was heißt das schon. Manchmal hatte er so Sprüche drauf. Zäh wie Leder, hart wie Kruppstahl. So was sagte er manchmal. Das war halt seine Erziehung, damals, als er selbst noch klein war. Oder: Du bist nichts, dein Volk ist alles. Aber das meinte er ironisch. Das klang bitter. Von der HJ hat er uns auch nie erzählt. Obwohl ich mir vorstellen kann, dass ihm die Zeltlager ganz gut gefallen haben. Vielleicht hat er sich deswegen geschämt, im Nachhinein.

Als ich ein Kind war, hab ich mich gefragt, wie die Nazis wohl ausgesehen haben. Ich wusste nicht, wie ich sie mir vorstellen sollte. Jedenfalls anders als die Deutschen. Irgendwie anders, wie fremde Wesen von einem anderen Planeten. Auf die Idee musste man kommen, wenn unsere Eltern über die Nazis sprachen. Ungefähr so: Die Nazis gehörten nicht zu uns, die waren irgendwann einfach plötzlich da, die wollten alles bestimmen und die ganze Welt beherrschen. Die Nazis waren durch und durch böse und haben nur böse Sachen gemacht. Sie haben den Krieg angefangen und dann ist alles kaputt gegangen und zum Schluss waren alle Nazis wieder weg. Bis auf ein paar, die im Gefängnis büßen müssen. So erklärten sie uns Kindern, was passiert war.

So ähnlich hat meine Oma auch immer geredet. Die Nazis, das waren irgendwelche Aliens. Dunkle, verborgene Gestalten, die keiner kannte. Dementsprechend war ich geschockt, als ich eines Tages rauskriegte, dass mein Opa in der NSDAP war. Dann war mein Opa also auch ein Nazi, oder? Nein, nein, sagte mein Onkel, Opa war kein echter Nazi, der war nur in der Partei, weil man ihn gezwungen hatte, er wollte eigentlich nicht und war insgeheim gegen Hitler. Eigentlich hatte ich meinen Opa gemocht. Aber das hat mich doch erschüttert. Und du meinst im Ernst, dass deine Leute eine weiße Weste haben?

Das weiß ich nicht. Jedenfalls waren es keine Verbrecher! Sie hatten einfach ganz viel Glück. Ich hatte zum Beispiel einen Onkel, der war eine ganze Zeit lang als Offizier in Paris stationiert, als Dolmetscher. Der muss ein schönes Leben gehabt haben. Krieg war da ja keiner. Dafür Eiffelturm, Wein und Varietés. Und Leute erschießen musste er auch nicht.

Mann, bist du naiv! Hast du dir mal überlegt, was ein Dolmetscher im besetzten Frankreich zu tun hatte?

Na, übersetzen, was denn sonst!

Ja, aber was? Die wurden gebraucht für die Verhöre. Die Dolmetscher waren die rechte Hand der Folterknechte. Die haben brav übersetzt, was aus den Widerstandskämpfern herausgeprügelt wurde.

Darüber weiß ich nichts. Kann ich mir aber auch gar nicht vorstellen. Mein Onkel war ein feiner Mann. Gebildet. Und er hatte auch nichts gegen Franzosen, im Gegenteil.

Das ändert aber nix dran, dass dein Onkel mitgemacht hat. Vielleicht war er sogar begeistert von dem, was er da machte. Indoktriniert von der ganzen Propaganda. Ein feiner Herrenmensch mit feinen Manieren.

Ich hab langsam genug von deinen Kommentaren! Du bist einfach total gnadenlos! Spielst dich auf, als wärst du der Einzige, der voll durchblickt. Was weißt du denn schon? Warst du dabei, damals? Hee? Natürlich nicht. Du hast leicht reden, heute, wo alles längst vorbei ist und wo jeder ablästern kann, was und wie er will, aus sicherer Entfernung.

Schon gut, schon gut. Ich wollte deine Verwandten nicht beleidigen. Tut mir leid. Schwieriges Thema für ein Klassentreffen zu zweit.

Das kannst du wohl laut sagen! Es ist kein Wunder, dass dein Vater dir nichts erzählt hat! Du bist so aggressiv, so kalt, so verständnislos! An seiner Stelle hätte ich dir auch nichts vom Krieg erzählt!

Moment mal. Man wird doch wohl eine Meinung haben dürfen. Der Zweite Weltkrieg war einfach ein einziger großer Shit. Und die Wehrmacht – das war das größte jemals organisierte Verbrechen. Und nichts anderes.

Ah, jetzt verstehe ich, was in deinem Kopf vorgeht! So hättest du's gern: dein Vater – ein Widerstandskämpfer! Er hätte sich aktiv gegen Hitler stellen sollen. Er sollte ein Held sein! Ja, das wäre dir viel lieber. So was wie die Leute von der Weiße Rose, oder von der Résistance in Frankreich. Oder noch besser: Wenn er persönlich die Bombe gegen Hitler gebaut hätte. Und das alles nur, damit du dich besser fühlst. Dein Vater war aber kein Widerstandskämpfer! Und damit kannst du dich nicht abfinden. Trotzdem spielst dich auf wie der großer Richter! Du glaubst gar nicht, wie satt ich deine Sprüche habe, du –

Spuck's ruhig aus: Klugscheißer. Du hälst mich für einen Klugscheißer. Kenn ich. Das hat auch mein Vater zu mir gesagt. Ist mir aber egal. Was soll –

Das ist dir egal? Du bist so was von arrogant, unglaublich!

Und was ist mit dir? Du hast dir ein Traumschloss aufgebaut! Du glaubst, dein Alter wäre ein Saubermann. Und du verdrängst alles, was sein schönes Image ankratzen könnte. Vom Sonnenuntergang über dem Meer hat er dir erzählt! Wie romantisch! Hat er dir auch gesagt, dass er nachts nicht schlafen konnte, eingequetscht zwischen den Torpedorohren, in seiner schmalen Hängematte, die er immer nur für vier Stunden hatte? Dass er da unten sowieso nicht wusste, ob gerade Tag oder Nacht war? Dass er sich vor lauter Angst in die Hosen gemacht hat, wenn die Wasserbomben neben dem Boot einschlugen? Hat er dir auch erzählt, dass er mit seinen Leuten wehrlose Passagiere auf voll besetzten Schiffen in den Tod geschickt hat? Dass sie die Ertrinkenden gesehen haben, zum Greifen nah, aber nicht geholfen haben? Hat er dir das auch erzählt, dein Held?!

Stopp! So mache ich das nicht mehr mit! Ich will nicht, dass wir so miteinander reden. Das wird mir jetzt einfach viel zu viel!

Sorry.

Ja, sorry! Dein Ton ist schwer auszuhalten. Du müsstest dich mal selbst reden hören! Du bist so was von ungerecht!

Nochmal sorry.

Unsere ganze Diskussion ist einfach völlig daneben.

So was von abgedroschen! Deine ganzen Argumente –
schon tausend Mal gehört auf allen Kanälen dieser Welt.
In der Schule, im Fernsehen, in tausend Büchern. Ich
kann's nicht mehr hören.

> Ich bin ja auch nicht zu dir gekommen, damit wir
> uns diese Sachen um die Ohren hauen. Aber der
> Krieg hat doch jeden verändert, der dabei war, oder
> nicht?

Mein Vater war ein anständiger Soldat. Anstand – das
hat ihm immer viel bedeutet. Es muss wahnsinnig
schwer gewesen sein, anständig zu bleiben. Er war kein
Prahlhans und auch kein Frauenaufreißer. Und er war
pflichtbewusst. Ehre spielte für ihn auch eine Rolle. Aber
das ist dir wahrscheinlich zu altmodisch.

> Tut mir leid, aber das mit der Ehre finde ich ein-
> fach Quatsch. Ich muss doch nicht die Ehre meines
> Vaters verteidigen! Tot ist er sowieso, genauso wie
> deiner. Und was er getan hat, das musste er selbst
> verantworten. Und nicht ich.

Jetzt mal ganz ehrlich: Hast du dich nicht auch manchmal geschämt, ein Deutscher zu sein? Weißt du noch,
wie wir mit der Klasse in London waren? Die Stadtrund-
fahrt, bei der sie uns die Stellen gezeigt haben, die die
Deutschen bombardiert hatten? Ich glaube, ich bin im
Bus rot geworden. Oder in Frankreich, da waren wir mal
auf einem dieser Soldatenfriedhöfe und da haben einige
von uns Mädchen geweint und ich musste –

> Das ist ein klassischer Fall von Fremdschämen! Hast
> du denn England erobern wollen? Hast du Fran-
> zosen umgebracht, Polen überfallen, die Juden ver-
> gast? Na also. Das waren wir nicht. Das war nicht
> unsere Generation. Das haben sogar die Polen und
> die Russen schon längst kapiert. Nein, es geht dar-
> um, was unsere Väter angerichtet haben. Und das
> darf nicht unter den Tisch gekehrt werden.

Das will ich auch nicht. Aber man muss sich mal in ihre Lage versetzen. Für sie war der Krieg doch auch schlimm. Vor allem, dass sie ihn am Ende auch noch verloren haben. Dieses Gefühl, versagt zu haben ... Und ringsherum alles nur Schutt und Asche. Sie sollten ihr Vaterland verteidigen und das wollten sie auch, ganz bestimmt, aber sie haben es nicht geschafft. Sie mussten zusehen, wie deutsche Städte zerbombt wurden, wie immer mehr Menschen starben und dann konnten sie den Feind an den Grenzen nicht mehr aufhalten. Sie waren auf der ganzen Linie gescheitert. Alles kaputt. Und alles für die Katz. Das muss sie doch völlig fertiggemacht haben.

Das frag ich mich auch: Wie sind sie damit klargekommen? Wie hat mein alter Herr das verpacken können? Was ging innerlich in ihm vor, wenn er daran erinnert wurde? Das war mir immer ein Rätsel. Manche sollen ja deswegen Alkoholiker geworden sein. Oder depressiv. Aber das hat man früher nicht als Leiden erkannt.

Heutzutage wird immer gleich von Traumatisierung geredet. Posttraumatische Belastungsstörung. PTBS. Geh mal auf die Internetseite der Bundeswehr und du wirst sehen, die machen schon fast Werbung damit. Alle reden davon. Auch, wenn du bloß ein Karnickel überfährst. Aber damals? Die meisten Landser in Russland müssen doch einen richtigen Knacks abgekriegt haben. Seelisch, meine ich. Für den ganzen Rest ihres Lebens.

Lass uns aufhören, darüber zu reden. Es bringt nichts und verdirbt nur die Stimmung zwischen uns.

Ich hab nicht mit dem Thema angefangen.

Doch, das hast du doch.

Ich wollte zu dem Foto nichts sagen, aber du –

Okay, okay. Wie gesagt: Es ist mein Vater. Und ich habe ihn geliebt, nicht nur als Kind, und ich mag ihn immer noch, auch wenn er tot ist. Und die Tatsache, dass er Soldat war, ändert nichts daran.

Und die Tatsache, dass er einem Verbrecher nachgelaufen ist wie Millionen andere Lemminge, das ändert auch nichts? Er hat einem Geisteskranken die Treue geschworen und länger durchgehalten als sein Führer höchstselbst.

Jetzt reicht's wirklich! Du kannst nichts anderes als provozieren! Stänkern, besser gesagt. Es verletzt mich, wie du über meinen Vater redest! Und außerdem: Du tust mir echt leid! Wie kann jemand nur so schlecht über seinen eigenen Vater denken? Du bist doch auch bald 6o! Aber du redest immer noch so wie Rudi Dutschke und seine Studentenbewegung! Ich habe mit meinem Vater jedenfalls meinen Frieden geschlossen. Wir haben uns nicht immer gut verstanden. Aber wir haben uns ausgesprochen und uns manches verziehen. Den Krieg muss ich ihm nicht verzeihen. Aber irgendwie muss man damit abschließen. Es gibt ein Recht auf vergessen dürfen, hat er mal gesagt. Und das finde ich auch. So, und jetzt lass uns über etwas anderes reden.

Meinetwegen. Das Thema interessiert ja auch niemanden mehr. Meine Kinder jedenfalls nicht. Und deren Freunde auch nicht. Die hängen den ganzen Tag nur im Internet rum. Der nächste Krieg wird sowieso ganz anders sein. Drohnen, Roboter und Cyber War. Da muss auch niemand einen anderen von Angesicht zu Angesicht erschießen, sondern nur noch den Joystick –

Der Backofen piepst. Jetzt sag, was du willst: Bier oder Wein? Oder was anderes?

Besuchsdienst

Ich weiß nicht, ob ich Ihnen wirklich helfen kann. Sie müssen wissen, ich bin erst seit ein paar Jahren dabei. Und so viel Besonders passiert nun auch wieder nicht.

.

Doch, ein paar Minuten schon. Wir müssen allerdings nachher wieder Platz machen, wenn die Schwestern ihre Frühstückspause machen.

.

Dienstags. Ich bin immer dienstags vormittags dran. Montags wasche ich meine Wäsche, ist noch so eine alte Gewohnheit. Mittwochs gehe ich zum Markt, donnerstags hab ich meinen Frühstücksclub und freitags putze ich meine Wohnung, damit am Wochenende alles fertig ist. Also habe ich mich dienstags einteilen lassen. Das kommt mir ganz gut aus. Und die Straßenbahn hält ja auch direkt vor meiner Haustür.

.

Wir sind ein knappes Dutzend. Alles Frauen. Die meisten sind ungefähr in meinem Alter. Na ja, wenn die Kinder aus dem Haus sind, hat man mehr Zeit für so etwas. Der Dienst bringt auch eine gewisse Abwechslung. Man kommt mal wieder raus, unter Leute, besonders, wenn man allein lebt, so wie ich. Mein Mann ist schon vor zehn Jahren gestorben. Und die Kinder sind weggezogen. Jetzt musst du dir was einfallen lassen, hab ich mir gesagt, damit du nicht zu Hause versauerst.

.

Wie gesagt, wir werden eingeteilt. Das macht unsere Teamsprecherin. Die macht für jede Woche die Liste fertig und die holen wir dann im Pfarrbüro ab. Darauf stehen dann die Namen, die Geburtstage und die Station. Wir haben uns mit ein paar Leuten dafür eingesetzt, dass wir eine WhatsApp-Gruppe gründen. Dann müssten wir nicht immer zuerst die Liste abholen und dann erst in die andere Richtung zum Krankenhaus. Aber das geht nicht, wegen Datenschutz. Verstehe ich auch. Wenn man sich mal überlegt, was da alles –

.

Jeder bekommt zwei oder höchstens drei Personen. Und die besucht man dann im Zimmer. Auf jeden Fall die Geburtstagskinder. Die bekommen auch ein kleines Präsent, nichts Großes, meistens eine Kerze, aber das kommt immer sehr gut an. Und dann eben auch andere, die keinen Geburtstag haben. Alle Patienten werden bei der Aufnahme gefragt, ob sie von der Gemeinde besucht werden wollen. Und dafür sind wir dann da.

.

Ich würde sagen: Dass man sich einfach unterhält, so von Mensch zu Mensch, das ist das Wichtigste. Dass man ein bisschen Interesse zeigt, wie es dem Patienten geht, und dass man ihm das Gefühl gibt, dass er nicht allein ist. Viele sind ja schon älter und von denen sind viele, glaub ich, ganz schön einsam. Und wenn wir dann reinkommen, dann merkt man sofort, wie die sich freuen. Dann geht ein Strahlen über ihr Gesicht, vor allem, wenn man schon mal da war und wenn man sich von daher schon ein bisschen kennt. Und dann weiß man, wofür man das tut. Manche wundern sich auch und sagen, dass sie mit der Kirche schon seit Jahren nichts mehr zu tun haben. Aber die meisten freuen sich trotzdem. Ich setze mich immer auf einen Stuhl, dann ist man in etwa auf Augenhöhe, nicht wie die Ärzte bei der Visite, und dann kommen wir fast immer schnell ins Gespräch.

.

Ja, durchaus. Manche liegen ja wochenlang im Krankenhaus, sind schwerkrank und wissen nicht, wie es weitergeht. Wir sind keine Seelsorger, aber die Patienten erzählen uns viel von ihrem Leben. Auch von ihren Sorgen und Ängsten.

.

Vom Krieg? Da muss ich mal überlegen. Ja, doch, das kommt auch vor. Wir hatten mal einen alten Herrn, dem es sehr schlecht ging. Er war sehr unruhig. Die Schwestern hatten mich schon vorgewarnt. Der hatte wirklich die Panik in den Augen stehen. Ich hatte mich kaum vorgestellt, da packte er meine Hand und hielt sie fest. Schwester, sagte er zu mir, obwohl ich doch gar keine Krankenschwester bin, Schwester, sagte er also, ich hab siebzehn Russen erschossen und jetzt muss ich ins Fegefeuer!

Das müssen Sie sich mal vorstellen! Ins Fegefeuer! Der war in höchster Not, weil er das wirklich geglaubt hat. Deshalb konnte er auch nicht sterben. Gestorben ist er später doch, aber er hat gekämpft bis zuletzt, wie mir Schwester Kathrin sagte. Das fand ich schon tragisch.

Ein anderer hat mir erzählt, dass er LKW-Fahrer war und dass er eine Zeit lang seine Kameraden an die Front transportieren musste. Also von der Unterkunft immer einen LKW voll dorthin, wo geschossen wurde und wo der Feind ganz nahe war. Er fuhr immer hin und her. Voll hin, leer zurück. Oder er hatte auf dem Rückweg Verwundete dabei. Ein Shuttle-Service, würde man sagen, wenn's nicht so traurig wäre. Er hat's überlebt, aber seine Kameraden nicht. Die wären alle gefallen, sagte er. Und deshalb machte er sich jetzt im hohen Alter schwere Vorwürfe. Wie kann man so jemanden trösten? Da bin ich auch an meine Grenzen gestoßen.

Einen gab es mal, der hat sofort seinen Zeigefinger auf den Mund gelegt und gesagt: Pst! Leise! Die Franzosen dürfen nicht hören, was wir sagen! Die kriegen alles mit! Er hat während unserer gesamten Unterhaltung geflüstert und ich sollte das auch tun. Ich kam mir ziemlich komisch vor, das können Sie sich denken.

Es gibt Patienten, die sich verfolgt fühlen oder bedroht, vor allem Männer. Mehrere haben schon behauptet, dass hinter dem Vorhang ein Russe mit 'ner Kalaschnikoff steht. Oder dass einer unter ihrem Bett liegt. Daran kann man merken, wie viel Angst in ihnen steckt. Obwohl der Krieg doch schon so lange vorbei ist!

.

Ehrenamtlich, natürlich. Ich mache mit, weil es mir Spaß macht, so wie allen anderen in unserem Team auch. Man kann etwas Gutes tun und hat selbst Freude daran.

.

Wir hatten am Anfang eine Schulung von der Caritas, wo man uns einiges erklärt hat, auch über Gesprächsführung und so weiter. Und einmal im Quartal haben wir Teambesprechung. Da gehe ich immer gern hin. Überhaupt die Frauengemeinschaft: Wir haben ja auch noch andere Aktivitäten, das ganze Jahr über. Als mein Mann und ich rüberkamen, wurde ich gleich angesprochen und herzlich aufgenommen, ohne Wenn und Aber. Ich fand das erst seltsam, in so einer Kirchengruppe mitzumachen. So etwas kannte ich ja überhaupt nicht. Aber ich fühle mich hier wohl und hab dadurch Anschluss gefunden. Wer weiß, wie lange das sonst gedauert hätte. Für uns war es ja ein kompletter Neuanfang, als wir –

.

Nein, wir haben keine besondere Kleidung. Sie meinen, so etwas wie die Blauen Damen in Frankreich? Nein, so etwas gibt es bei uns nicht. Außer: die Vollverschleierung. Das nennen wir aber nur unter uns so, zum Spaß. Also: Kittel, Mundschutz, Haube und Schuhüberzieher. Das erinnert mich immer an das landwirtschaftliche Zentrallabor, das damals für unsere LPG zuständig war. Hier tragen wir das nur, wenn ein Patient einen multiresistenten Keim hat. Oder wenn es einen ähnlichen Grund gibt. Kommt aber selten vor und ist auch nicht so gut, weil man unser Gesicht nicht sieht. Wie soll da jemand zu uns Vertrauen aufbauen können?

.

Ich weiß nicht, was Sie mit unangenehmen Situationen meinen. Es gab mal einen, der hat mich gefragt, ob ich in der Nacht wiederkommen könnte. Der wollte aber nichts von mir, jedenfalls nicht das, was man jetzt denken könnte. Der hatte einfach Angst. Nachts sah er immer Gespenster. Da kommen die Russen aus dem Wald, sagte er immer und zeigte aus dem Fenster. Und sobald es dunkel würde, kämen sie über den Flur. Er tat mir einfach leid, dieser kleine, alte Mann. Er war über neunzig. Selbstverständlich habe ich abgelehnt.
Für Schwester Corinna war es mal unangenehm. Sie hatte Nachtdienst in der Kurzzeitpflegegruppe. Mitten in der Nacht, so hat sie mir erzählt, fängt ein Patient, der

erst zwei Tage da ist, an zu schreien, laut und ohne Ende: Hilfe, wir sind verschüttet! Hilfe, Hilfe! Hier! Schwester Corinna kommt rein ins Zimmer, will ihn beruhigen, doch er ist außer sich. Er springt aus dem Bett, will raus, irgendwohin. Sie versperrt ihm den Weg, doch sie ist ihm nicht gewachsen. Er reißt die Tür auf und schubst sie zur Seite, sie stürzt und blutet sofort aus einer großen Platzwunde am Kopf.

Am nächsten Tag haben sie eine kleine, zusätzliche Lampe in seinem Zimmer eingestöpselt. Die brannte die ganze Nacht und der alte Herr gab wieder Ruhe. Weil es nicht mehr dunkel war. Wer weiß, was er mal erlebt hat. Vermutlich auch so eine Sache aus dem Zweiten Weltkrieg. Bergmann war er jedenfalls nicht, das wurde sofort überprüft.

.

Wenn ich jetzt so nachdenke, fällt mir immer mehr zu Ihrer Frage ein. Vor ein paar Wochen war vormittags Brandalarm, hier im Krankenhaus. Die Sirene ging ununterbrochen und hörte gar nicht mehr auf. Das geht einem echt an die Nerven. Dann kommen die Feuerwehrleute und stürmen das Haus. Wie sie in die Tagesgruppe der Gerontopsychiatrie stürzen, mit ihrer vollen Ausrüstung, fängt ein alter Mann an zu schreien: Wir werden alle vergast! Wir werden alle vergast! Die Feuerwehrleute wollen ihm sagen, dass es nur eine Übung ist. Aber er versteht sie nicht, weil er schwerhörig ist. Und weil sie ihre Gesichtsmasken tragen, versteht man sowieso nicht, was sie sagen. Das muss ein Riesenschreck für die alten Leute gewesen sein. Einer kroch sogar unter den Tisch, was nicht einfach ist, wenn man so alt ist, und wollte gar nicht mehr hervorkommen. An so einem Beispiel merkt man, was in den Leuten noch drinstecken muss, tief drin.

Dass alle vor den Russen die größte Angst hatten, das hört sich für mich immer noch ein bisschen seltsam an. Wir sind ja ganz anders damit aufgewachsen. Die siegreichen, tapferen Sowjetsoldaten haben uns vom Faschismus befreit. Das sozialistische Brudervolk steht uns treu zur Seite. Und so weiter. Das war natürlich auch irgendwo Propaganda, aber so hieß es nun mal. Aber ganz ehrlich: Über den Krieg haben wir uns unter Kollegen nie unterhalten. Jedenfalls nicht in unserer Brigade.

.

Nee, über meinen Vater kann ich nichts sagen, weil ich den nie kennengelernt habe. Für mich hat's den nie gegeben. Und meine Mutter hat mir auch nichts über ihn gesagt. Nur, dass er schon lange vor der Mauer Republikflucht – ich meine, rübergegangen wär. Ach Kind, sagte sie zu mir, find dich einfach damit ab, ich muss es ja auch. Aber eine andere Geschichte hat sie mir erzählt. Sie selbst musste als Kind oft in den Bunker. Einmal saß sie ziemlich weit vorne, ihre Oma viel weiter hinten im Raum. Komm, wir tauschen mal, sagt die Oma zu ihr und das machen sie dann auch. Kurze Zeit später gibt es einen Volltreffer im Eingangsbereich. Es muss fürchterlich gerumst haben. Dann stellt sich heraus: Mehrere Menschen, die vorn gesessen haben, sind tot, auch ihre Oma.

Diese Geschichte kannte ich schon immer. Aber als meine Mutter ins hohe Alter kam, machte sie sich immer mehr Vorwürfe. Ich hätte damals den Sitzplatz nicht mit meiner Oma tauschen dürfen, sagte sie und das wiederholte sie jeden Tag, als sie schon über achtzig war. Und dann kam immer der Satz: Ich bin schuld, dass meine Oma sterben musste.

Wenn vom Krieg die Rede ist, denkt man vor allem an die Männer. An die gefallenen Soldaten, die Invaliden,

die Verschollenen, die Gefangenen und die Spätheimkehrer. Aber man sollte auch an die Frauen denken und
daran, was die alles mitgemacht haben!

.

Ja, ich meine nicht nur, was sie selbst Schlimmes erlebt
haben, sondern auch die vielen Sorgen und die viele
Trauer um andere Menschen. Vor allem natürlich um
die eigene Familie. Wir hatten eine Nachbarin, eine alte
Frau, der konnte man ihren Kummer schon von weitem
ansehen. Und meine Mutter wusste auch, warum. Diese
Nachbarin hatte im Krieg die Nachricht erhalten, dass
ihr Sohn in Russland vermisst sei. Ihr einziger Sohn.
Damals war jedem klar, dass das fast die gleiche Bedeutung hatte wie die Nachricht: gefallen für Führer, Volk
und Vaterland. Denn wer einmal in Russland verschollen
war –

..

Wir sind gleich fertig. Der Herr hat nur ein paar Fragen
an mich.

..

Ja, so hatte ich das ja vor, aber die Besucherecke ist besetzt. Ich wollte schon in den Lagerraum gehen, aber
Schwester Eva hat uns erlaubt, dass wir uns hier hinset-
zen dürfen, es dauert ja nicht lange.

..

Ich weiß, dass wir uns nicht vorn im Stationszimmer
aufhalten dürfen.

..

Ja, machen wir. Und Dankeschön!
Also gut, wo waren wir stehen geblieben? Die Nach-
barin trauerte also um ihren vermissten Sohn. Ein paar
Monate später bekam sie eine andere Vermisstenmel-
dung, auch aus Russland. Sie hatte aber nur einen Sohn!
Jetzt wusste sie nicht, welcher Nachricht sie glauben

sollte. Wenn die erste Meldung falsch war – vielleicht war auch die zweite falsch? Vielleicht waren alles Verwechslungen? Sie dachte, die zweite Nachricht wäre ein Zeichen. Sie hatte wieder Hoffnung. Und dann wartete sie. Jahrelang. Bis an ihr Lebensende. Doch sie bekam nie eine neue Nachricht. Der Sohn kehrte nie aus dem Krieg zurück. Ist das nicht furchtbar? Da lebt man jahrelang in Ungewissheit und muss am Ende doch alle Hoffnung begraben.

Manche Frauen haben ihre verschollenen Männer amtlich für tot erklären lassen. Das stelle ich mir auch furchtbar vor. Diese Entscheidung zu treffen, den Antrag zu stellen und dann die Sterbeurkunde zu bekommen ... Diese Frauen haben bestimmt viele, viele schlaflose Nächte gehabt. Aber der Schritt war wohl in vielen Fällen das Beste. Schließlich musste es ja irgendwie weitergehen. Vielleicht waren auch Kinder da, vielleicht ein neuer Partner und damit die Chance für einen neuen Anfang. Verdenken kann ich's keiner.

.

Schuldgefühle? Das kann ich nicht sagen. Ich weiß nicht, ob Frauen oder Männer mehr Schuldgefühle haben wegen ihrer Kriegserlebnisse. Man denkt vielleicht, eher die Männer, weil die ja aktiv waren mit ihren Waffen, an der Front gekämpft haben und so weiter. Ich weiß es nicht. Aber ich habe den Eindruck, dass bei vielen Menschen die Erfahrungen von damals umso mehr hochkommen, je älter sie sind. Und das beobachten auch andere in unserem Team.

.

Ja, das kommt auch vor. Ich selbst würde ja nie auf die Idee kommen, weil ich daran nicht glaube, wenn ich ehrlich sein soll. Bei uns gab es früher nur Atheismus. Deshalb ist die Sache mit den Sakramenten auch nicht mein Ding. Aber ja, es kommt oft vor, dass uns die Patienten sagen, dass sie einen Pfarrer sprechen wollen. Und wenn es ein katholischer ist, dann soll er ihnen auch die Beichte abnehmen. Hinterher fühlen sie sich erleichtert. Ich kann das nicht verstehen, aber man merkt es ihnen an.

.

Ich weiß nicht, ob das jetzt zum Thema passt. Waren Sie schon mal in Florenz? Ja? Auch im Dom? Ich war im letzten Jahr mit einer Busreise dort. Also: Die meisten Touristen wollen auf den Turm. Viel interessanter ist aber die Kuppel, das können Sie mir glauben. Man steigt in der Kirche eine steile Wendeltreppe nach oben und dann steht man plötzlich hoch, sehr hoch über dem Kirchenschiff und schaut herunter auf den Altarraum. Und als nächstes stellt man fest, dass die ganze große Kuppel mit einem riesigen Gemälde bemalt ist. Es zeigt das Jüngste Gericht, also das aus der Bibel. Die Menschen stehen Schlange und treten vor, einer nach dem anderen, vor einen Richtertisch mit Gottvater als dem großen Vorsitzenden. Mit einer Handbewegung teilt er die Menschen ein: gut oder böse, Himmel oder Hölle. In der oberen Hälfte ist alles in freundlichen Farben gemalt. Die Menschen haben zu essen, tragen schöne Gewänder und die Sonne scheint. Das ist der Himmel. In der unteren Hälfte ist alles düster. Die Menschen sehen unglücklich aus, sind nackt, viele stürzen nach unten in einen bodenlosen Abgrund oder ins Meer. Aber was das Dollste ist: Überall in der Hölle sind hässliche Wesen unterwegs, große, behaarte Teufel mit bösen Fratzen, die nichts anderes tun als die armen Menschen zu quälen. Sie stechen sie mit Lanzen und grinsen dazu heimtückisch. Oder sie stoßen sie in einen Kessel mit einer brodelnden Flüssigkeit. Oder sie packen sie an einem Fuß, so dass sie kopfunter hängen und schwenken sie dann durch lodernde Flammen. Oder sie setzen sie auf einen spitzen Pfahl. Und so weiter und so weiter. Es ist ein richtiges Wimmelbild. Alle Figuren sind groß gemalt, damit die Gläubigen von unten alles erkennen können. Und wenn man als Besucher oben auf dem Laufgang steht, der rundum geht, direkt am unteren Rand der Kuppel, dann wird man fast erschlagen von dem kolossalen Bild, weil alles so bedrohlich nahe ist.

Vielleicht habe ich jetzt zu weit ausgeholt? Kann auch sein, dass ich jetzt verschiedene Bilder zusammenwerfe. Man sieht ja anderswo Ähnliches. Ich wollte nur sagen, dass ich damals in Florenz an den alten Herrn mit der Angst vor der Hölle denken musste. Und da bekam ich eine leise Ahnung davon, wie ihm vielleicht zumute gewesen war.

Besenrein

Er stand am Fenster und überlegte, was er als nächstes tun sollte. Unschlüssig blickte er herunter auf den Feierabendverkehr, die Geschäfte, den kleinen Horizont aus Häusern und Mauern und Parkplätzen. Der Nieselregen legte alles in eine graue Watte. Die Reklameschrift an der Hauswand gegenüber sah matt und verbraucht aus.

Er mochte diese Momente. Diese Stille in den leeren Räumen. Den Blick auf geräuschlose Fahrzeuge. Die Ruhe, die ihn ausfüllte, wenn alles fertig war.

Bis auf die Schrankwand. Er taxierte das letzte Möbelstück in der Wohnung. Eiche dunkelbraun, etwa zweizwanzig hoch, dreiachtzig breit, Fernsehschrank und Barfach integriert, Glastüren, vierfach beleuchtet.

Eigentlich hatte er schon längst damit aufhören wollen. „Mit sechsundsechzig ist endgültig Schluss", hatte er verkündet, doch dann ging es immer weiter mit den Anrufen und Gitti mischte sich aus der Küche ein, laut genug, dass es auch für den Schwager am anderen Ende der Leitung zu hören sein musste: „Nu' mach schon. Du kannst ihn doch nicht hängen lassen."

Also hatte er wieder seine Stofftasche hervorgeholt und die Straßenbahn genommen, um zu einer Adresse zu fahren, die ihm genauso gleichgültig war wie all die anderen Adressen vorher. Die beiden Bulgaren packten gerade ein Sammelsurium von Stühlen auf den Kleinlaster. Der Schwager stand daneben und drehte sich eine

Zigarette. „Alles clean", sagte er, „wir müssen gleich los, noch was in Bottrop laden." Er lehnte an einem orangefarbigen Container, der schief auf der Bordsteinkante abgestellt war.

„Sonst noch was?"

„Nö. Nur der Schrank. Hab ihn für Hundertzwanzig bei eBay eingestellt. Um halb fünf kommt jemand. Die Bulgis können dich nachher abholen, wenn sie mit abladen fertig sind. Falls es dir dann dunkel genug ist." Der Schwager grinste, gab den beiden Männern mit dem Kinn ein Zeichen, dass sie einsteigen sollten und fuhr mit ihnen weg.

Die Wohnungstür im vierten Stock war nur angelehnt. Er wollte schon lange keinen Schlüssel mehr haben. Das verursachte nur Ärger. Schlüssel mussten immer an jemanden weitergegeben werden, der dann vielleicht doch nicht kam. Oder sie wurden in der Jackentasche vergessen. Oder sie waren sowieso die falschen und passten nicht ins Schloss.

Im Korridor blieb er stehen und schnupperte. Kein besonderer Geruch. Einfach nur der Muff von alten Leuten. Eine leise Erleichterung breitete sich in ihm aus. Er hatte schon genug erlebt. Vergammelte feuchte Wäsche in einem vergessenen Eimer. Eier, die hinter den Küchenschrank gefallen waren. Offene Dosen mit Hundefutter und Katzenklos, die anscheinend nie jemand sauber gemacht hatte. Besonders übel fand er den Gestank von faulen Kartoffeln. Aber jetzt: Entwarnung.

Er stellte seine Beuteltasche auf die Fensterbank in der Küche und begann seinen Rundgang. Prüfte, ob die Wasserhähne richtig zugedreht waren. Regelte die Heizkörper auf null. Schaute nach, ob im Sicherungskasten etwas liegen geblieben war. Kippte Wasser in den Abfluss der Badewanne, damit es aus dem Siphon nicht mehr roch. Machte das Toilettenfenster zu.

Im Wohnzimmer schimmerte die Glastür der Schrankwand abwechselnd rot, gelb und grün. Scheinwerfer spiegelten sich diffus im Barfach. Er öffnete der Reihe nach alle Türen, von links oben nach rechts unten. Zwei Schubladen hatten die Jungs nicht leer geräumt, wer weiß warum, vielleicht einfach übersehen. Krimskrams in Hülle und Fülle. Er holte eine Mülltüte aus der Küche und kippte das Zeugs langsam hinein, so langsam wie möglich. Er dachte an Sand, der aus einem Eimer rieselt, er stellte sich den Strand und das Meer vor, aber das Geraschel und Gerappel des Kunststoffbeutels störten ihn bei dieser Vorstellung. Wie in einem zu langsamen Film kullerte alles einzeln vor seinen Augen in die schwarze Tüte: Tablettenschachteln, Brillenetuis, Telefonrechnungen, ein Rosenkranz, Kassenzettel, Fotos in schwarz-weiß und in Farbe, Gebrauchsanweisungen für Haushaltsgeräte, eine Menge Filmdosen, lose Streichhölzer. Dann hatten nacheinander ihren Auftritt: eine vorsintflutliche Fernbedienung, Kerzen, Totenzettel, Underberg-Fläschchen, ein kleines Notizbuch, ein abgebrochenes Stück von einer Zahnprothese, Schokoladeneier in buntem Staniolpapier, leere Backpulvertütchen mit aufgedruckten Rezepten auf der Rückseite, abgeknipste Zehner-Eintrittskarten für das Stadtbad. Er klopfte vorsichtig auf den Boden der Schubladen, bis der letzte Zahnstocher herausgefallen war. Schließlich fischte er ein sauberes Papiertaschentuch aus seiner Hosentasche und wischte damit den Staub aus den Ecken.

Dann begann das Warten.

Er trank den letzten Schluck Kaffee aus dem Thermosbecher. Von tief unten glotzte ihn der Container an. Aufgeplatzte Mülltüten, verstreute Klamotten und verbeulte Lampenschirme kamen ihm vor wie die offenen Gedärme eines riesigen Tieres, die über den rostigen

Rand des Behälters hinausquellen wollten. War doch klar, dachte er, dass sieben Kubik nicht reichen würden, aber der Möchtegern-Chef hatte sich in seiner unendlichen Weisheit wieder mal verschätzt. Oder einfach nur geknausert.

Nur gut, dass das keine Angehörigen zu sehen kriegen, sagte er sich. Die konnten den Anblick der gefüllten Container meistens nicht ertragen. Sie hätten einen mit Deckel bestellen sollen, hieß es dann, die gibt es doch auch, oder wenigstens einen mit einem hohen Rand, damit man nicht gleich alles sieht. Diejenigen, die so redeten, Kinder oder irgendwelche Verwandte, waren oft dieselben, die sich oben in der Wohnung wegen einer Grubenlampe oder einer Kaffeekanne stritten wie die Kesselflicker.

Gitti war mal vom Einkaufen nach Hause gekommen: „Stell dir vor", hatte sie gesagt und ihre Stimme hatte sich belustigt und geschockt gleichzeitig angehört, „ich will mir im Schreibwarenladen nur ein neues Rätselheft kaufen und da liegt da so'n Buch, dass man seine Wohnung vor seinem Ableben selber ausräumen soll, also so was, ich weiß nicht. So 'ne alte Frau aus Schweden hat das geschrieben und jetzt verkaufen sie das zwischen Kochbüchern, Yoga und den ganzen Ratgebern. Wenn das mein Bruder wüsste!"

Er hatte durchaus schon mal den flüchtigen Gedanken gehabt, dass er seine Sachen in Ordnung bringen müsste, aber er hatte nicht gewusst, womit er anfangen sollte. Er hatte sich eines Tages das Schuhregal vorgenommen, ein paar alte Treter aussortiert und dann feststellen müssen, dass er keinen Plan hatte. Um überhaupt etwas zu tun, hatte er alle Passwörter auf einem Blatt Papier aufgeschrieben, aber wohin damit? Er hatte es wieder zerrissen.

Sorgfältig packte er seinen Thermosbecher in den Beutel. Gitti sagte dazu immer: „deine schäbige Hartz-IV-Tüte". Er fand diese Supermarkt-Stofftasche ganz praktisch, weil er darin genau die Dinge tragen konnte, die er bei seinen Einsätzen bei sich haben wollte: Regenschirm, Taschenlampe, Einweghandschuhe und eine Zwanziger-Rolle Müllsäcke, extra reißfest. Vor allem kam er nicht in die Versuchung, mehr Sachen aus Wohnungen mitzunehmen als in den Beutel passten.

Früher war er zum Ausräumen mitgefahren. Zuerst, weil er Gitti nicht allein schuften lassen wollte. „Schwesterherzchen", hatte sein Schwager zu ihr gesagt, „ich bau mir jetzt 'ne richtige Firma auf und du darfst mir dabei helfen." Die ersten Aufträge erledigten sie zu dritt: anfangs nur nach Feierabend oder samstags, später auch unter der Woche. Das ging auf die Knochen, denn er war schon längst über sechzig und in seiner alten Firma hatte er noch eine Siebenunddreißigstundenwoche. Dann tauchten die Bulgaren auf, erst einer, dann zwei und plötzlich, während einer Leerfahrt, sagte der frisch gebackene Kleinunternehmer in gönnerhaftem Ton zu ihm: „Ach, lass mal. Die Jungs sind einfach robuster als du mit deinen Bürokratenmuskelchen."

Als er mit fünfundsechzig in Rente ging, organisierte ihm Gitti den 450-Euro-Job bei ihrem Bruder. „Sieh's doch mal so", sagte sie. „Andere Männer haben 'ne Betriebsrente, aber du warst nun mal nicht bei Krupp." Er bräuchte jede Woche nur ein paar Stunden machen, spezielle Aufgaben und so, nichts Anstrengendes, kein Stress; das würde ihn fit halten. Und alles ganz regulär, über die Bücher.

Die Anrufe kamen unregelmäßig. Mal dauerte ein Einsatz nur eine halbe Stunde, mal einen halben Tag. Es störte ihn nicht. Anfangs fand er es gut, wenn er und Gitti gleichzeitig außer Haus zu tun hatten, wegen ihrer gemeinsamen freien Zeit. Inzwischen war es ihm andersherum lieber.

Mit sechsundsechzig hatte er keine Lust mehr auf den Job. „Ich kündige", sagte er an einem Samstagmorgen beim Frühstück zu Gitti. Anders als erwartet knallte sie nicht ihre Kaffeetasse auf den Tisch. Aber sie rang ihm die Zusage ab, dass er ab und zu doch noch zur Verfügung stehen würde, selbstverständlich nur bei Bedarf, „nur, wenn es nicht anders geht". Gegen Bares, auf die Hand. „Aber du bringst mir das Geld nach Hause", verlangte er. „Von dem will ich es nicht."

Kahle Räume kamen ihm vertraut vor. Man sah immer das Gleiche: die Flecken auf der Tapete, wo vorher Schränke und Regale gestanden hatten. Die Wischstreifen über der Fußleiste und die Schmiere auf dem Boden unter dem Herd. Die Staubknubbel in den Ecken und die einsamen Nägel in den Wänden, garniert mit Spinnweben. Ob zuletzt ein Mann oder eine Frau in der Wohnung gelebt hatte? Das Rätselraten hatte er längst aufgegeben. Zu viele Spuren waren schon verwischt, wenn er aufkreuzte. War auch egal. Hauptsache: keine unangenehmen Überraschungen. Einmal hatte sich ein kleines Vögelchen in einer Dachkammer verflogen. Es fand den Weg zum Fenster nicht, flatterte völlig außer sich herum und fiel schließlich tot zu Boden. Er hatte es entsorgen müssen.

„Du bist der Letzte, der das Licht ausmacht", kriegte er vom Schwager zur Antwort, wenn er sich beschwerte. „Das ist jetzt dein Job." Es lag immer etwas an. Mal ein Zusammentreffen mit einem Vermieter oder einem Angehörigen, mal wollte der Hausmeister noch was, mal musste er mit dem Containerdienst etwas regeln. „Ey, Mann, keiner ist so drauf wie du, voll auf seriös und so! Du machst das schon!" Dieser Angeber!

Halb fünf war längst vorüber. Die Schrankwand kam ihm im Dämmerlicht monströs vor. Er fragte sich, welche Leute sich freiwillig so etwas nach Hause holen würden. Eine Zeit lang hatten Syrer und Iraker solche Möbel gekauft. „Fünfzig Prozent für dich, wie immer", hatte der Schwager gesagt. Aber hundertzwanzig Euro würde heute bestimmt keiner dafür hinblättern. Er überlegte, wie lange es sich für ihn lohnen würde zu warten. Hoffentlich kamen keine Flüchtlinge. Er kannte sich und er wusste, dass er weich werden würde, wenn es am Ende um den Preis ging.

Er schaute den Müllsack abschätzend an. Dann löste er den Knoten und wühlte vorsichtig in dem Krimskrams aus den Schubladen, bis er das Notizbuch zu fassen bekam. Er nahm es langsam heraus und war plötzlich in Sorge, die Blätter könnten herausgefallen sein. Das kleine Heft war nicht größer als eine Zigarettenpackung und viel dünner.

Morgens Körperpflege, nachmittags MG-Reinigung ... Die Kompanie im Baueinsatz ... Abends gibt's mit acht Männern zwei Gänse und zwei Hühner ... Meinen ersten Russen gefangen.

Ein altmodischer Taschenkalender. Grüner Kunstlederumschlag mit eingeprägter Jahreszahl: 1943. Alle Eintragungen in sehr kleiner Schrift, stellte er fest. Allgemeiner Zustand: sehr gut erhalten. Keine Flecken, keine Beschädigungen, kein Modergeruch. Auf der ersten Seite irgendein Name mit einer Anschrift in Essen.

Abends mit Hilde in Stalino ins Kino ... Abfahrt von Verenska Banja ... Nachts Alarm ... Verladung in Kanitz ... Baueinsatz ... Saufabend ... Brief von Mutter erhalten.

Er spürte, dass er plötzlich unter den Achseln schwitzte. So wie damals, als seine Mutter beim Staubwischen den Brief gefunden hatte, diesen Brief an Sabine, voller Weltschmerz, nachdem sie mit ihm Schluss gemacht hatte. Im Discokeller des Pfarrheims war das passiert und er war fünfzehn. Er erinnerte sich genau an die Szene, wie Mutter da stand, in seinem Zimmer, in der Hand den Brief, den er nie abgeschickt hatte, in ihrer Kittelschürze, mit diesem Blick, der wahrscheinlich Mitleid ausdrücken sollte. Er wäre am liebsten im Boden versunken.

Jetzt fühlte er sich ertappt. Wieso eigentlich? Im nächsten Augenblick ärgerte er sich über sich selbst. Dieses Notizbuch war doch praktisch Müll! Niemand hatte es haben wollen. Es war Plunder wie alles, womit er sich immerzu herumschlagen musste! Wen scherte es denn, wenn er darin las? Was sollte daran schlecht sein? So etwas wie Trotz erfasste ihn.

Anfangs war ihm jede Haushaltsauflösung peinlich gewesen. Nein, nicht wegen der Sachen, die er in die Hand nehmen und wegschaffen musste, nicht wegen der Kleiderschränke mit der Unterwäsche und den Hygieneartikeln, sondern wegen der kleineren Schränke mit ihren Schachteln und Schubladen und den persönlichen Sachen darin. Alles machte ihn verlegen, weil immer der Gedanke in seinem Kopf war, dass er gerade in etwas Privatem herumwühlte, ohne die Erlaubnis der Besitzer zu haben. Es wiederstrebte ihm, die Habe anderer Leute in einen Container zu werfen. Die tausend Dinge sahen ihn an und forderten ihn heraus. Sie machten ihn neugierig und das war ihm unangenehm. Ein Spanner im Leben anderer Leute, so kam er sich vor. Am Schlimmsten war es mit Fotoalben. Wenn er eines in der Hand hielt, um kurz hineinzusehen, ja, nur kurz, kam garantiert genau dann der Schwager vorbei. „Keine Zeit für Nostalgie!", wurde dann gemeckert. „Hau rein!"

Allmählich gewöhnte er sich daran, die Wohnungen von Menschen zu betreten, die es vielleicht schon nicht mehr gab. Er machte seine Arbeit und versuchte, nicht darüber nachzudenken. Irgendwann schaffte er es, Kreuze und Weihwassergefäße und Heiligenfiguren zu entsorgen, einfach so, obwohl er wusste, dass das für gläubige Christen ein Frevel war. Die Frommen warfen ja noch nicht einmal die Palmzweige des Vorjahres in die Mülltonne, nein, die alten mussten im Feuer verbrannt werden, wenn frische aufgesteckt wurden. Aber ab und zu wurde er doch sentimental. Es erwischten ihn, zum Beispiel, die Striche an der Zarge einer Kinderzimmertür. Fein säuberlich mit Bleistift gezogen, Datum und Jahreszahl jeweils daneben, von unten nach oben. Für einen Moment sah er sich selbst da stehen, als Knirps, und sein Vater legte ihm ein Buch auf den Kopf. „Du bist schon wieder gewachsen", sagte er, „schön gerade stehen", und dann zog Papa die nächste Linie. Ja, beim Anblick dieser Strichcodes aus einem vergangenen Jahrhundert war ihm der Mund trocken geworden und alles Schlucken hatte nichts geholfen.

In der Wohnung oben ging die Toilettenspülung. Sonst war alles still. Schon fünf Uhr vorbei. Er mochte Unpünktlichkeit nicht. Aber er hatte sich schon oft damit abfinden müssen, dass Vereinbarungen nicht eingehalten wurden. Er versuchte, seinen Schwager anzurufen, weil er ihn nach der Handynummer des eBay-Kunden fragen wollte, aber er erreichte ihn nicht. Wenn er den Schrank heute für achtzig Euro verkaufen würde, hätte er vierzig für sich und könnte davon die nächste Stehplatzkarte im Stadion bezahlen, inklusive einem Bier und einer Currywurst. Der Gedanke gefiel ihm.

Es wird Ernst. Der Russe drückt. Wir bauen weiter ab und abends fahren wir ab. Gegen 12 Uhr nachts sind wir in der Nähe der Hauptkampflinie. Wir kehren um und verfahren uns gründlich. Um 2 Uhr beziehen wir Quartier in einem Dorf, um den Anbruch des Tages abzuwarten ... Der Bau beginnt. Wir arbeiten von morgens 4 Uhr bis nachmittags 16 Uhr pausenlos. Hart gefrorener Boden bereitet ungeheure Schwierigkeiten ... Der bisher schlimmste Tag in Russland. Es ist elendig kalt, dazu pfeift ein grausamer Ostwind. Auf den Stangen ist es einfach furchtbar. Wir bauen über eine kilometerweite Ebene. Daumen und Zeigefinger der linken Hand erfroren. Gegen 20:30 Uhr kommen wir endlich ins Quartier. Wie lange soll das noch so weitergehen?

Mein Gott, dachte er, was hatte der Mann da gemacht? Stromleitungen in Russland gebaut? Im Winter auf Masten herumgeklettert? Während andere mit ihren Panzern zur Wolga stürmten? Oder schon im Rückwärtsgang Richtung Heimat rasselten?

Als Anfänger hatte er jedes Buch in jeder Wohnung in die Hand genommen und durchgeblättert, in der Hoffnung, einen versteckten Hundertmarkschein zu finden. Und natürlich nie einen gefunden. Irgendwann gab er das auf. Später freute er sich, wenn er Buchattrappen aus dem Regal nehmen konnte, einen halben Meter aus Pappe. Das war leicht und schnell erledigt: einmal drauftreten und weg damit.

Und jetzt war es so weit gekommen, dass er kreuz und quer in den Notizen eines Unbekannten las. Wahrscheinlich Soldat, wahrscheinlich deutsche Wehrmacht, vielleicht ein richtiger Nazi, wer weiß.

Er schaute sich manchmal Dokus im Fernsehen an, wenn Gitti schon ins Bett gegangen war. Schwarzweißaufnahmen von allen Fronten, Interviews, Wochenschaufilme, diese ganzen History-Sendungen. Was ihn daran fesselte, konnte er nicht sagen. „Es interessiert mich einfach", sagte er am nächsten Morgen, wenn Gitti ihn darauf ansprach.

Er konnte sich nicht vorstellen, dass eine dieser tiefgefrorenen Leichen im Schnee sein Onkel sein könnte, von dem es hieß, er sei in Russland gefallen.

Wir bauen Fernsprechkabel ab. Das Dorf ist sehr stark von den Angriffen der letzten Tage mitgenommen. Zerschossene riesige Panzer stehen an der Straße. Tote Russen ... Die Straßen sind teilweise sehr stark verwüstet. Das Fah-

ren mit dem LKW macht ungeheure Schwierigkeiten. Die Front rückt näher. Man hört die Artillerie schießen ... Es ist zum verrückt werden. Alles verdreckt und versaut durch das Einsetzen der Schlammperiode. Die Artillerie hämmert wie wild ... 4 Uhr abrücken zum Bau. Wir bringen eine Feldleitung zum Korps durch. Die ganze Nacht sind wir unterwegs und können die Kompanie nicht finden.

Er hatte vom Militär keine Ahnung. Seine Klassenkameraden hatten ihm nach der Musterung auf die Schulter geklopft, ein bisschen neidisch, ein bisschen herablassend. T3 – das bedeutete, dass er nicht zum Bund musste. Er war froh, drum herumgekommen zu sein.

Längst schon reichte das letzte Tageslicht am Wohnzimmerfenster beim besten Willen nicht mehr. Er ging rüber in die Küche, denn hier hing die einzige Glühbirne, die sie da gelassen hatten.

Wenn der Mann wenigstens mit Tinte oder Kugelschreiber geschrieben hätte! Im faden Licht waren die Bleistiftstriche kaum zu entziffern.

Übersetzung mit Fähre über die Donau bei Belgrad ... Baueinsatz zwischen Skopje und ?? ... Eintopfessen in Wolkowiza ... Bruno Geburtstag ... Verladung in Panschowa ... Saufabend ... Ankunft in Milken.

Er durchsuchte das ganze Heft nach Ortsnamen und tippte sie in Google Maps ein: *Jassynuwata. Nikitowka. Charkow. Skopje. Belgrad. Prag. Allenstein* ... Er las fremde Namen und glaubte doch, sie schon mal gehört zu haben. Und Bingo: Mehrere Städte lagen im Donbass. Da führten sie gerade schon wieder Krieg. Wieder um die Kohle. *Stalino* hieß jetzt Donezk und war immer noch so was wie der Kohlenpott der Ukraine. Ganz schön weit weg von Essen, jedenfalls. Überhaupt war der Notizbuchschreiber in einem Jahr verdammt viel herumgekommen. Nach den Monaten in der Ukraine noch in Ostpreußen, in der Tschechei, in Serbien, Mazedonien und Rumänien. Und zwischendurch drei Mal in der Heimat, einmal sogar richtig lange. War das normal? Was zum Teufel hatte der Kerl wirklich gemacht? War er vielleicht ein – –

Das Handy klingelte in seiner Hand. „Robert ruft an", blinkte das Display. Der verfluchte Schwager mit seinem schmierigen Grinsen, mit seinen scheußlichen Totenkopf-Tattoos auf dem Oberarm und mit seiner arroganten Stimme, wie immer. „Das wird doch nix, dass die Bulgis dich abholen. Stecken im Stau auf der 224. Aber noch was, Pitt." Peter mochte es nicht, wenn sein Schwager ihn so nannte, aber es war zwecklos. „Die haben gesagt, dass sie noch was im Keller vergessen haben. Nur ein paar Pappen. Brauchst du nur auf den Container zu werfen. Das wars. Bleib sauber, Mann!"

Peter hatte es geahnt. Irgendwas kam immer noch hinterher. Irgendeine blöde Aufgabe, die einem die gute Laune verderben konnte. Er steckte das Handy in die Hosentasche, zerrte den Müllsack in den Wohnungseingang, so dass die Tür nicht zufallen konnte, und ging in den Keller hinunter. Es kam nur ein Raum in Frage. Die Tür zu dem Verschlag stand offen. Auf dem Boden lagen leere Kartons, zerfledderte Zeitungen, Verpackungsmaterial. Nur langweiliges Zeug, das sah er sofort. Kein großes Ding. Als er alles in ein, zwei große Schachteln stopfen wollte, entdeckte er doch noch mehr. Alte Farbdosen, verklebte Pinsel, ein vergammeltes Zelt und undefinierbare Klumpen schimmelten in einer dunklen Ecke herum. Er fluchte, suchte alles irgendwie zusammen und schleppte es nach oben.

Robert, das Aas. Robbi, wie er sich selbst am liebsten nannte. Der angeblich aufstrebendste Unternehmer von Essen-Steele. Seine wichtigsten Kennzeichen: Goldkettchen und widerliche Sprüche. „Wir gehen nicht über Leichen. Wir warten, bis sie fortgeschafft sind. Aber dann kommen wir." Oder: „Wir machen die letzte Abfuhr nach der Himmelfahrt." Oder: „Wir sind mit Ihrer Wohnung schon fertig, wenn Sie im Krematorium noch auf Ihren Termin warten müssen." Peter war es leid, sich solche Schoten anhören zu müssen, wenn sie gemeinsam mit dem Kleinlaster unterwegs waren. „Mann, ist doch nur Spaß", sagte Robert und stieß ihm in die Rippen, dass es wehtat. „Ich such' bloß noch nach 'nem coolen Reklamespruch." Dabei war das schon entschieden. „Ihre Haushaltsauflösung ist unsere Herzensangelegenheit." So stand es auf beiden Fahrzeugtüren. Die einzeln aufgeklebten Buchstaben tanzten oberhalb und unterhalb einer gedachten Linie. Es war Peter zuwider, neben Robert zu sitzen, hinter dieser Aufschrift, in diesem schäbigen Kleinlaster, und er hoffte jedes Mal, dass er von niemandem erkannt wurde. Lieber ging er zu Fuß. Robbi, diese Flasche, zog ihn immer wieder damit auf. „Ein Tatortreiniger wird jedenfalls nie aus dir. Dafür bist du viel zu kitschig!", hatte er gehöhnt, nachdem Peter zum allerletzten Mal die Fahrzeugtür zugeknallt hatte.

Und Gitti? Machte weiter mit der Buchhaltung. „Eine muss es ja machen", sagte sie. Und dass Blut dicker wäre als Wasser. „Ich gehe ins Geschäft", säuselte sie immer, wenn sie in der Garderobe stand und sich die Jacke zuknöpfte. Dabei war Robbis Laden nur eine kleine Klitsche in einem Souterrain, das sonst niemand haben wollte. Ein winziges Büro vorn und ein Vorhang hinten, der nach Mottenkugeln roch. Die Konkurrenz spielte in einer ganz anderen Liga. Jedes anständige Unternehmen in der Branche hatte eine Homepage, die aussah wie die von einem Reisebüro, mit schönen Fotos von schönen Menschen, mit Wohlfühleffekt und Sicherheitsversprechen und so. Robbi würde es nie auf dieses Niveau schaffen, auch nicht mit Gitti, seiner rechten Hand.
Auf den letzten Treppenstufen nach oben kam Peter

aus der Puste, wie er widerwillig feststellen musste. Er schob den Müllsack zurück und machte die Tür zu. In der Küche schlug er sofort die erste Seite wieder auf. *Alfred*. Aha. So hieß der Soldat also. Ob er hier, in dieser Wohnung, gelebt hatte? Keine Ahnung. Keine Indizien. Ließ sich nicht mehr aufklären. Jedenfalls: Er hieß Alfred.

Dann las Peter die Eintragungen im Monat April genau durch. *9. April: Abends Abfahrt. 10. April: Die Fahrt geht sehr langsam vorwärts ... 14. April: Wir erreichen Warschau ... 15. April: Wir kommen in Posen an ... 16. April: Wir erreichen Berlin ... 17. April: Endlich kommen wir in Krefeld an.* Alfred war sage und schreibe neun Tage mit der Eisenbahn unterwegs, von Russland nach Krefeld. *18. April: Wir gehen zum ersten Mal in Deutschland aus.* Dann so was wie: *Baden, Kino, Spaziergang, Heinz Geburtstag, großer Saufabend.*

23. Mai: Seidenfaden. Was sollte das bedeuten? Seide und Krefeld, okay. Wenn einer, der offensichtlich nicht auf den Kopf gefallen war, dieses Wort eintrug, war es bestimmt ein Tarnname für ein junges Fräulein – was denn sonst? *Seidenfaden* – wie romantisch! Der Code kam noch ein paar Mal vor. Oder war es der Name einer Kneipe?

Es tauchten noch mehr weibliche Vornamen auf: *Hilde, Leni, Theresa, Ilse, Karola, Kora;* Kora könnte Karola sein. Dann *Liesel. 21. November: Ich lerne Liesel beim Spieß kennen. 22.: Mit Liesel zusammen. 1. Dezember: Mit Liesel spazieren. 4. Dezember: Mit Liesel im Kino. 5.: Schlachtfest bei Liesel. 7.: Bild von Liesel ...* Dieser Alfred war offensichtlich kein –

Großes Geschepper in der Wohnung eine Etage höher. Etwas war auf den Fußboden gefallen. Peter zuckte zusammen und fühlte sich erwischt. Er stand auf einmal neben sich, sah sich selbst, wie er mitten in dieser frem-

den, kahlen Küche stand, unter einer funzeligen Glühbirne. In seiner Hand das kleine Notizheft eines Menschen, der vermutlich schon längst tot war und den er
kein bisschen kannte. Er sah sich selbst wie auf dem Mo-
nitor einer Überwachungskamera, in einer blaustichigen
Schwarzweiß-Aufnahme, und in einem Feld rechts unten in der Ecke des Bildschirms liefen die Sekunden der
Zeitangabe immer weiter.

Okay, die Frauengeschichten gingen ihn also nichts
an. Er nahm sich vor, den Gedanken daran beiseite zu
schieben. Er versuchte, sich vorzustellen, was dieser
Alfred für ein Mensch war. Wie alt war Alfred damals,
1943? Peter suchte nach Anhaltspunkten, konnte aber
keine finden. Wahrscheinlich noch jung, dachte er. Noch
nicht verheiratet, keine eigene Familie, und auch noch
nicht in festen Händen. Stattdessen diese verschiedenen
Frauennamen an verschiedenen Orten. Ja, schon gut, das
hatten wir schon. Jedenfalls und überhaupt muss er ein
geselliger Typ sein, denn er ging oft mit anderen Leuten aus, hatte Verabredungen, machte Besuche, traf sich
mit Bekannten. Und um ein Saufgelage machte er offensichtlich auch keinen Bogen. *9. April: Abends Abfahrt. Bis
dahin bloß Besäufnis. Die Offiziere gehen in dieser Hinsicht
mit sehr gutem Beispiel voran. 25. Juni: Großer Saufabend.
9. Oktober: Saufabend. Es wird mordsmäßig gesoffen. 17.
Oktober: Saufabend. 22. November: Saufabend.* Und so
fort. Aber vielleicht konnte Alfred gar keinen Bogen darum machen. Vielleicht schrieb er einfach nur auf, was
er abends unternommen hatte, vielleicht hatte er wenig
Spaß an Bier und Schnaps und musste mitmachen?

Alfred freute sich über Post und wenn er keine bekam, war er traurig. Das drückte er nicht so aus, aber Peter konnte es zwischen den Zeilen lesen. *Wir bekommen
Nachricht, dass unsere Post in Harlowka verbrannt ist …
Abends gibt's Post. Für mich von zu Hause keine Nach-*

richt ... Brief von Mutter erhalten. Alfred selbst schrieb oft. Er verschickte jedenfalls Grüße und Glückwünsche, vor allem zu Geburtstagen. Und Geld. *26. Februar: Ich schicke 100,- nach Hause ... 16. Januar: Vater Geburtstag ... 6. Februar: Karl-Heinz Geburtstag ... 23. März: Schwester Waltraud Geburtstag ... 17. Juni: Tante Else Geburtstag.*

Viele Namen! Es sah so aus, als ob Alfred jede Menge Bekanntschaften hatte. Peter überlegte. Wenn er all seine WhatsApp-Kontakte und alle Nummern in seinem Adressbuch zusammenzählte, dann hätte er vielleicht mehr. Oder weniger? Na gut, der Vergleich war schief, schon wegen des Altersunterschieds. Trotzdem: Peter wurde ein wenig neidisch auf den jungen Mann. Er hatte ein klares Bild im Kopf von einem gut aussehenden, großen Blonden mit einem gewinnenden Lächeln, der auf eine junge Frau zuging, einer älteren Dame die Tür aufhielt, einen Herrn mit einem höflichen Kopfnicken grüßte ...

Und dann gab es noch Eintragungen wie diese: *5. März: Hermann am Ilmensee gefallen ... 11. Mai: Heinz 1942 im Osten gefallen ... 22. Juli: 1942 Alfred F. kommt von einem Einsatz nicht zurück.* Es mussten Menschen gewesen sein, die Alfred etwas bedeutet hatten, Kameraden, vielleicht enge Freunde. Der Taschenkalender war also auch ein Erinnerungsbuch mit den Namen von Toten.

Dieser Alfred konnte kein übler Typ sein. Peter merkte, dass er ein ganz kleines bisschen Sympathie empfand. Diese leise, diffuse Empfindung war ihm sofort unangenehm. Er wollte sie wegwischen. Was sollte das? War er dabei, Mitleid oder sonst was zu entwickeln für einen Soldaten des Drittes Reiches? Noch dazu für einen, den er überhaupt nicht kannte? Pah! Dieser Soldat, dieser Alfred, war bestimmt kein Held. Vielleicht sogar ein Nazi, einer von den ganz strammen. Einer von denen, die voller Überzeugung bei jeder Gelegenheit „Heil Hitler!"

brüllten. Peter ging die Seiten durch, auf der Suche nach einem Beweis, dass sein Gegenüber ein Nationalsozialist war. Doch er fand nichts, nur: *21. März: Übertragung der Führerrede.* Das bedeutete gar nichts. Also Fehlanzeige. Nicht rauszukriegen, ob Alfred einer von denen war. Wahrscheinlich eher nicht, musste Peter sich sagen, denn es gab keinerlei Anhaltspunkte. Er war ein wenig enttäuscht. Er hätte gern etwas Besonderes herausgefunden, etwas Überraschendes, das seinen aufmerksamen, unbestechlichen Augen nicht verborgen bleiben konnte. Er hätte gern etwas wirklich Aufregendes enthüllt über diesen Mann, der vor fünfundsiebzig Jahren im Zweiten Weltkrieg unterwegs gewesen war.

Dann dachte Peter darüber nach, dass Alfred anscheinend gar nicht richtig an der Front war, nicht wie die meisten anderen Soldaten, die Auge in Auge gegen den Feind kämpfen mussten. Alfred verlegte angeblich Kabel, grub Pfosten ein, saß auf der Schreibstube und war zwischendurch verdammt lange in Krefeld. Mehr als neun Wochen. Was hatte er dort verloren? Peter suchte nach einer Antwort, doch er fand keine. Viele Seiten in diesem Zeitraum waren leer. Oder es stand da nur: *Nichts Besonderes.* Die Eintragungen handelten von eindeutig privaten Angelegenheiten. Im Gegensatz dazu hatte Alfred im Winter viel darüber geschrieben, welche Arbeiten er in Russland erledigte und wie es ihm dabei ging. Trieb er in Krefeld vielleicht etwas Geheimes? Etwas, worüber kein Sterbenswörtchen gesagt oder geschrieben werden durfte? Vorbereitungen für ein Kommandounternehmen? Oder etwa eine Spionageausbildung? Vielleicht war das der Grund, warum es später an so vielen Tagen hieß: *Nichts Besonderes ... Nichts Besonderes ...* War vielleicht der gesamte Taschenkalender Teil einer perfekten Tarnung?

Peter hob den Blick aus dem Heft, schaute aus dem

Fenster – und erstarrte. Er wurde beobachtet! Im Fenster einer Wohnung im Hinterhaus, auf gleicher Höhe, stand ein Mann, bewegungslos, doch es war klar, dass der Mann im Unterhemd genau hierher sah, hierher, wo er, Peter, in der Mitte einer leeren Küche, in einer komplett leeren Wohnung, allein herumstand, mit einem sehr kleinen Buch in der Hand. Was würde der Mann von ihm denken? Dass er ein trotteliger Bücherfetischist wäre? Ein Penner, der in eine leer stehende Wohnung eingedrungen war? Oder ein Terrorist, der im Koran las, bevor er irgendwo zuschlagen würde? Peter schoss das Blut in den Kopf. Er drehte sich abrupt um, schaltete das Licht aus und wechselte den Raum.

Im Schlafzimmer überprüfte er, ob das Fenster aus den Nachbarhäusern einsehbar war. War es nicht. Auf der anderen Straßenseite konnte er nur einen unverputzten Giebel erkennen. Peter setzte sich mit angezogenen Knien auf den Boden, lehnte sich an der Wand an und wartete, bis sein Atem wieder regelmäßig ging. Dann tippte er ein Suchwort in Wikipedia ein. Treffer. Alfred hatte notiert: *In der Nacht Angriff auf Krefeld.* Das war am 21. Juni und richtig untertrieben, denn in dieser einen Nacht wurden mehr als tausend Menschen durch britische Bomber getötet, an die zehntausend verletzt und die Innenstadt durch einen Feuersturm zerstört. Es musste ein riesiges Inferno gewesen sein. Alfred befand sich im ganzen Monat Juni in Krefeld, aber ihm passierte nichts. Er schien ein Glückspilz zu sein. Einer von denen, die immer wieder davonkamen. Oder die wenigstens zwischendurch ein gemütliches Plätzchen fanden. Die ihre Schäfchen ins Trockene bringen konnten. Dafür gab es jede Menge Beweise. Peter knipste seine Taschenlampe an. *Angenehmer Dienst ... Morgens eine Stunde Unterricht, anschließend dienstfrei ... Abends Kino ... Ab heute bin ich auf der Schreibstube ... Kellerparty ... Mit*

*Unteroffizier P. im Varieté ... Vermittlungsdienst, eine inte-
ressante Tätigkeit ... Eine Musikgruppe bestehend aus drei
Studentinnen tritt auf ... 24 Russen gefangen.* Okay, das
war vielleicht nicht so entspannt abgelaufen; Näheres
schrieb er nicht dazu. Oder hier: *Abends Kompanieabend,
gleichzeitig Abschlussball ... Der Dienst lässt sich ertragen,
nachmittags kaum Appell.* Als Alfred das schrieb, waren
bestimmt schon hunderttausende deutsche Soldaten in
Russland verreckt. Zum Beispiel in Stalingrad. Alfred
war nicht besonders weit davon weg, aber doch weit genug, um nicht hineinzugeraten.

Das Licht der Taschenlampe wurde allmählich schwä-
cher. Peter musste eine Pause einlegen. Er rieb sich die
Augen und hatte plötzlich Zweifel. War es nicht bescheu-
ert, was er da gerade machte? Er spielte sich auf wie ein
Richter, der einen Angeklagten überführen wollte. Die
Anklage lautete: Müßiggang. Dabei wollte der Übeltäter
doch einfach nur einen Krieg überleben. Statt echter Beweise gab es bloß Indizien, nämlich diese lückenhaften
Aufzeichnungen in Mikroschrift. Die könnten auch das
Gegenteil belegen: dass der Beschuldigte womöglich ein
anständiger Soldat war, der vieles erleiden musste. Hier
zum Beispiel: *Auf dem Kraftfahrzeug ist es unheimlich
kalt. Ostwind. Teilweise 40° ... Bei mir macht sich Rheu-
ma sehr stark bemerkbar ... Die Kompanie im Baueinsatz.
Der Bau wird durch den schweren, zum größten Teil felsigen
Boden erschwert ... Man gönnt uns nicht einmal fünf Minuten Ruhe ...* Die endlosen Bahnfahrten. Irgendwo hatte
er von Erfrierungen an den Fingern geschrieben. *Ca. 26
Stunden waren wir ununterbrochen im Freien.* Das war im
russischen Winter, im Februar. *Nach den vielen Hunger-
tagen im Januar werden wir endlich einmal richtig satt ...
Die Front rückt näher. Man hört die Artillerie schießen. Der
Russe drückt.* Solche Sätze machten Peter Angst. Oder
wie sollte er es nennen, dieses beklommene Gefühl, die-

se unbestimmte Unruhe, wenn er sich in Alfreds Lage versetzte? Diese Bedrohung, die immer näher kam?

Du spinnst, sagte er zu sich. Du bist dabei, dich in eine Geschichte hineinzuschrauben. Aber es ist nicht deine Geschichte. Sondern die von einem anderen Wesen von einem anderen Planeten. Von einem, der dir egal sein kann. Mit dem dich nichts verbindet. Außer deiner eigenen Fantasie und deiner Neugier, wenn du ehrlich bist.

Scheinwerferlichter streiften über die Zimmerdecke. Ein Polizeiwagen fuhr mit eingeschalteter Sirene in großer Entfernung davon. Von unten drangen die Geräusche eines Fernsehers durch die Decke, Kindergeschrei und eine schimpfende Frauenstimme. „Ist jetzt endlich Ruhe!" brüllte ein Mann.

Peters Rücken schmerzte. Er wusste nicht mehr, in welcher Position er seine Beine halten sollte. Er hatte schon lange nicht mehr auf einem Fußboden gesessen.

Als das Telefon mit letzter Kraft klingelte, war er froh, es bei sich zu haben und nicht aufstehen zu müssen. Gitti war dran. „Wo bleibst du nur? Was ist los?" – „Muss noch auf jemanden warten, aber das wird wohl nichts mehr. Ich komme gleich." – „Kannst du noch einen Liter Milch und Käsescheiben mitbringen? Und Salami, du weißt schon welche?"

Eigentlich hatte Gitti ihm das alles eingebrockt. Hätte ihr Bruder nicht diese miese Entrümpelungsfirma und würde sie nicht immer noch hingehen, um die Bücher zu führen, müsste er nicht immer wieder antanzen, um den Aufräumer vom Dienst zu spielen.

Peter hatte keine Lust, nach Hause zu gehen. Außerdem brauchte er noch Zeit. Er konnte die Gedanken an Alfred nicht abschalten. Also, sagen wir mal so, bilanzierte er: gute Zeiten, schlechte Zeiten. Alfred hatte es mal schwer, mal leicht gehabt. Typisch, was am 5. März

stand: *Morgens Körperpflege, nachmittags MG-Pflege.*
Körperpflege könnte aber auch ein Besuch im Bordell
gewesen sein. Stopp! Du wolltest fair bleiben. Spiel dich
nicht auf. Also: Alfred war kein Drückeberger und auch
kein bekennender Sadist. Sondern ein ganz normaler
Soldat, einer von Millionen. Und menschlich nicht ganz
verkehrt. Eher sogar in Ordnung. Einer, mit dem Peter
vielleicht sogar ein Bier trinken würde. Die Vorstellung
nistete sich in seinem Kopf ein: Wie die beiden Männer
an einem Tresen stehen und sich miteinander unterhalten. Wie sie den Lärm und die Spielautomaten und
die Musik und die Leute um sich herum vergessen und
miteinander reden. Alfred und er. Verrückt. Was ich dich
noch fragen wollte. Darf ich mal fragen, ob du ... Was
hast du dir eigentlich gedacht, als du ... Das gedämpf-
te Licht in der Kneipe, Zigarettenrauch. Nochmal zwei
Bier!

Was ich dich noch fragen wollte. Sag mal, du bist doch
viel herumgekommen. Ich meine jetzt: vor allem mit der
Eisenbahn. Kreuz und quer. Mazedonien, Warschau,
Berlin, Prag, Ostpreußen und so weiter. Oft habt ihr gestanden, bis es wieder weiterging. Dann wieder tagelang
gefahren, im Schneckentempo. Was habt ihr unterwegs
gesehen? Zum Beispiel auf den Bahnhöfen? Ich meine
jetzt die anderen Züge. Habt ihr auch die Waggons, ver-
steh mich jetzt nicht falsch, also die Viehwaggons gesehen, in denen die Juden abtransportiert wurden? Habt
ihr gesehen, wie sie da standen, auf den Güterbahn-
höfen? Was haben deine Kameraden in deinem Wagen
dazu gesagt, wenn sie so etwas gesehen haben? Das frag
ich mich schon immer.

Im Raum war es dunkel und doch nicht dunkel. Die
Stadt streute ihr Licht aus tausend Lampen und Later-
nen ins Zimmer, sanft und schwach und unaufdringlich.
Peter erinnerte sich, wie er einmal in einem See hinabge-

taucht war. Grün getönt war das Wasser, dämmerig das Licht da unten, wo er schwebte. Von oben schimmerte es heller.

Fußleisten und Zimmerecken konnte er nicht erkennen, nur das Fenster zur Straße und den Türrahmen zum Flur. Die Taschenlampe hatte längst alles gegeben und auch das Handy hatte sich leer geleuchtet. Peter saß bewegungslos.

Eines musst du mir noch sagen, Alfred. Wie, bitteschön, fängt man vierundzwanzig Russen? Wie macht man das? In Russland, im Krieg? Doch nicht mit einem Marmeladenbrot oder mit einem Schmetterlingsnetz! Wie hast du das allein geschafft? Hinter der Front? Zwischen aufgestapelten Telegrafenmasten und Kabelrollen? Hast du etwa die Leute höflich aufgefordert, sich in einer Reihe aufzustellen, weil sie nun leider in Gewahrsam genommen werden müssten? Oder hast du den erstbesten gleich erschossen, damit der Rest parierte? Waren die Russen überhaupt Soldaten? Oder entlaufene Kriegsgefangene? Oder Zivilisten? Einfache Leute, die Lebensmittel klauen wollten? Oder gar Frauen und Kinder? Was hast du mit deinen Gefangenen gemacht? Was ist aus ihnen geworden?

Alfred, sag es mir!

Doch Alfred antwortete nicht.

Von unten drangen keine Geräusche mehr durch den Fußboden. Die Familie war schlafen gegangen.

In weiter Ferne ratterte ein Güterzug vorbei, endlos.

Dann hörte Peter das Grundrauschen der Stadt. Es kam gedämpft durch die geschlossenen Fenster, so, als ob jemand den Lautsprecher ganz klein gestellt hätte. Oder war dieses Rauschen das Blut in seinen Ohren? Konnte das so laut sein? Er wusste es nicht. Er fühlte sich leicht benebelt. Die Knie schmerzten.

Er rappelte sich auf, tappte durch den dunklen Flur, griff

nach seinem Stoffbeutel und sah aus dem Küchenfenster. Der Beobachtungsposten hatte sich verzogen. Aus der Wohnung gegenüber schimmerte das bläuliche Licht eines Fernsehers in die Nacht.

„Klack", machte die Treppenhausbeleuchtung, als Peter den Schalter drückte. Er zog die Wohnungstür behutsam hinter sich zu. „Gute Nacht, Alfred", sagte er leise.

Das kleine Kalenderheft in seiner Hemdtasche fühlte sich leicht und warm an.

P.S.

„Ein Glück, dass es Tante Else gab!" sagte eine Cousine und in ihrem Satz klang Erleichterung. Ähnliche Äußerungen folgten. Ich hatte bei einem Familientreffen alte Bilder unserer Eltern gezeigt und einige Geschichten aus der großen Verwandtschaft erzählt. In diesem Zusammenhang hatte ich auch über unsere Dortmunder Tante gesprochen und von den Ergebnissen meiner Nachforschungen berichtet. Tante Else hatte heimlich die Predigten des Bischofs Galen verbreitet, weil sie etwas gegen Hitler tun wollte. Sie war verfolgt und mit dem Tode bedroht worden und hatte nach dem Krieg viele Jahre vor den Gerichten um ihre Anerkennung als Widerstandskämpferin gestritten. In der Familie hatte sie übrigens kaum darüber gesprochen.

Warum ist es ein Glück, dass es Tante Else gab? Warum erleichtert es uns, sie in unseren Reihen zu wissen? Können wir froh sein, vielleicht sogar ein bisschen stolz, weil diese mutige Frau dem Nationalsozialismus die Stirn geboten hat? Dass sie über sich selbst einmal sagte, sie sei „nur eine kleine Anti-Nazi" gewesen – macht diese Bescheidenheit sie nicht noch sympathischer? Sie war gegen Hitler und eine von uns: Das könnte der Stoff für eine schöne Legende werden, oder? Tante Else wäre das Gegenstück zu den vielen, vielen Männern aus unserer großen Verwandtschaft, die Adolf Hitler, dem Führer, persönlich die Treue geschworen hatten und für ihn in den

Krieg gezogen waren. Die Soldaten trugen ein Gewehr in der Hand und verbreiteten Angst, Leid und Tod, wohin sie kamen. Wer sonst gab der Wehrmacht ihr Gesicht, wenn nicht unsere Väter, Großväter, Onkel und Großonkel?

Dieser Gedanke ist beunruhigend und schmerzhaft. Wir können uns unsere Väter viel leichter als Leidtragende vorstellen, als Menschen, die Hunger, Kälte, Angst, Schmerzen und Heimweh ertragen mussten. Dass sie nicht nur Opfer, sondern auch Täter waren, dass Gewalt und Zerstörung womöglich zu ihrem Handwerk gehörten, dieser Gedanke ist schwer auszuhalten.

Mein Vater hat uns Kindern wenig vom Krieg erzählt. Dass in Dänemark die Milch besonders viel Sahne hatte, dass die Donau aus der Luft so schön blau aussah. Und dass er, zum Glück, nie auf einen anderen Menschen schießen musste. Viel mehr erfuhren wir nicht, solange wir jung waren. Er wollte uns schonen. Und sich selbst auch.

So wie er verhielten sich viele Väter. Sie sprachen wenig oder gar nicht über ihre Erlebnisse im Krieg. Was damals war, was sie gesehen und getan und gefühlt hatten, das behielten sie für sich. Eine Ausnahme machten diejenigen, die von der Kriegsgefangenschaft erzählten, von den Lebensumständen im Lager bis zur Entlassung, irgendwann. Solche Geschichten von Brennnesselsuppe, von Latrinen und dem Kampf um einen Kanten Brot gibt es in vielen Familien. Sie nehmen so viel Raum ein, dass die Gefangenschaft als Ereignis größer erscheint als das, was ihr vorausging, nämlich der Krieg selbst.

Mein Vater war schon über achtzig Jahre alt, als er mit mir über Kriegserlebnisse sprach, die über Anekdoten hinausgingen. Er nannte die Namen von Kameraden, die abgeschossen wurden. Er erinnerte sich an eine Hinrichtung, zu der Kameraden aus seiner Stube abkommandiert wurden; fast wäre er selbst unter den Schützen gewesen. Er schilderte seinen Weg durch das zerbombte Dresden; er hatte den Feuersturm aus nächster Nähe gesehen und sollte am Tag danach in der Stadt Verletzte bergen. Er erwähnte auch die endlosen Sitzbereitschaften im Flugzeug, das Warten auf den Startbefehl, der dann doch nicht kam, obwohl feindliche Bomber im Anflug waren und sein Jagdgeschwader die Aufgabe hatte, sie abzuwehren. Er hatte ein schlechtes Gewissen, weil seine Maschine am Boden blieb, und war gleichzeitig froh, weil er sich nicht in lebensgefährliche Luftkämpfe begeben musste. Das sagte er aber nicht; er deutete es nur an und überließ es mir, den Text zwischen den Zeilen zu hören.

Als er mit neunundachtzig Jahren starb, hatte ich den Eindruck, dass er mir am Ende seines Lebens alles gesagt hatte, was er mir über den Krieg mitteilen wollte und dass er den Rest lieber für sich behielt. Ich war ihm dankbar für seine Art von Offenheit.

Auch viele andere Menschen aus meiner Verwandtschaft und Bekanntschaft schenkten mir ihr Vertrauen. Ein typischer Satz lautete: „Mein Vater hat mir zwar nichts vom Krieg erzählt, aber ich habe da noch etwas ...“ Und so tauchten immer mehr Fundstücke auf. Ein letzter Brief, verschollen geglaubte Fotos, ein Parteiausweis. Soldbücher und Urkunden, Zeitungsausschnitte, ein Kriegsverdienstorden und ein Sportabzeichen der SA. Eine besprochene Audiokassette und eine dicke Gerichtsakte. Ein kleiner Taschenkalender und ein Stapel Totenzettel. Und noch mehr Fotos. Was mir aus Schachteln und Schubladen überlassen wurde, verschaffte völlig neue Einblicke. Und gab mir viele Rätsel auf.

Das ging ein paar Jahre lang so. Ich hatte angekündigt, ein Buch über unsere Soldatenväter zu schreiben. „Wie weit bist du?“, wurde ich ab und zu gefragt. Man ließ mir Zeit. Niemand drängte mich. „Hast du – Wie soll ich es sagen ... Hast du etwas herausgefunden? Etwas Besonderes, etwas Schlimmes?" Auch diese Frage wurde mir gestellt. Sie klang besorgt.

König Blaubart ist ein grausames Märchen der Gebrüder Grimm. Wer mit dem goldenen Schlüssel die verbotene Tür öffnet, so heißt es dort, trifft auf einen Raum voller Leichen, aus dem das Blut herausfließt.

Nein, ich bin auf nichts besonders Schlimmes gestoßen. (Was für ein Satz! Kann man das überhaupt sagen, wenn vom Zweiten Weltkrieg die Rede ist?) Nirgends in meiner großen Verwandtschaft gibt es Hinweise auf Kriegsverbrechen. Niemand war Mitglied der SS. Niemand hat sich als Nationalsozialist in hohen Führungspositionen hervorgetan. Niemandem ist in Nürnberg der Prozess gemacht worden.

„Ich bin froh, dass mein Vater nur ein ganz normaler Soldat war", sagte eine Cousine. Wieder diese Erleichterung in der Stimme. Dann, nach einer Atempause: „Aber er hat doch dazugehört, zu diesem schrecklichen Krieg." Auch ihr Vater hatte nicht über seine Zeit bei der Wehrmacht gesprochen – nur über den langen Weg zu Fuß nach Hause, am Ende.

Die Arbeit an diesem Buch hat eine Erinnerung geweckt an eine Zeit, in der ich mich meinem Vater auf eine besondere Weise nahe fühlte. Es war Anfang der 1970-er Jahre, fünfundzwanzig Jahre nach Kriegsende, als einige Archive geöffnet und die ersten Dokumentationen von den Fernsehsendern ausgestrahlt wurden – spät abends, kurz vor Sendeschluss. Mein Vater, der sonst immer früh zu Bett ging, schaute wie gebannt auf den Bildschirm. Und er duldete es, dass ich blieb, mit meinen dreizehn oder vierzehn Jahren, obwohl das gegen die Regel war. So sahen wir gemeinsam die Schwarz-Weiß-Aufnahmen über die Kriegsereignisse, Filme über Bodenkämpfe und

Luftangriffe aus der Wochenschau, dazu die schneidigen Stimmen der Sprecher, die Marschmusik, die Erkennungsmelodien. Gezeigt wurden aber auch Filmaufnahmen der Alliierten, Berichte von allen Fronten, Kommentare aus der Sicht der Kriegsgegner. Besonders gefesselt war mein Vater, wenn es um die deutsche Luftwaffe ging, erst recht, wenn der Junkers-Flugzeugtyp im Bild war, mit dem er selbst geflogen war. Wir hörten die Luftschutzsirenen, die Schüsse der Flak und der Bordkanonen, das Dröhnen der Bombeneinschläge und das Aufjaulen der abgeschossenen Maschinen, wenn sie brennend zu Boden stürzten. Es war schrecklich. Und zugleich spannend und interessant und unheimlich und völlig fern von der Welt, in der ich lebte. Aber mein Vater war dabei gewesen, damals, und er saß neben mir und ich konnte spüren, dass ihm der Atem stockte, dass er tief bewegt war, dass er voller Erinnerungen, voller Angst und Bestürzung war. Wir sprachen nicht miteinander, saßen wortlos im Wohnzimmer, bis die Sendung zu Ende war. Und wenn er den Aus-Knopf gedrückt hatte, seufzte er tief und dann sagte er fast immer diesen einen Satz, leise sagte er ihn: „Dieser Scheißkrieg."

Eine Zeit lang sahen wir viele dieser Dokumentationen. Wir verabredeten uns nicht dazu, aber es war unsere Zeit, wenn meine Mutter und meine jüngeren Geschwister schon längst schliefen und wir beide wieder vor dem Fernseher saßen. Ich wusste damals fast nichts über den Zweiten Weltkrieg. Ich konnte vieles nicht einordnen. Aber ich spürte: Es ging um meinen Vater und um seine Geschichte mit diesem Krieg. Er war jedes Mal total ergriffen, rutschte unruhig in seinem Sessel hin und her, stöhnte manchmal, aber er äußerte sich nicht. Und plötzlich, an einem dieser späten Abende, bekam ich zum ersten Mal eine leise Ahnung davon, dass mein Vater sich schämte.

Irgendwann verlor ich das Interesse an diesen Veranstaltungen. Ich wurde älter, kritischer, wollte mit meinem Vater diskutieren über das, was wir gesehen hatten, aber es war uns nicht möglich. Von da an erlebte mein Vater mich vermutlich so, wie viele andere Väter damals ihre heranwachsenden Kinder erlebten: aufmüpfig, vorwurfsvoll, verurteilend. Nicht nur bei uns zu Hause, sondern in unzähligen Familien standen die gleichen Fragen der jungen Generation im Raum, egal, ob ausgesprochen oder ungesagt: Warum hast du mitgemacht? Weshalb bist du nicht desertiert? Wieso warst du nicht im Widerstand?

Heute bin ich davon überzeugt, dass mein Vater sich Zeit seines Lebens furchtbar schämte. Er schämte sich, weil er einem der größten Verbrecher der Menschheit gedient hatte. Er schämte sich, weil er in einer Nische den Krieg gut überleben konnte, sauber, unbeschadet, in bequemen Betten und mit Sonderrationen versorgt. Er schämte sich, weil er wusste, dass der Krieg ein großes Unrecht war, ein Unrecht, das gegen alle seine moralischen Grundsätze verstieß. Er schämte sich, weil keine Beichte ihn davon erlösen konnte. Er schämte sich, weil er unverletzt geblieben war, wogegen andere als Kriegsversehrte für immer gezeichnet blieben. Er schämte sich, weil seine Luftwaffe die alliierten Bombenangriffe auf die Heimat nicht verhindern konnte. Er schämte sich für die furchtbaren Zerstörungen, die der Krieg hinterließ. Er schämte sich, weil er überlebte und außer ihm auch alle seine vier Brüder, während andere Familien den einzigen Sohn verloren hatten.

Die Scham führt ihr Eigenleben. Sie macht stumm. Sie ist resistent gegen gutgemeinte Einflüsterungen und hilfreiche Argumente. Du kannst doch nichts dafür, dass Hitler den Krieg angefangen hat. Du hast doch nur Befehle ausgeführt. Was hättest du denn sonst machen sollen.

Die Scham kapselt sich ein, irgendwo im Körper. Wie eine steckengebliebene Gewehrkugel. Die Scham hüllt sich in eine eigene Haut ein, verwächst mit dem umgebenden Gewebe und bleibt doch ein Fremdkörper, der nicht dazugehört. Mit dem man aber weiterleben kann. Der sich manchmal meldet, weh tut und wieder schweigt. Ein Knoten unter der Haut, den man fühlen kann, den andere Menschen aber nicht sehen können und nicht sehen sollen. Manchmal bleiben diese Fremdkörper eingekapselt. Manchmal machen sie sich irgendwann selbstständig, fangen an, umher zu wandern, machen Ärger, entzünden sich, wuchern. Vielleicht sogar erst im hohen Alter, wenn niemand mehr damit rechnet.

Die Scham ist das Aschenputtel unter den Gefühlen, sagt der Psychotherapeut Leon Wurmser. Das Aschenputtel der Gebrüder Grimm musste im Kohlenkasten schlafen. Es sollte still sein und sich möglichst unsichtbar machen. Es war schmutzig und sollte sich deswegen schämen. Wenn Besuch kam, wurde es verleugnet.

Die Scham meines Vaters, so denke ich, wird einer von verschiedenen Gründen dafür sein, warum er nie im Vordergrund stehen wollte, warum er sich lieber zurückhielt, immer unauffällig blieb und auf jegliche öffentliche Meinungsäußerung völlig verzichtete. Er muss sich angreifbar und verletzbar gefühlt haben, unsicher und nicht stark genug für eine Auseinandersetzung, die moralisch werden könnte.

Vielleicht ging es anderen Kriegsteilnehmern genauso. Wenn die Scham so weit verbreitet war, wie ich annehme, hat sie gewiss dazu beigetragen, dass ein Gespräch über die Schuld am Zweiten Weltkrieg jahrzehntelang so schwierig war – überall in Deutschland.

Ich möchte allen danken, die mir geholfen haben, damit dieses Buch entstehen konnte. Das sind in erster Linie mein Vater, meine Mutter und meine Onkel und Tanten, die mir ihre Geschichten erzählt haben. Viele von ihnen sind inzwischen verstorben. Genauso danke ich meinen Cousinen und Cousins, die mir nicht nur ihre Erb- und Fundstücke, sondern auch ihre Erinnerungen, Fragen und Zweifel anvertraut haben. Die Beschäftigung mit den Geschichten unserer Väter und Mütter hat viele Gefühle geweckt, auch Verwunderung und Empörung, Enttäuschung und Dankbarkeit, Verunsicherung und Unbehagen. Oder einfach nur Achselzucken.

Aus der großen Verwandtschaft habe ich nicht nur ideelle, sondern auch finanzielle Unterstützung geschenkt bekommen, außerdem Geduld und Nachsicht in Anbetracht der langen Laufzeit des Projekts. Auch dafür bedanke ich mich.

In Essen, Dortmund und Münster bin ich hilfsbereiten Archivaren begegnet, die mir wertvolle Quellen erschlossen haben. Zum Manuskript habe ich viele freundliche und kritische Hinweise bekommen, insbesondere von Jörn Jacobs, Jürgen Kaling, Ulla Kauling, Magdalena Kieser, Magdalene Kintrup-Schröer, Elisabeth Lissen, Ulla Pietsch und Volker Richard. Danke!

Alle in diesem Buch geschilderten Ereignisse aus der Kriegs- und Nachkriegszeit beruhen auf Tatsachen. Form und Stil meiner Erzählungen dagegen habe ich frei gestaltet. Einige Erzählerfiguren in der Gegenwart sind frei erfunden.

Und Tante Elses Geschichte? Die ist selbstverständlich echt. Von vorne bis hinten.

Inhalt

Quellen

Einen vollständigen Literaturnachweis möchte ich den Lesern ersparen. Einige Quellen sollen aber doch genannt werden:

Hans im Glück
· Grimm, Brüder: Kinder- und Hausmärchen,
  Ausgabe letzter Hand,
  Stuttgart 2012
· Muchina, Lena: Lenas Tagebuch, Leningrad 1941-1942,
  Berlin 2014
· Reid, Anna: Blokada. Die Belagerung von Leningrad 1941-1944,
  Berlin 2011

Sommerferien
· Senger, F. M. von (Hrsg.): Die deutschen Geschütze 1939-1945,
  Bonn 1998

Hitlerjunge Heribert
· Knopp, Guido: Hitlers Kinder,
  München 2000

Wiedergutmachung
· Frei, Norbert u. a. (Hrsg.): Die Praxis der Wiedergutmachung,
  Geschichte, Erfahrung und Wirkung in Deutschland und Israel,
  Bonn 2010
· Galen, Clemens August von: Predigt vom 03.08.1941
  in der St. Lambertikirche zu Münster, in: www.galen-archiv.de,
  Zugriff am 08.08.16
· Landesarchiv NRW Münster, Abteilung Westfalen,
  Regierung Arnsberg, Wiedergutmachungen Nr. 52005
· Stadtarchiv Dortmund, Bestand 111/01 (Personalunterlagen)
  und 510/01/35 (Interview)

Wer sich für das Thema meines Buches näher interessiert, findet einige Leseempfehlungen auf meiner Website:
www.michel-huelskemper.de

Impressum

Dieses Werk ist in allen seinen Teilen urheberrechtlich geschützt. Jede Verwertung ist ohne Zustimmung des Autors unzulässig. Das gilt insbesondere für Vervielfältigungen, Übersetzungen, Mikroverfilmungen und die Einspeicherung und Verarbeitung in elektronische Systeme.

Juli 2019
© Michel Hülskemper, Gescher/Westf.
www.michel-huelskemper.de
Gestaltung und Satz: Ulla Pietsch, Dülmen/Westf.
Herstellung und Verlag: BoD – Books on Demand, Norderstedt
ISBN: 9783748163275